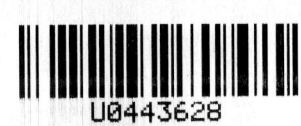

SHENG FU

浮生

吴德文 著

百花洲文艺出版社
BAIHUAZHOU LITERATURE AND ART PRESS

图书在版编目（CIP）数据

浮生 / 吴德文著. -- 南昌 : 百花洲文艺出版社,
2024. 11. -- ISBN 978-7-5500-5729-6

I . I247.5

中国国家版本馆CIP数据核字第202442GP12号

浮生

吴德文　著

出 版 人　陈　波
责任编辑　刘豪杰　罗　云
书籍设计　方　方
制　　作　何　丹
出版发行　百花洲文艺出版社
社　　址　南昌市红谷滩世贸路898号博能中心一期A座20楼
邮　　编　330038
经　　销　全国新华书店
印　　刷　江西千叶彩印有限公司
开　　本　720 mm × 1000 mm　1/16　　印张　18.25
版　　次　2024年11月第1版
印　　次　2024年11月第1次印刷
字　　数　250千字
书　　号　ISBN 978-7-5500-5729-6
定　　价　49.00元

赣版权登字　05-2024-332

邮购联系　0791-86895108
网　址　http：//www.bhzwy.com
图书若有印装错误，影响阅读，可向承印厂联系调换。

浮生世相

吴德文一直以来，对短篇小说创作情有独钟，他连续出版了四部短篇小说集。可能觉得短篇小说难以给读者呈现当代浮生世相，因此他创作了这一部现实主义长篇小说——《浮生》。

这部长篇小说是写当下——中国南方乡村的人和事。

主人公刘金鑫是一个“90后”的创业者。他像当代有野心的年轻人一样，相信只要站在了风口上，猪都能飞上天。因此，他满怀信心，筹划直销，步步为营，历经艰险，走向成功。最后打造出一个庞大的商业帝国，敲响了纳斯达克的钟声，站在了商界的顶端！虽然最后他一无所有，皈依佛门，但是他发财的梦就是我们当代每一个人的发财梦。

另外两个主要人物是刘金鑫的父母。在儿子的影响下，他们被激发出昔日的创业热情，而且凭他们的胆量与智慧，也小有成功。但是，因为财富，儿子与外甥反目成仇，这让他们震惊、困惑又痛心疾首。

小说结合主人公及父辈们对财富的追求和态度，给读者展示当代乡村和城镇的人、事和景。这些人、事、景在改革开放几十年来发生了巨大变化。乡村变美丽了——泥泞路变成了沥青路，到处是楼房，到处是小车；勤劳智慧的村民们不再为温饱发愁……小说很多地方都打上了当代“乡村巨变”的时代烙印。

这些变迁，归功于改革开放后大好政策的推行，归功于各级政府以人为本的执政理念，归功于每个企业家智慧、果敢的拼搏精神，也归功于每个老百姓吃苦耐劳的辛勤付出！

同时，这部小说反映了当下百姓的生存现状和思想状态，展现了当今社会世间浮生在物质、金钱诱惑下的世间百态。

当然，小说不是一味地批判，也展现了人性之光。主人公二次创业的动机，是为了当下国人的食品安全。他创建的金鑫环华，规范食品安全标准，整合食品集散地，建设自己的农场，向发达国家的种养企业学习取经，确保人民的菜篮子安全。在企业崛起之后，又为了百姓不因疾病返贫，满怀中医药的热爱，投资中医药界，希望能够拯救、推广、普及中医药的伟大事业。

而他的父母，也是勤劳地道的村民。在他们的身上，看到人性之美——他们致富不忘帮带村民，富裕不忘接济贫穷，成功不忘感恩老师及后人的教育。他们就像世代的中国人一样，自然而然地焕发出中国人骨子里的传统礼道——“穷则独善其身，达则兼济天下”。

读此部小说，可以看出作者的用心。他是想通过《浮生》这部小说，给世人以警示和反思，希望世人在任何时刻，都不忘立德守魂，不能因为金钱、利益而丧失了做人的根基！

总之，这是一部可读的、耐味的小说。也可以说是一部摇旗呐喊的、树德铸魂的小说。

程维（江西作协原副主席）

2024 年 6 月 12 日

一

莲花镇地处岭西市的一个小县，以往的旧名有“聚宝镇”“碗底乡”，历史上隶属江南道南天府。莲花镇四面环山，像一朵盛开的莲花，更像宋代的莲花温酒器，碗底内部散布着一块一块随山顺水、错杂的村庄。这些村庄以刘、黄、周、肖为大姓，盘踞在四周的莲瓣之下，后靠的山也属这些大姓村庄；其他一些像李、赖、张、朱、高、沈等小姓零星夹杂在大姓村庄边沿。仔细一数，在中国的百家姓里，这个莲花镇还能数出三成的姓氏。

莲花镇与中国很多普通小镇一样，不是中原沃土，不是兵家要隘，故历史上不出名，史书上没记载。不像中原的邯郸、洛阳等那般，历经几千年，至今活在各类书籍典故上。但莲花镇在宗教和文脉上能找到一些影子——唐朝名僧在这里传承衣钵，建有云山寺庙；又有文人对这里的山峦、寺庙、关隘和江水都留有华丽之章、赞美之词。可见这里曾经是山清水秀、鸡犬相闻的世外桃源。从那些大姓的宗祠、堂屋的雕檐画栋和高堂广厦，以及那些村庄的莲塘和石巷来看，无不体现中国文化的精髓；再看各家族谱上的“清廉从政”“忠厚传家”的家训，无不体现每一个中华儿女安身立命的根本，以及为人处世的人生宗旨。

但是，战乱和匪患，在中国的每一块土地上都无法幸免。这里的城墙、关隘、驿站、战壕、坑道，像驿道上的马蹄印、青砖上的弹孔、战壕里的白骨，无不体现历代战争的痕迹。最早的关隘是秦朝设立的，在险峻的西岭，至今秦关还在顽强地矗立；最大的匪患在于五百年前的明代，王阳明在这里平匪，深得百姓称赞；太平天国运动期间，这里的清兵与太平军十几万人对阵，这个小地方霎时间战鼓雷鸣、金戈铁马，到头来尸首遍野、荒坟成堆。至孙中山推翻了几千年的帝制，我们这个地方，竟然也涌现了革命党人，参加了同盟会、国民革命军，出了黄埔军校的将星；也有底层百姓参加中国工农红军，跟随领导南方游击战争的项英和陈毅。抗战期间，一批一批热血青年加入抗日救国的队伍里，直至新中国成立。

在莲花镇，故事十天半月讲不完，革命烈士的英勇壮举可歌可泣！文旅项目也可以拿得出手，纪念碑有地方竖立，虽然不是兵家必争之地，也是大海当中的一滴水、高楼基石的一块砖、中国版图上的一个点。

新中国成立后，莲花镇自然参与了土地改革、“三反”“五反”运动、人民公社、“大跃进”、“三年困难时期”、“文化大革命”，直至打倒“四人帮”、十一届三中全会胜利召开，之后拨乱反正、分田到户、改革开放、大搞工业园区、招商引资、新农村建设、脱贫攻坚战，及至2019年年末的“全民抗疫”——挡路围村，每一个村民都与外界休戚相关，都是“抗疫”战场上的一分子。

政策带来的好处，教育带来的影响，文化带来的熏陶，科技带来的便利，让每一个村民都能够信息共享，胸怀天下。即便是唐朝名僧创立的云山寺庙里的和尚，闲暇的时候，都会用手机，来个自拍，发个抖音，记录生活，抒发情感，或者推广佛学，博来粉丝和点击率。

手机的日常用处就更不用说了，越来越多的人不用现钞，买东西，用手机一扫，就可付款。少了零钱的麻烦，多了便捷的好处。而且，这样的革新，让强盗、小偷这类“职业”逐渐消失——再也偷不到钞票了！即使偷到了手机，也解不了码，与废品没有什么区别。

手机带来了方便，也让人患上了手机病。莲花镇的百姓与全国的百姓一样，工作、学习、开会、报告，手机不离手，即使走路吃饭睡觉，也要看一看、收一收、赞一赞、发一发。甚至，死人出殡也要来个自拍，以显哀思与孝心。

总之，莲花镇就是中国小镇的一个缩影。现时，社会在发展，经济在繁荣，各行各业都有了很大的变化，涌现出大批的富豪和精英，可谓是欣欣向荣、气象万千，每一年都有新的大富豪登场——这是个传奇造富的年代！

那些发财的信息，每一天都在小小的手机里争相推送，也让我们这个小地方的人看后目瞪口呆、蠢蠢欲动。

这些年，我们内地的小乡村，也出来一些成功人士，有开工厂的、做贸易的、办生态农场的、投资金融的、猎头人资的，各行各业的精英都有。现在，路上跑的小轿车多如牛毛。奔驰、宝马已经不是村里人的稀罕物了。春节，村子里每家小楼前、院里都停满了各色小轿车。这是村民们想都不敢想的变化。但是，一山还有一山高，人的欲望似乎像一个巨大的漏斗，漏在了广袤无垠的太空里，永远没有填满之日。

在这个充满机会的时代里，每个人满怀发财的梦想。

这不，莲花镇北山自优村的刘家小伙子刘金鑫，就跃跃欲试想大干一场了。

2012 年，神舟九号与天宫一号对接成功的时候，他正在深圳的一家金融公司实习。实习期满后，他留在这家公司。这家金融公司给他的待遇十分可观。但是对于金鑫来说，远远达不到他自己的预期。他只是把深圳的工作当作窗口，等他开了眼界，看准了时机，便辞去了这份高薪的工作。

这个本科生回到村子后，每日一早，他不是扛着农具下地劳作，而是身穿球服跑步到村后的小山顶上。

“山不在高，有仙则灵！”村子北靠的山只有百八十米，但山像一只盘踞在悬崖的大鹰，顶上的岩石像一只大鹰脑袋和巨喙。以往的荒山种植各类番薯和花生，退耕还林后，现在山上全是柚子和桃李。

春天到来，满山花海——桃花红、李花白，梨花像一堆一堆的雪，美不胜收。一条蜿蜒的山路从屋背盘旋上顶，现在山路被果树掩盖了，成了一道绿带。从山脚爬上山顶，步行需要一炷香，金鑫小跑只消一刻钟。以前，山上只长茅草，可以看黄龙一样的土色山路盘踞在老鹰山上；现在，老鹰的羽毛已经覆盖了昔日的露体，到处都郁郁葱葱、浓荫匝道。

爬上山顶，可以对莲花镇一览无余。莲花镇的中心在靠南边的桃花江边上，千年以来，古人依靠水路运输，小镇自然也建在码头附近。十年前还是黑瓦白墙的江南山村，今天放眼看去，到处矗立着楼房。虽然没有了乡村诗意，但镇上的高楼群立代表着当代经济的繁荣。山下是零散开来的村子，楼房林立，只是还没有规划好——既没有整齐划一，也没有错落有致。乡下，每家都是只顾自己的一亩三分地，朝向和背靠都以自己为紧要，希望自家好的风水能够带来好的家运。村子前面三里路，就是“碗底”，是一片宽阔的良田和机场。现在部队已经撤走了飞机，只剩下宽大的机场，像两块巨大的旧帆摊在地上风吹日晒。或许某一天，机场有用上的那一天，再次有各种飞机在此处起飞。听爷爷讲，这座机场是为了抗日动用了十万民工修建的。1945年，机场被日本人占领。不久，日本兵投降，机场被国军接管，后来被解放军解放了。因此，这里打了无数次仗。炸弹呼啸尖叫着落下来轰隆直响，炸弹落下的地方，就成了一口小池塘。爷爷常跟他讲古。儿时，他看见解放军雄赳赳气昂昂地走过，这让他的童年，充满了参军的梦想。可是等他长大了，却没有当成兵。因为轮到他们高考时，各类高校很多。他甚至报了十几所大学的志愿。相比父母亲那一代，现在上大学就容易多了，近乎八成的人都可以上大学。不过，虽然他读书不用功，但是最后他还是考上了江西财大，可见他的智商不一般。

莲花镇东面，是经济强区——东塬。那里的家具销往全国。那是太阳升起的方向，那个县的人自古都精明着。明代紫禁城的设计师，就是那里的雷氏。家具是他们的祖业。没有森林，就想着法做成了全国最大的家具集散地；没有钨矿，东塬人依然做成了钨矿生意。有生意的地方就会有东塬人。当然，也就在本省说一说。放眼全国，巨富排队赣商排不上榜，古代的晋商、徽商，现代的潮汕人、温州人、福建人，这些地方的人才都是人精。有钱赚的地方就有这些人的影子！

坐在山顶上，刘金鑫看着太阳冉冉从东升起，深呼吸，缓吐气，练习一套太极拳，丹田之气渐然升起。眼前一片朝霞，像佛光一样笼罩着身子——此时，就是这么宁静，这样舒坦，这样迷醉。如果实现了财富自由，那这样的生活就是他想要的！但是，要实现财富自由，得有多少呢？

“先赚个把亿，实现小目标！”刘金鑫想。有了这个小目标才有后面的可能。

大气的人就说大气的话！这话他爱听。甚至，他买了一个手机套，背后就刻有那几个字——小目标。时刻警醒自己，别忘记自己的目标。

每每他看到晨曦便遐想——我哪天能成为那颗从东山喷薄而起的太阳呢？像大富豪比尔·盖茨那般，像阿里巴巴的老板一样！或者，像我们本地人张山虎一样——拥有工厂、酒店、医院。当下，听说张山虎成了县里的“首负”，但当地的政府不想让他破产，银行便继续为他借贷。他照例住豪宅，开豪车，照例保镖紧跟，美女相随。他的豪华气派的高级酒店门口，两侧的迎宾小姐每一天都是那么鲜活，那么靓丽，激励着那些贫穷落后的人，应该努力奋斗，早日成功，力争上游。刘金鑫去过数次这家酒店，与圈子里的同学朋友，探讨人生及发财的路子。当然，他也不止一次梦想不久的将来有一座五星级的豪华酒店属于自己。顶层是他的停机坪。他坐在宽大的办公室里，眼前是一片宽阔的视野，能看清整个岭西市。不，他的办公大楼应该在深圳京基 100 的附近，与京基 100 彼此呼应，傲视整个经济发达的一线大城市。

时下，在这个岭西市，真正的首富是他的大表哥吴茂鑫。他早些年是村子里的屠夫，赶上现代化养猪的大好风口，几经拼搏，现在成为养猪大户、饲料大王：一年几万头猪出栏，国内有几十个饲料工厂。他的茂鑫集团已经在深圳上市，市值已达一百个亿。但是，他不会把目标定在老表吴茂鑫的身上。那时因为自尊心在作怪，也是老表哥目空一切的神态早就在他内心埋下了阴影。因为是亲戚，关系太近了。越是这样，他越是离得远远的。他想，有朝一日，表哥的首富位置或许就是自己的。依照宿命来说，他们两人的名字，都是爷爷（村民称为高人）取的。他只是还没到时机而已。也正是这样的念想，成为他心底的暗示，让他蕴藏着时刻拼搏的巨大能量。

这个年轻大学生每日风雨无阻地跑步、爬山、打坐、冥想，很快引起了村民们的兴致，由此引发了各类话题。在莲花镇，众人皆知这个篾匠的家人都不简单。长子很早就去了灵山做道士，次子在美国做病毒学专家，三子在县城教书，四子在家做泥匠包工头。之后道士的大儿子在大学做教授；二儿子又考上北大，轰动了岭西市，但还未毕业，就回到家乡的云山寺庙出家，再次惊呆了莲花镇的百姓。现在，这个篾匠的小孙子，竟然放弃了深圳的高薪，回到村子里闲跑盘山，成了村子里的一大奇闻和笑谈。

“财大的本科生，不去发财，在家啃老？”有村民提出疑问。他的父亲刘洁民听到愕然，丢下一句谁晓得！算是作了回答。

“金鑫，你准备参加奥运会啊？”有村民碰见跑步的金鑫这样打趣道。金鑫一挥手，不予回答。他想，燕雀安知鸿鹄之志？

渐渐地，村民们看见这个雷打不动、坚持奔跑的年轻人，都对他伸出了大拇指。

是的，当下是一个出奇迹的时代。这个小伙子不一般，胸腔里一定装着一颗强大的心。你看他每天一早跑到山顶上去练功，风雨无阻。在常人的眼里，每个成功的人士都有不平凡的修炼！即使他把石头扛到山顶，又把它从山顶滚落下来，之后再滚上去，也没有人笑话他了。这样的人，真算不定哪天就成了时代骄子！

“洁民，你这儿子不简单！”会看相的村民看见泥匠刘洁民，感慨地说。

刘洁民谦虚地说：“什么不简单！他不啃老，就是阿弥陀佛！”

刘洁民是民间建筑师、乡村包工头，对自己每天爬山修炼的儿子，既钦佩又存疑。但跑了半年，还没有什么苗头，他有些着急地问这个本科生今后的打算。

这个本科生像倔强的老支书一样自信满满地说：“你打开手机看看——当代，真正赚钱的人，不会自己去干打螺丝这样的手工活，而是脑袋决定口袋！用脑袋（他指着自己的脑袋）思考，思考，再思考，去寻找风口。你看，当年的阿里巴巴老板，很不容易说服那十几个创始人，他根本就没有想到会有今天这样的结果；腾讯的老板也是，现在他赚着全世界人的钱！虽然游戏有时候会有些负面影响，但，钱不会咬手啊！顺丰，你想象得到吗？一个送快递的，送上了市；美团，一个送快餐的，也送上市；海底捞，没想到吧，也整上市了！还有那个某某，跑到国外去挖运河，竟然是个国际的大忽悠，玩起空手套白狼来。他的公司也让他赚取千亿！千亿！……这些相关新闻，你和我的手机上随时可以找到！我不相信，我就不能在风口上试一试！”

后来，泥匠夫妇也看得到，这个儿子能够每日早上六点起床，风雨无阻地登上屋后的山顶，也就认定这个儿子一定不是普通人。

环视周边，一般的农村青年，窝在家的，不是通宵玩游戏就是睡到早上九十点要父母催促起床吃早餐。有的连早饭都免了，睡到中午，与午饭一起吃。那些闲人成天都窝在大队部的娱乐室里打牌或者看别人打牌，或研究六合彩——这些村民，都是没有计划、不想努力、混日头的人，也是毫无斗志与希望的人。那些人，怎么能与金鑫相比？在外人面前，这个父亲内心还是对这个儿子信心百倍的，但是口头上，依旧是低调谦虚。

此时，父母想到了“蛰伏”这个词，也就理解了儿子的雄心壮志——让他修炼吧！眼下的乡村，各扫门前雪，勤快懒惰已经没人说三道四了。当今世界上，成功的人都是另类，都不是循规蹈矩、吃苦耐劳的人！

刘金鑫晨跑，时常能碰见老支书，便放慢脚步，向这个老爷爷敬礼，内心对这个大胆的老支书充满了敬意。

老支书看见刘金鑫，发现这个小伙子像他一样，每日坚持做好一件事，便高声喊了他的口号——“人有多大胆，地有多大产！”说罢，眼珠子都快瞪出来了，对这个小伙子伸出了大拇指。

这个老支书像刘金鑫爷爷一样高寿，快九十了。他弓着身子，腋下拄着一个银光闪闪的拐杖，每日在村子里游走。他涨红着脸，努力呼吸着，似乎每时每刻都在与死神抗争。他每走一段路，必喊一句——“人有多大胆，地有多大产！”他用这样的话来鼓励或警示着各位村民。同时，让他时刻骄傲着的是自己曾经就是一个大胆的角色。1958年“大跃进”时期，老支书在村子里“放卫星”：——亩产五万斤！他因此获得了公社和县里的表彰。那时，他害得大家都饿肚子，可那是他一生中最难忘、最风光的时期。而他的四个儿子，洁富、洁强、洁中、洁华，也个个都是胆大的人。南方的窗口深圳一开放，他家便丢下犁耙不做农民，来到深圳做生意。这一家很早就赚大了，全家都移民到加拿大了，只剩下他这个老人依然倔强地留在村子里，说是要死后埋在故土里。以老支书一辈子的经验来看，每个时代都是属于胆大的人的——畏畏缩缩、瞻前顾后，机会就会在眼前稍纵即逝。因此，老支书像教父一样，教育、鼓励着村子里的村民。

老支书特意来到篾匠家，对刘金鑫爷爷说：“老哥，你那孙子，将来，一定是个厉害的角色！”

爷爷埋头编制他的竹器，恬静地笑道：“厉害什么？早日结婚生子，那才是正道！”他说出了乡下人最朴实、最简单的期望。

老支书便哈哈大笑几声，紧接着，咳咳咳，一阵咳嗽。

半年的蛰伏，刘金鑫的身体恢复到高中时期的最佳状况：四肢活泛，浑身是劲，眼睛明亮，头脑清晰，心里的焦躁逐渐平静，体内聚集着一股巨大的能量。甚至，他可以听见内心的灵魂，与他对话。整个人，就像云山寺庙的刚毕业分配来的和尚一样，清秀干净。虽然有时，晚上也做春梦，但早上醒来后，他照例安慰自己——好起来，一切都有！他相信，未来的另一半，就在某个高校读着研究生或博士。在他看来，只有自己的妻子是高学历才能让他刘家彻底洗脚上田、脱胎换骨。眼下，村子里发财的人很多，但是，很少人的配偶是高学历，后代也不注重仪容仪表，时常在公共场合袒胸露背、嘴叼牙签、手抠脚趾、满嘴脏话。所以，他得比别人看得更长远，择偶要求也就自然更高。

每日的高瞻远瞩，让他看清前面的道路，虽然不清楚自己即将从事什么职业，但目标很明确，就是——发财！发财！发大财！

发了财，一切都会有！发了财，名车、豪宅及娇妻都会有！此话不管多俗气，但是个十分现实的想法！他这颗年轻充满活力的心想着，要不了多久，他在这个小县城就算坐不上头把交椅，也会是响当当的人物！又回过头来想，上山西坑村的老表吴茂鑫，那个曾经的打屠佬，现在都是上市公司董事局主席了，他的身家已经是百亿了。说真的，他没有投奔老表，完全是骨子里不服输。他的脾性遗传了他的爷爷。爷爷虽然是大老粗，但他的心明得很，做事说话干净利落。大姑把爷爷给她的基因带到了山里，姑父是个老实的屠夫，但老表，就不一样了。他是个敢想敢做敢当的主。他站在了养猪的风口上，与他的猪、他的饲料公司都飞上天了！

环顾四周，在爷爷的族群里，个个都是人精，都散在五湖四海谋生，很少有交集，各走各的路。遇到就业难题或生意场上的难事，每个人都仰头走路，谁也不服谁。他也一样。依照常理，表哥做到董事局主席，他大学毕业去做办公室主任也可。他没有这样要求，也不愿去，情愿到外面的公司去挖第一桶金，也不仰视那个大他二十几岁的表哥。

在刘金鑫的脑海里，总想着商机、商机，风口、风口。

一个企业家说过，站在了风口上，猪都能飞上天！

时下，传统的营销模式过时了。比如，你的洗洁精很好，依照传统的办法来卖，费力不讨好，利润少得可怜。如果你成立公司，划出组织框架，所有部门科学规划；再用上那些高端的新名词，渲染一番，激励一阵；最重要的是，要自己站在尖顶上，发展下线。每一个下线，购买几百上千元的产品，再发展下线，这样，队伍庞大起来，自己的收入就会翻倍地增长。三十年前，大美公司进入中国的营销模式，就是培养出成千上万的营销专家和高手，成就了不少成功人士。现在，营销培训班，像春笋一样在各地各市繁衍起来，连小小的县城也有上市公司的培训机构。

时下，已是直销的天下——任何生意，线上线下都离不开先进的直销。当然，基层的业务员的辛勤付出也是必需的。

恰好有一日，高中同学吴欢来找他，向他推销保险业务，开口闭口都是“如果发生意外，就能赔付几百万”。在刘金鑫看来，吴欢一点营销的技巧都没有，还在自己努力地跑业务。如果他来做，肯定不是自己去跑一线，而是租一个大办公室，召集一些能人（他有标准及秘诀），考核培训后，把红利摊开来，给手下看得见、拿得到的利润。他的团队，不可能给人家讲赔付几百万的好处——人没了，几百万有什么用？老婆转身嫁给了别人，好上了隔壁老王，或是驾驶座的司机？他会让他的团队直接干到年薪能够在县城买到一套房子！

他在茶室里招待吴欢，很想把他的技能传授给吴欢。但是，吴欢似乎除了略懂保险业务，情商十分欠缺，连客气话都不多说几句。他就把想说的话咽进了肚子里。其实，做保险要到大城市里去，那里的人的保险意识较强。农村人，任你怎么说，当要掏钱的时候，就一百个不愿意。不是农民的眼光短浅，而是实在。

最后，他说：“吴欢，你很棒，敢于挑战这个工作，我相信你，一定能成功！”

吴欢受到鼓励，面露笑容，顺势说：“老同学，你要用实际行动支持一下工作！”

刘金鑫说：“等以后我的条件允许，第一个找你！我清楚保险的好处，可以理财。以后，有好的保险业务，再来找我！”

这时，爷爷高声喊道：“鑫仔，吃饭哒！”

“你看，我现在还在啃老呢！”顺着这喊声，他对着来访的吴欢说。两个人都大笑起来。

“很好！人，要有斗志！没有斗志，跟猪圈里的猪有什么区别！”刘金鑫看着同学离开的背影想了良久。这个“90后”的大学生，只要有想法，会拼搏，有的是机会！这是同学来访的好处，至少，他看见了信心与干劲。他甚至想，这个同学再历练多些，以后或许可以作为自己的得力干将。

因此，他向吴欢热情地喊道：“常来玩，我帮你宣传宣传！”

这话让来访的同学开心地倒回来，将一沓宣传单递给他说：“还请老同学多帮帮我！”

双方都很满意这次交流。吴欢家离这儿不远，便没有留下吃饭。吴欢虽然没有在他身上拿到单，虽失望但也执着地、满怀斗志地离开了。在这位同学看来，不久后，他一定能够成为区域经理。到时，再来老同学这里，就不是骑电动车过来了！

刘金鑫在蛰伏期间，一直在思考他人生的道路如何走，方向在哪，什么行业。这是在他打工期间一直没有找到的答案。那时，因为上班，身心全投入进去了，就像钻进了水底，看到的都是浑水，连水中的石头都看不见，更不要说捕捉水里的鱼了。他脑子清醒过来——自己捕鱼是下下策。享受捕鱼成果的一定不是捕鱼的，除非是自己找找乐子。在这里混下去，风口很快就转向了。如果要发财，必须走出来。因此，他放弃了两三万一个月的高薪，毅然决然辞职了。

每天早上，他在山顶上打坐、吐纳、冥想，待山下村子里小学的钟声响起，他便收腹停息，缓缓回神；然后，按捺不住充沛的精力，像雄鹰展翅一般，撒开双腿，连跑带跳，一溜烟工夫就下到了村子，回到了爷爷的院子。这时，热腾腾的早餐已经备好了：鸡蛋、牛奶、番薯、豆饼等，绿色食品像酒店自助餐那般丰盛。

“奶奶——”吃过早餐，他都要朝院子里忙活的奶奶高喊一声，以表亲热与开心。满头花白的奶奶看着这个精力充沛的孙子，笑得满脸的皱纹褶皱起来，张开空洞洞没牙的嘴问他，吃好了冇？他咂嘴表示美味可口。

有时,金鑫看到爷爷便凑过身去,看爷爷努力地切烟丝或者编竹器，或者聆听爷爷讲家族以前的奋斗史和荣光。爷爷常跟他讲，我们祖上都是知书明理人，做县令的、做知府的、书院讲学的，与我们都有来往。那时，做生意是下等人，做一方大员，造福百姓，那才是光宗耀祖，流芳百年！

“你们，唉——智商有限，如学习好，还是从政。现在，国家繁荣富强，到处都在做项目、拨资金。你看，修村路、修乡道、修水渠、修农家休闲场地、搭蔬菜棚,到处在搞乡村振兴,做实事,这才有意义！”

老爷爷一边编织着他的花篮子，一边对自己的孙子说：“你老表茂鑫，新农业建设，科技兴农。你以为他养猪发财？那是股票发财！我搞不懂，现在的人好样不学，学坏样，总学外国的坏东西！一个是股票，二个是离婚！冇责任心的人，兴一夜情！道德风尚，都坏了！有钱怎么样？还不是百年寿命！我跟你说，真正要造福百姓。就像我们政府说的，为全国老百姓的幸福生活而奋斗！解放前，多少革命烈士为了新中国的建设献出了生命！不要忘记初心，是很正确的提倡！为人民服务，是很好的宗旨！不要总想着发财，发财！一个人，只有一个胃、一双手、一张床。你不要一山看着一山高。要务实！大家都明白——务实兴邦，浮夸害人……”

爷爷把人生大道理一讲，刘金鑫就有些脸红。但是，目前他毕业不久，刚刚入社会，翅膀还没硬，还没有品尝到人间的盛宴，就要把人生境界定位这么高，他一百个不愿意。天上那些耀眼的星星，就写别人的名字吧！他内心的唯一理想，就是像大家想的一样，就是发财，发财，发大财！

他相信自己就是发财的命——名字里有一堆金子！与本县山里的老表吴茂鑫相比，还比他多一个金。这个老表，一个小学生，屠夫为业，原本平淡的一生，谁算得到，他的运气来了，门板都挡不住！

被爷爷教育了一番，他抓了一个空隙，就回自己的茶室了。

茶室在老屋院角的东南角，他专门搭了一个时尚的玻璃棚，摆放了一张特大（在乡下看来）的老船长案头。那案头得七八个乡下壮汉才能抬进去。里边铺了木地板，摆放了许多绿萝，阳光充足，满眼生机。而且安装了空调，夏天凉快，冬日温暖。平日客人来访，就在这里喝茶会客。没客人的时候，他不是无所事事，而是在努力做发财的梦想及计划——电脑桌放在茶几的一侧，转身就可以上网，在网上收集他要的资料。他将那些资料打印出来分类，张贴在靠墙的一张白板上。

他这个茶室，外行的看不懂，内行的一看就知道这个主人野心不小——他在规划他的人生，在酝酿发财的梦想，在改变自己的命运。

细心的人看得见，他白板上的鱼骨图、他的构想框架，暴露出他的野心。这让几个有人脉的大学、中学同学，对他刮目相看，甚至常来这里畅谈生意经。这正是刘金鑫需要的效果。

他觉得现在做什么都要人脉。你的圈子小，就做小事；圈子大，就做大事！你的圈子是庙堂，就做庙堂的事；你的圈子是佛道，那就做佛道的事。就如自己的大伯伯，早在改革开放初期，人人都往沿海发达城市去淘金，他却选择去了灵山古观做道士。开始几年，一家日子过得清汤寡水，毫无生机，惹得爷爷叹息不止，恼怒不已。没想到，十年之后，他当上了掌门人，大门的钥匙握在自己的手里，才让一家子恍然大悟——原来伯父下了一盘大棋，不光赢得了人生，还养好了身体，原来骨瘦如柴的身子，竟然在宽松的道袍下，显出强健的身体来。另外，伯父自学成才，竟然会配几个草药偏方，还自学了《易经》，能说会道，替人消灾，帮人化险；据说还练了几套养生的拳术，成了远近闻名的刘大师，做着所谓悬壶济世的大事，成了家族的骄傲。爷爷经常在子孙后代面前为这个儿子树标杆。但有人猜想，说那也是发家致富的事业。再说堂哥金凡，他皈依了佛门，知情人知道他是一无所求，不知情的人认为这个家族又有一个人要念佛门的生意经。他们随佛入道，是他们的选择。他的宏伟计划只有他自己清楚。

这半年里，他仔细谋划，日渐成熟的计划即将推出。

二

茶室白板上，他在规划一个商业模式，我们日常离不开的物品，上面写着：

日用品：洗衣液、牙刷牙膏及护垫。

食　物：肉类及蔬菜，另外加大米、油、酱油及精选盐。

服　饰：四季时尚服装、鞋及袜子。（科技类产品就不在自己的营业范围内。）

医药类：利润高但成本也高，未来的发展方向——最好有秘方可以攻克疑难杂症！

养生类：冻龄，不不不，要逆龄！古话说的返老还童，让正常人突破百岁限制（用一个箭头指向一个圈，圈子里写着150岁），人人活到150岁。

如果能掌控人活到一百岁的药，届时，财源滚滚来，而且还充当一把救世主，让爷爷含笑九泉。但是，这条路子很不现实，只能作为一个参考项目，或者作为今后的奋斗目标。

他很清楚，如果依照传统商业模式，那些日常用品的利润少得可怜，短时间内不可能做到像沃尔玛、麦德龙、华润万家等百货巨头的规模。只有以特殊的模式，快捷赚取第一桶金，然后像细菌分化的模式，急速增长。特殊模式早在近三十年前的大美公司，在中国的土壤里生根发芽，赚了多少钱，做得人人都晓得。但大美公司是在传销，人人“谈美”生怨！现在，网络PTP（精确时间协议）盛行，既是机会又是陷阱。他心里早有决断。同时，也意识到了当下的危机，如果不赶紧抓住这个机会，他就无法完成自己的计划了。

就这样，半年的酝酿，描绘出了他心里的蓝图。现在，开始物色合伙人。他清楚人力资源是企业成功的关键。在另外一个本子上，他圈出了原始合伙人。一个是本地同学黄鹏，在县城里开一家金利来商务酒店，依照当地小康生活的标准，他早已达到了——有车有楼有妻有子有稳定的收入。他也清楚，黄鹏也不甘落后，人都这样，一山看着一山高。在他面前，黄鹏经常谈起本地的首富吴茂鑫，甚至希望能与他吃上一顿饭。他帮这位同学做到了，而且，还帮他办成了一张会员卡，让他的酒店生意好了不少。黄鹏经常约他，要感谢他，都被他回绝了。现在是用他的时候了。第二个合伙人，是高中的班花周敏。她不光长得漂亮，还是左右逢源的交际能手。在这个小县城里，没有她办不成的事。虽然，那是些小事，比如上学择校，比如医院挂号，比如保险索赔。她是我们县里平安保险的总监，全县所有跑平安保险的，都是她的部下。听说三十年前她的妈妈在广东做大美的经理。她遗传了母亲的优良商业细胞。如果她能加入，可以说是事半功倍。年前她来拜访，那身材，那脸蛋和肤色，还有眼睛里的含情脉脉，真的让他有点心旌动摇。但他的理智告诉他，要彻底摆脱泥土的基因，还是必须有高学历的配偶——遗传学里讲得明明白白。她是高中生，连大专都没去读，就——暂且放一边吧。后来，在一次试探性闲聊的时候，他把所有的计划都毫无保留地盘出，周敏当场伸出手来说：“老同学，合作愉快！”他象征性地捏了捏她伸来的手说：“承蒙抬爱！”不知她是真心还是假意。

还有第三个合伙人，就是矿业公司富二代张小磊。他开着豪车，接过了父亲递给他的交接棒，出入商场，做得风生水起。一次他拜访刘金鑫时，谈起他公司错失上市机会的话题，这个富二代紧紧握住刘金鑫的手说：“老同学，听君一席话，胜读十年书！早该拜访您！如果换您来做舵手，就可以抗衡现在的南岭矿业了！”现在，他家的矿产价格受制于人，风光不再了。如果张小磊能加盟，那他的公司在本县就基本可以立足了。其他的下属，就由周敏去布局了——平安保险公司的激励手段可以用来借鉴，活学活用。

人员定了，就剩选定商品了。

没有商品的代理买卖是骗局，是传销，政府会取缔的，是行不通的。另外，在他心里清楚明白，这家公司是暂时的，在里边获取第一桶金就立马转身到第二家公司，合伙人另立。那是后续计划。

时机已经成熟了，他翻了翻桌子上面的日历，查看了一下皇历，上面写着：宜——出行、会友、开业、签约、理发、祭祀。他便在手机里组了一个群，名字就叫“金鑫发展”，把那三个合伙人拉入群。他在群里献了鲜花，放了鞭炮，用动漫美术字滚动放出几句话——

金鑫发展欢迎您！期待您加入！

新一轮暴富机会，我们不能坐视！

您——将是下一轮商业霸主！

不一会儿，黄鹏伸出一个大拇指，来了一句：“兄弟，终于启航了！”

周敏露了一个笑脸，连拍了几个巴掌。

张小磊放了一个火箭烟花，也在群里发了几个字：“热烈庆祝金鑫发展开业大吉！”

刘金鑫看到回应，开怀地打了几个字：“欢迎同学们入伙！有时间请过来寒舍一聚，商谈一下公司的运作计划！”

黄鹏的酒店有一个商务会所，这个小子还记得欠他人情，便发了几个字：“今晚六点，牡丹亭（他酒店的一个贵宾室）等你们！一定要来！”

他看了这信息，回了一条：“会议室网络安装得怎样？”

黄鹏发了一个好了的手势。

他再问：“敏敏，有空吗？”

周敏回一句：“没空也要抽空！”

一个笑脸送过来，博来他的另一个笑脸。

“小磊呢？安排一下。”

小磊回了一句：“好的！一定来！”

在这些同学的眼里，刘金鑫是在深圳那个大城市里见过世面的人，头脑不一般，眼光千里长，志向万米高！能放弃年薪五十万（他私下说的），开宝马（虽然是二手的，跟新的没两样），不跟首富表亲闯天下，注定不是一般的人。几个同学都是班上的精英，在这个小县城都是成功人士。他们可是要携手共创大业，大展宏图了！

小县城离莲花镇有三十公里。现在，每个人都有小车，几脚油门就可以到。时值盛夏，莲花镇一片浓绿，四周都是山，七十里的平川全是绿色的庄稼。楼房林立的乡村在浓绿中十分显眼，或红顶，或大窗户，高高地耸立在浓绿上，就像时下乡村的暴发户一样，满身的珠宝，藏都藏不住，像极了抖音里那句骄横的话——“我想低调，但实力不允许啊！”

虽然时下的乡村没有了以往的黑瓦白墙的乡村气息，脱离了朴素的诗情画意，但这也是社会发展、时代进步的标志，也是改革开放带来的巨大福祉的体现——试想一下，历朝历代，哪个朝代有当代的繁荣昌盛——家家有楼房，户户有小车？没有！唯有当代，21世纪的中国，当代！

我们乡村，也只是中国一个普通乡村的缩影。取得这样的成绩，这得感谢中国共产党为人民服务的执政理念，以及敢于拨乱反正的气魄和改革开放的政治远见，让大家都脱贫奔小康，走向繁荣富强！

刘金鑫对眼前的景象，还是相当赞赏的——青山绿水，蓝天白云，在经济发达的沿海是很难看见的。沿海一年四季都是一个颜色，一年四季办公室里都是一个温度，一年四季都在电脑桌前面，统计、分析、报告、策划、总结、引导及开拓。对于一般人来说，薪水可观，可以安居乐业。但对于他，那是渡河的跳板、登顶的梯子。

现在，他终于有了一套自己的创业计划和技能技巧，成熟于脑子里。理论样书都复制在电脑里。他的翅膀自认为可以翱翔蓝天了，可以搏击惊涛骇浪了。

也是，一个年轻人没有拼搏的精神和勇气，怎么可能收获成功？！“天道酬勤”“积极进取”“抓住机遇”，那些创业的经典名言，他都烂熟于心、刻于骨头了。

开车在乡村的道路上，刘金鑫的心像满山的绿色那样郁郁葱葱。乡道已经铺上了沥青，安上了太阳能路灯，这是老百姓做梦都不敢想的。以前，天晴一把刀，落雨烂沼沼；出门一个拐，回家一身泥。现在，沥青路干净舒适，没有了灰尘和焚烧垃圾的气味，全是青草和花香——多惬意，多美丽！每日早上，晨跑的人不少；黄昏，一些老人不由自主地走在乡道上，乘凉，聊古，真正地去“吃甜忆苦”了。

此刻，他就是山上的一棵茁壮生长的大树，枝繁叶茂，根深蒂固，不怕风吹日晒了。车上的音响是乡村摇滚，诉说以前的故事，展望未来。他被这音乐感染，很想高歌一曲，吟诗一首了。他内心喊了几句：“青春，多鲜活！时光，多美好！感谢上天，让我生活在一个好时代，一个好国家！……”

三五分钟后驶出了乡道的路口，看见本村刘金石老哥，他谨慎地慢下车来，检查行车记录仪是否开着，以防刘金石忽然撞过来讹人。刘金石没有注意到他，他便迅速转上国道了。

国道加宽了，来往的汽车众多，这是百姓日子富裕的体现。放在十几二十年前，老百姓想都不敢想自己的院子会停放一辆属于自己的小轿车。儿时，家里有一辆手扶拖拉机就不得了了！现在，百姓的日子，除了几家没劳动力的老人和几个混混懒人外，大部分已经好起来了。

不过，人心，好像一口没有底的洞，从地球的西方一端通到了东方，永远满足不了。随着好日子的到来，又想要更好的日子。就像他父亲，一个“70后”的人讲述以前吃红薯饭，有时还挨饿。现在，鸡鸭鱼肉，餐餐都有，也满怀危机意识。他说，现在我们在深圳连一个厕所都买不起，这算过什么日子？父亲其实是抱怨他不该放弃高薪，回到莲花镇自优村。之前夸张一点说就是穷山恶水的偏僻山村。当时，他将原话顶回去——正是因为在深圳买不起厕所，所以要回来搏一回。

父亲又是惊讶地看着他，不再说他了。在他的内心，那颗强大的心里，隐藏的那几个字被他父亲看见了，就是——发财，发财，发大财！

当然，也必须——努力，努力，再努力！拼搏，拼搏，再拼搏！

一路向西。县城在西面的一个群山里，没有莲花镇那么宽阔，但县城里的各级政府的主管部门都在那里。公检法的门楼气势恢宏，县委县政府的楼宇高耸挺拔，这是乡镇无法比拟的。何况，县里的重点中学在县城聚集了多少孩子在那里求学，寄托了多少家庭的希望。平日里，上课的时候门可罗雀，放学的钟声一响起，县城的每条道路都挤满了接送孩子的家长。

不到半个时辰，刘金鑫刚进入县城就被堵在了学校的门口。他索性停下车，等孩子们散开了走光了，才缓缓地朝金利来商务酒店驶去。

金利来商务酒店原先是物资局的物业，20世纪90年代改制的时候，黄鹏父亲利用人脉在银行贷款，盘得了临街的这座一排二十间店铺的七层楼房，稍加改造，就成了今日的金利来商务酒店。酒店有一个阔气的大厅，临街的一面，由霓虹灯装饰。晚上，远远就看见了这个标志。现在的网上导航，也显示出“金利来商务酒店”的位置。在本县城，还是排名第三的酒店，除了“首负”陈虎的大酒店和岭西大酒店，就是这家了。

酒店门口宽阔的十字路口，给他一家带来了很好的经济效益。后院宽敞的停车场，更是方便了来用餐和住宿的客人。

刘金鑫在门口按了喇叭，黄鹏从里边跑出来，朝他向侧门挥了下手，引导他入院停车。那动作就像东北小品里的田娃，喊着“倒倒倒”。看他的相貌，竟然真有点像田娃，但他没有人家大智若愚的傻态。眼前的黄鹏，一副精明热情的样子，大热天，西装白衫，白衫上领口的蝴蝶结刚刚解下来，一看就是一个勤快敬业的好后生。

“热烈欢迎刘总！”刘金鑫停好车，黄鹏欠了身子，做出一个标准的迎宾鞠躬动作，用洪亮的声音迎接他的老同学。这个动作有些夸张，让一旁的保洁阿姨看见了，忍不住扭头捂嘴笑。

刘金鑫拍打他的肩膀说：“他们，来了吗？”

正说着，周敏的蓝色本田车进入院子，黄鹏立马跑上前，帮她开车门，一手为这位同学遮挡，以防撞头。那套动作，像香港电影里的动作片一样，有些夸张，明显有阿谀奉承的味道。看来，老同学的职业病已经深入骨髓里了。

“欢迎周总光临！”黄鹏高声喊道，伸出手想握一下。周敏笑着挥手打开了，用眼睛看着他说：“这个流氓，总想揩女顾客的油！”

黄鹏一脸无奈，哭丧着脸，看着刘金鑫喊冤说：“老同学，你冤枉我了！握个手，是我高中三年梦寐以求的！你就让我实现一下吧！”

“去！”周敏故意躲在刘金鑫的后面，不跟他握手。

黄鹏立即坏笑地看了刘金鑫一眼，说：“我明白了！我喊嫂子了！”

“敢喊，我打死你！”周敏警告说，但是没有威严，一脸笑容，灿烂可爱。她五官精致，皮肤白皙，一对丹凤眼，让人一看就心动；水灵灵的眼睛里，蕴藏着极大的智慧与主见。那齐肩的秀发，像瀑布一样流荡光彩，额头的刘海还有发梢都向那张鹅蛋脸弯曲着、拱卫着，与黑亮的眸子组合成一个活泼的东方美人的胚子。她的个子中等，但是身着保险公司经理的制服，显得身材姣好，就像巴黎的模特巨星一样，魅力四射。

时间还早，几个人进到会议室。刘金鑫把笔记本电脑接上，将要讲的内容提出来，准备在这里说服这几个合伙人。

“牡丹亭房已经准备好了，”黄鹏说，“我们到下面去等小磊吧！”

“不用那么客气！打四个工作餐，等一会儿，我们就在这里，边谈边吃。等我们成功了，再讲排场不迟！”

刘金鑫在深圳经常吃这样的工作餐，既省时又高效。深圳人能赚那么多钱，与创业精神和工作方式有很大的关系。

“好吧！”黄鹏说完赶紧去准备，回来时，与小磊一起上来了。两个人攀搂着肩膀，亲热无比，看来经常在一起。

“你好！刘总。你好！周总！”高瘦英俊的张小磊，一头长发，蜷曲着，像某个央视节目主持人一般，洋气，白色的T恤衫搭配白色的西裤，干硬的领口内，却掩饰不了里边的大金链子，金灿灿的、沉甸甸的。

张小磊伸出手，象征性地与他握了一下，后急忙松开，伸向了班花周敏。周敏这一次却与这个同学握了一下，气得黄鹏夸张地大喊：“老同学，这不公平！不公平！我也要握一下！”

这时，服务员送工作餐进来，黄鹏转头看见来人，赶紧住了口，收回手，跑上去接了工作餐，并介绍说：“这是我的内人！王冬梅，乡下婆子，你们见笑了哈！”

“嫂子好！”周敏笑着伸出手，以示对黄鹏的“蔑视”。大家一起开怀笑了。笑得黄鹏的老婆有点不自在，她上下看自己的衣服，以为自己的衣服扣子没扣好或者溅上了汤汁。

“好了！嫂子，我们有事要谈。谢谢你了！”刘金鑫对王冬梅说。

王冬梅听了赶紧说：“啊！你们忙！多谢关照哈！”

“如果你有空，也可以参加。”刘金鑫真诚地说。

“不！不！不！我，一个乡下文盲，什么都不懂！你们谈！”王冬梅赶紧出去了。她也没时间，下面的餐厅等着她。她只是好奇老公的女同学，便利用送菜的空当，过来看一看、比一比——要管住自己的老公，得看住他的圈子。

“好吧，长话短说。我们在这个小地方，用这种方式边谈边吃，好像有些做作。但在深圳，就司空见惯了。吃饭，只是一个按时完成任务的简易之事，我们不能在这方面浪费时间！”

大家乐于接受这个成功人士的建议，况且也想尽快看到他的创业规划，能投资就投资，不能投资学习一下也可。通过数次的聚会，大家都了解了眼前的刘金鑫，思路敏捷，谈吐不凡，主意不少，志向不小。

大家拆开盒饭，一阵香味弥漫开来，很开脾胃。

等同学们吃个大概，刘金鑫已经把饭盒收拾好了，打开了电脑，投影出了他今天要讲的创业规划——

一、成功的传统连锁商业模式：沃尔玛、肯德基、华润万家

二、当下成功的网络商业模式：京东、天猫、淘宝、雅虎、亚马逊

三、当下的网络商业优势：……

四、目前的国际大环境：……

五、当下的国策：看懂国策，遍地都是金子

六、如何辨别金子？

……

这个时候的刘金鑫就像是大学里的顶尖教授，站在全球市场的高度，悟透并窃取了每个大富豪的发财机密。

他引经据典，侃侃而谈，从美洲到欧洲，从东京到新加坡，从比尔·盖茨到巴菲特，从苹果到亚马逊。每一个创业者的动机及创业初始的困难及决心，全都一一细数。再回到国内，李彦宏的百度、马云的阿里

巴巴，还有马化腾的腾讯、王兴的美团等等，初始的发展及长远的策略，每个企业，他都仿佛参与了组建，面临过其中困难，是如何惊心动魄，后又如何化险为夷，最后蓬勃发展起来了——仿佛他在不同的地方，都敲起了上市的钟声。

三个听众如沐春风，恨不得大家早生几十年——那么，我们的这个金鑫集团在当下的商界，也占一席之地，与那些马先生共享时代盛宴。他们，每个人的持股，随便拨出一点来，都是以几亿几十亿来做计量单位的！

正在他们做着富豪美梦的时候，刘金鑫切入正题说金鑫发展的规划——

1. 原始股东

2. 股本及占比

3. 股东权益

……

10. 经营产品：日常用品洗洁精和护垫（寻找知名品牌代工）

11. 发展模式：金字塔架构

12. 一年收益：回本

13. 两年收益：翻番

……

谈到关键的发展模式，刘金鑫说："这里强调一点，如果要在短期获利，我推演过各类模式，最后得来的结论是收益快的还得是大美的销售模式。也许，同学们心里会说，这不是传销吗？不！有过硬的产品，且正常纳税就不是传销！而且，价格要亲民。我今天就带来了这两款产品，这个是护垫。老同学，你识货，你看看。我在百种前沿产品中筛选出了这种，你看，多柔软，多舒适，而且吸水性强，价格也适中。”

一个未婚的后生刘金鑫把护垫递给未婚的老同学周敏时，完全没有一丝拘谨或尴尬，可见这个策划人的内心多稳固、多强大！也是——都谈到正题了，都讲到国际商务了，不可能以小农心态去领悟这次会议精神。

周敏接过护垫，仔细观看，触摸，不断赞叹说：“不错！很不错！”

刘金鑫说：“你猜猜价格多少？”

周敏说：“依照我们普通人的购买能力，五元一包还是能接受。”

刘金鑫说：“五元一包五片，很亲民吧？”

女同学说：“哦，的确可以！这样的话，就容易推广。”

刘金鑫赞道：“老同学就是有悟性！你再看吸水性。”

刘金鑫端了一杯水，往护垫上倒。这类护垫的吸水性强，超过了任何同类产品。

“这个产品还未上市，我已经与厂家签了约，拿到了省总代理授权书。这个项目，我们计算下来，以现有的需求量来看，此类产品只赚不亏。还有这类洗洁精。你们看，这是洗洁精，但它不是普通的洗洁精。我们的环保且能强力去污。你们看，这块抹布多脏，有机油，可用这款洗洁精只搓几下，就干净了！这不是变魔术！你们看，还原了本色。这是一种超强的清洁剂，也是刚上市的，是北京化工大学化学系的老教授的发明专利。我跟他谈了合作意向，给他 20% 的股份，他把专利授权书给了我。你们看，这是授权书。目前，很多洗洁精和洗发水都有致癌的隐患，我们要提醒广大市民，改用我们的产品！我已经找好了生产厂家，能提供足够的产量给我们。这两个牌子，我都设计好了 logo，很快就能上市。希望你们能加盟。说实在的，我在深圳那边也能运作。但，那里是大海，我们还是先在内湖里学游泳，稳妥一点。如果有兴趣的话，依照刚才的出资占股。这是原始股！如果中途出了状况，那我一个人承担你们三个人的债务。你们也可以随时退出。我还会支付你们三倍的银行利息！”

话说到这个份上，这三个同学无不动心。

“中途不增资吧？”黄鹏看着策划者说。

策划者立即说：“你们放心，我已经做好了最坏的打算。如果这笔钱养不起这家公司了，我也就老实地去外出打工！你们的本金，我在深圳一年就能赚回。说真的，我可以一个人从小做起，但我认为人多力量大。况且，我想先在家乡试试，看看自己几斤几两。”

“好！我认！”张小磊干净利落地决定。他的圈子里，也就是本区的矿业，三句不离矿。真正要生意出圈，他还是要借助眼前的这个同学。今天，他见识了什么是头脑，什么是经济，什么是商业模式，什么是方法和胆识。他这个矿二代，一直没有试水的地方。今天，终于有了机会。

刘金鑫看着周敏，他心里想，一定要她。她的优势很大，她是这家公司成功的关键。她旗下的那些业务员，是现成的好帮手。而且，公司的营销模式可以让他们兼职，完全不影响他们正常的工作，顺嘴就可完成的任务。时下的人们，都有一颗焦躁的心，每天楼市的行情让那些下不定决心的太太们后悔连连。想当年，县城的房子五百每平方米都嫌贵，现在五千一平方米。早知道，之前打死也要买上一套。在东莞、深圳打工的人们，没有买到房子的，肠子都悔青了——当年两三千一平方米的房子，现在，东莞的五六万，深圳的十几万。现今，一连串的“如果”排着队来责问自己——如果当时狠下心来买上一套，那么现在也是千万富翁了！你看，同学张秀妈妈，当初就在深圳买了几套，现在收租过日子，时不时开着豪车，回到这个县城，来个同学聚会，或者坐在县里招商局的贵宾室里，谈起经济头头是道。那手上拎的 LV 包就能抵上这里的一套房了——当初，她也与父辈一样，在流水线上加班加点，累得像狗一样。不说那么远，镇上的、街道上的，当年规划才五千一间的店面，可那时很多人就没那个胆量和眼光买下来。现在，上百万都有人抢着要！

眼下这个时代，想不到大家都这么有钱！在这个普通的乡村，随便就可以在银行里提出一百万来！

“怎么自己就那么落伍呢？”父辈们常抱怨说，在十年二十年前，他们也是一个冲浪的好手，在广东发达地区也做过主管，拿过高薪。说到底，是他们不明白口袋里的钞票缩水了，原来辛辛苦苦挣来的一二十万，现在，在这个小县城里，交个首付就倒回到了解放前——身无分文了！因此，当下每个人都有一颗渴望发财的心，渴望碰到机遇的心。只要有人一呼就有百应。

周敏的口袋现在殷实着，她可是明白钞票缩水的道理，急需一个新项目来搏一搏。况且，这份工作毫不影响自己的正常工作，十分可心、合理！

“我跟！”她此刻看着发起人，眼里有光芒，“但，我想，多拿五个点。”这个女同学，提出了新要求。

刘金鑫迟疑一会儿，不好直接回答——如果自己让步，那其他两位同学怎么办。好在黄鹏犹豫一下说：“我还想少持五个点！正好，把我的五个点转给你！”

“好！”这一次，周敏向这位老同学伸出了手。这个黄鹏，竟然当着大家的面，闻了闻刚才握的那只手，陶醉了一下说：“哇！蛮香的！”

“嫂子来了剁了你的狗爪子！”周敏笑着警告说。

大家笑了起来。回想当年的高中时期，他可是公开大胆追求过这位美女同学的，还闹了不少笑话。他的追求显得有些轻浮，因此没有成功。后来，黄鹏看着没戏，就听了老人言——不在一棵树上吊死，转移了目标。黄鹏因为家境好，随便说一个对象就成了。他的家境那么好，又有一颗爱慕周敏的心，若当初周敏答应下来，今天的她就是金利来商务酒店的老板娘了！不过，对于周敏来说毫不可惜，她现在可是抢手的。县中的老师、派出所的警员、银行的职员，还有政府的官员，无不对她青睐有加。随时一个电话，就有一帮哥们为她捧场。但她的心好像是属于远方，不属于这个小地方的。或者，属于眼前这个策划师！这个策划师可不是一个简单的人，他只是暂时蛰伏在这个小地方，等到时机成熟，他一定会一鸣惊人，飞上蓝天，遨游高空。

“好！就这么定了——小磊占 10%，黄鹏占 5%，周敏占 15%。协议我修改一下。资金我们尽早落实。那两个厂家，一直在跟催我的订单进度。我的计划是一周内注册好公司，名称就叫‘金鑫发展’。小磊帮我找一个视野好的、宽敞一点的办公地点，最好有能够坐下五十个人的会议室。牌子我发给你制作。所有费用都要开好发票。我们要做强做大，不能没有纳税观念。我们的产品，在一个月内就可到位。先会送来两个货柜。到时，周敏，还要你多费点心！”

“好嘞！没问题！”周敏爽朗地回应。对于眼前这个老同学，策划师、经济师的金鑫发展公司的未来，她已经踌躇满志。甚至，她也想借这个机会，把自己搭进去。跟着这样有野心的男人，将来一定是精彩非凡！当然，也可能是心惊肉跳的。有野心的男人就像是一个赌徒——成功和失败都是 50% 并存的。但对于死气沉沉的日子，她情愿选择与有声色有激情的赌徒过日子。

接下来，策划人反复交代：“第一，要用大美武装自己。强调只借鉴大美合理的部分。第二，我们公司的强项在哪里？就是产品的性能和价格。老百姓关心的就这两样。第三，推广模式，我们以购买产品的量来定等级。等级越高，拿的奖金就越高。奖金以现金的方式，每月集体发放一次。这个激励的方法比平安保险更可观更直接。我相信，重奖之下必有勇夫！”

一切都顺利地开展和进行。

三个人的资金很快到位。虽然黄鹏的资金被金利来商务酒店的老板娘扣住了，但周敏因他的支持，把本金借给了他，让他成功成为金鑫发展的股东。

场地很快就找到了，在县城的工业园区里。原先招商引资，县里在西山平了一片丘陵，那里建了一片厂房。时下，还有三五个工厂在正常运作，原来污染的工厂全关闭了。因此，多出来一些厂房，有的办了培训学校，有的在搞养殖业，有的在长草。张小磊推荐的厂房就是在大路边长草的厂房，有三层，写字楼是现成的，只要整理装修一番即可使用。房东在珠海，原先县里招商引资对他引进工厂的奖励，就是这个一万平方米的工业用地。他自己建了标准的厂房，但引入的制衣厂经营不善，倒闭了。这几年来，工厂不好做，“营改增”让一些利润小的企业纷纷倒掉了。所以，这个工厂空地每年的茅草长了枯了又绿了。几个人走进大门内，看见人高的茅草，黄鹏说：“这里充满衰败之气。好不好啊，刘董？”

“那要看谁的八字。我看就很好。把这里整理一下，还是不错的地方。这个草坪，下午没有阳光，可以用来烧烤和园游。再说，价格好谈啊！”

果然，刘金鑫与房东通了几句电话，价格就从三万的月租降到了两万。他客气地对房东说：“我还帮你修整，聚人气。比放在这里长草好多了！说实在的，我有两百平方米的办公室就够了，不需要生产车间。”

对方松了口，刘金鑫也面露笑容。他看好这里的大坪，停车方便。他想，不久后，这里一定是人气十足，车水马龙，财源滚滚而来。

三

北山刘家自优村的大学生终于在某一天，没有继续跑步上山了。他的反常，让村民们一致猜测——他到外面发财去了？在我们这个小地方，想发财是件天大的难事。除非你有靠山，或者你抓住了时机，站在了风口上。就像刘家外甥吴茂鑫一样，从屠夫干到了上市公司的主席。但那是个别成功的人。全县近百万人口，数得出发财的人家也就那三五个。

没过多久，刘金鑫就回到了本县。他的公司开在了县里的工业园区，名称为金鑫发展有限公司。听到这样的消息，村子里的父老乡亲喜忧参半——工业园区里大多数企业都没有活下来，几乎是个空巢园区。他这个本科生，到底能发什么样的大财？

刘金鑫，不，应该叫刘总，从外面拉回来两个货柜的日用品，就开始了他的商业运作——会员制模式直销。即，凡是要做公司的兼职业务员，都必须入会，入会费不高：经理级是两千元，主管级是一千元，一般直销人员是五百元。购买的货物根据你的等级定价，购买越多，等级就越高；等级越高，物品价格越低，也就利润越高。

这个模式很快推广开来，像当年的平安保险的业务员一样，散布在县里的大街小巷。不同的是，保险公司的业务不好推广——动不动就是出现意外，你或者你的家人能够获赔百万。顾客听到这样的话，心里十分不舒服——没有这条命，获赔的几百万不是空话吗？金鑫发展的业务就很好拓展，直接由产品说话：关爱女性的护垫——捏到手上可以感觉出来柔软，倒上水可以确定它的吸水性。关键是价格，比市场上的同类竞品低五角钱。而且，不会变质！另外，他们还设计了两个很好的广告词："关爱女性，从护垫开始""金鑫护垫，是您最温暖贴心的关爱"。

护垫市场很大，每家每户都有女性能用得上。金鑫关爱护垫在包装上也花了心思——精致，像珠宝盒一样，上面画有一个爱心和玫瑰，展现贴心与舒心。有的人被业务员说得高兴，当即买下几大箱，送给老婆，或大姨婆、小姨婆、姑姑、姐妹，一年两年三年都能使用。

洗洁精也很好推广，家家户户都要用洗洁精。金鑫发展的洗洁精具有超强洗洁效果。虽然，没有明星来做广告，但产品自己会说话——你身上的油污，来试一试；孩子画的颜料，来试一试。餐桌上，厨房里，随时都可以来搓一搓、抹一抹，就洁白了。很多人当场就买了一瓶、一箱甚至几箱。

> 关爱女性，从护垫开始！
> 金鑫护垫是您——最温暖贴心的关爱！
> 呵护从现在做起，拥有金鑫护垫，就拥有一份真挚的温情！

一时间，县里的大街小巷，人手一份传单，以及电视台播出了这样的广告。接着是——

> 金鑫洗洁精，是妈妈的好帮手！关爱妈妈，就用金鑫洗洁精。

不到一个月，金鑫发展的护垫和洗洁精产品就已家喻户晓了。而且，像当年的福利彩票下乡一样，单车和摩托车在现场一摆放，乡里人蜂拥而上，拿出口袋里的票子去——单车搏摩托。

就这样，金鑫的日用品进到了各家各户里，用在了充满爱心的、需要关爱的女性身上。

莲花镇，不，整个岭西县的乡民们这才明白过来，这个大学生，也干起了“传销”的行当！真是有遗传，有遗传！都议论纷纷——当年，20世纪90年代初，他的父亲就在广东打工时做大美的传销，骗取了老乡们的钱财，至今未还。最后他也没有发财！现在，轮到他儿子也干起了这样的行当。乡下人感慨起“龙生龙，凤生凤，老鼠生崽打地洞”。谣言就这样开始了。

刘金鑫的父亲刘洁民与当年的传销骨干、现在的老婆郭天美，被村民瞄来瞄去的眼光看得不自在。这个郭天美，当年的大美公司骨干，将眼前的打工仔刘洁民拉下水，后来也被这个男人拉进了他的被窝里，成了乡下人说的——你的，就是我的！最后的赢家是自优村村民刘洁民。虽然他收获了老婆，却没处理好下线乡亲的旧债，便得了不好的名声。乡下人很在乎面子，但是在钱财方面，面子就又不值钱了。这对夫妻内心希望时间能够让他们的记忆消除，但是时间这个东西又不可靠——那些债主们一辈子都记得。

最后知道“家丑”的是家人。他们也很少看电视，只是看看抖音及追剧。如果不是好心的村民提醒，儿子现在所做的事，这两口子还蒙在鼓里。

得到这样的消息，两口子放下手头的泥匠活，打电话唤回来这个有些丢脸的本科生。

一家人关起院门来对谈。父亲严肃认真地要他解释金鑫发展是怎样发展的。

本科生一脸疑惑，说：“我以为爷爷奶奶不行了，那么着急喊我回来干什么！金鑫发展是个很好的公司啊——有过硬产品！有亲民的价格！你们自己也可以看看。怎么可以说是传销呢？我们是直销——有产品，正常纳税，是合法合规的公司！我们不是你们的大美公司。你们当年传销模式就一味地拉人头，洗脑子。我们不洗别人的脑子。

你动心就买，不勉强，不夸大，不忽悠，自由，随意！”

儿子当即回到车子上，把产品端出来，演示一番。

这对夫妻惊讶地看着儿子像变魔术一样，洗白了要洗的抹布，竟然很快了解了运营模式也很快理解了儿子的事业。

看到儿子送回来的产品，了解了性能及价格后，当年的大美公司骨干郭天美的那颗冰藏了二十几年的心复苏了，当即要求成为金鑫发展的会员，而且还要总监级别的。

儿子没有答应她，说：“你先考虑一下，如果要加盟，还是先到公司去看看。”

郭天美是本省岭东市嫁过来的，她脑子忽然闪现了一个念头，要在她的娘家把儿子的事业推广出去，做大做强！

此刻，她骨子里发财激情被儿子的产品及价格激发出来了。她受够了这二十几年的流水线式的生活，结婚、生孩子，然后跟着这个半桶水的乡下泥匠，在这乡下，做了一栋又一栋的楼房。不错，自家的楼房也盖起来了，自己怀胎十月、已经高了自己一个头的儿子，也已经大学毕业，出来工作，又准备冲浪了。既然儿子找到了发财的路子，她必须抓住这次机会。

次日早上，这个乡下妇女在镜子前端详自己，她简直不太相信——自己已经老成了这样！鬓边的白发，还有眼角的皱纹及脸颊的斑块偷偷跑出来了；眼睛里的清水已经浑浊了！再看自己的这双手，皮肤粗糙，关节突兀，指甲里全是污垢，跟老母鸡的爪子没有什么两样了！相框里的、青春年少的、靓丽面孔的新娘子哪里去了？丰腴妖娆、皮肤洁白的少妇哪里去了？

她看着相片，内心很不甘，很不甘！

以前没有感觉，今天看见自己的模样，恨不得给眼前的泥匠几个耳光——一切都是拜他所赐！如果再这样下去，她的背将驼，她的牙将掉，像那个拄着拐杖、拼命呼吸的老支书刘青山大叔一样，熬日子——

这辈子就亏大了！

昨天，儿子给她上了一课，她决心丢掉手里的泥刀——去他娘的泥匠！一天也就两三百块钱，如果儿子的公司做起来，一分钟就是几百块！

“你要走，也要把人家的房子完成吧？”泥匠看到眼前的婆娘，那副讨债的冷漠脸孔和仇恨眼神，觉得她这个时候真的下了决心，便这样忐忑地对她说。

“你去请人吧！我们是分包，很快就可完成。今后就不要接活了！我看好儿子的事业。你看，这样的产品，这样的价格，还怕推销不出去？”

儿子的产品，他们俩琢磨了一夜，就放在了梳妆台上。

刘泥匠没话说，他也不敢说。讲实际的，老公大姐的儿子，那个小学生屠夫都能坐上首富的一把交椅，她一想起就感慨万千——试想，有朝一日，自己的儿子也会像那个外甥一样，成为集团公司刘主席，在商界呼风唤雨。那也不是不可能！

之前，她不敢奢望自己会有发财的机会，她是快奔五十岁的人了！他们每天起早贪黑地劳作，是为了将来儿子在深圳这样的大城市站稳脚跟，能帮多少就帮多少——计划生育让她只有这一个儿子。中国人，一切都是为了孩子。自己今后的生老病死，就交给老天和祖宗。

但眼下的儿子，年轻有为、朝气蓬勃，又有胆识和主见，这个家致富发财的希望永远寄托在他身上！

此刻，眼前的男人无话可说，他也清楚她内心的不满与委屈。

昨天夜里没睡好，她与老公一直琢磨山里的那个屠夫外甥。虽然老公是舅舅，但是这个外甥比他还早出生两年，已经做到董事局主席了！以前，她提出过要自己的老公跟这个外甥打工，让外甥给他一个好差使。但是，眼前的泥匠不从，他不能放下舅舅的架子，到外甥那里去打工。在乡下，这个半桶水的泥匠很受人尊敬，一天能赚三五百，自由得很！这十几年来，两口子建好了村子里一半的房子，口袋里也积攒下一百多万。当然，现在这一百多万只能在深圳买一个厕所！当年深圳的房价，她知道是一千块钱一平方米，现在，要十几万一平方米了！这样一算，仿佛自己几十年的汗水白流了。如果当年咬牙在深圳买房生根，不用干就拥有千万的房产！这样一计算，那颗脆弱的心都几乎崩溃了——觉得自己多愚笨，多迟钝，多没眼光啊！

的确，一切都因自己的智商和胆量不足！现在，儿子的事业有方向，很值得一搏的。回想当年，她郭天美，这个大美公司业务骨干的雄心壮志和出色的口才，觉得没有什么事做不成的。真的，那个时候说得多好——

> 脑袋决定口袋！
>
> 你今天不做，明天无收！
>
> 畏畏缩缩，一事无成！
>
> 胆子多大，票子就多大！

虽然说有点像传教一般洗脑，但那种执着的信念、执着的追求、执着的痴迷、执着的行动是值得肯定的。有了那些执着，世上就没有什么事是可以难倒她的。儿子的事业已经在她脑海里过了一夜，撩拨起了她内心的执着。她像被生活催眠了几十年的人，终于苏醒了一样——头脑清醒，重整旗鼓，雄心勃勃。

乡村邻舍的说笑让这对夫妻适应下来——就当那些人嫉妒吧！大多数村民们可以对你的落魄表示同情，但很少会因你的发财喜悦。在这件事情上，夫妻俩的心又紧密地团结起来了。他们相信儿子，相信知识改变命运。同样的事情，他们当年没法做起来，那是因为学历、智慧和魄力不足导致的。现在，命运再一次来眷顾这个家，他们一定要珍惜这个机会。

“又不是骗，又不是抢，何必在意别人说什么呢？”

大家睁眼看看，四周没有什么是安全的——时下的饲料猪，三个月就两三百斤，那是激素猪；水库里的鱼也一样，是激素鱼；你穿的衣服，化学气味很重，洗几次，那染料还是洗不掉；你买的家具，放了几年还是有一股刺鼻的味道；你买的蔬菜，沾了保鲜剂或者刚打农药不久……她与公公婆婆只有自己养猪，自己种菜，才安心过日。现在，有的人的眼里只有“利益”两个字，完全丢失了道德和良知。

现在，儿子卖的产品质量好，价格好，正常交税，就是合法的了！何必顾虑，何必担心，何必犹豫呢？

郭天美夫妻那悬起来的心终于放到肚子里了。虽然一个大后生，做妇女护垫生意有些滑稽，但正如他自己说的，关爱女性是一个优秀男人的体现——对的！没错！一个男人细心到用护垫呵护女性，这能让天下女人多么感动。

她这关过了，还有他爷爷这关。抽时间，她请这个泥匠与儿子去找他爷爷聊天——乡下人的脸皮薄得很，特别是老一辈的村民。

远远地，她看见爷爷在仔细查看那些产品，听到他小儿子的解说，笑得上气不接下气，然后长长舒了一口气，抖着银丝一样的白胡子说：“鑫仔，还是赶紧讨老婆，生了孩子，别人就不笑话他卖这个东西。你看，金鑫的名字还印在上面，什么，什么，金鑫关爱。这东西，是女人用的，依照老一辈说的——晦气！……嗯，不过，现在观念都改过来了，只要做合法的生意，你们就不要怕别人说了。咳咳咳！”

这样的回话，让大家都开心了。在乡下，一个人如果做事让长辈伤心反对，就是最大的不孝。在郭天美的眼里，公公是个开明人，也是个有智慧的人。说出的话，总能让人内心敞亮。这时，郭天美才敢走上前去，聆听教诲。

“我跟你们说，比特币就不要去做！那是什么？是数字游戏，是洗钱转账的把戏！一点意义都没有！还耗电——真不知那些人是怎么想的！还说，要五万美金一个！我这个老古董，都看不起！你们，不要学那些网上的骗子！那是一群——寄生虫！……咳咳咳，一个人来到世上，要活得干净、敞亮、光彩！穷苦一点，也没关系！再说，现在，大家也不穷了！”

公公就像一个老道一样在布道。也许大伯经常接受这样的教导，才上山做真正的道士吧！当然，大伯有妻女儿孙，现在都过得不错。有的侄儿念了博士，在大学里教书，成了莲花镇孩子们学习的榜样。

得到老人的首肯，郭天美与丈夫的心底也敞亮起来了。这时，来接替的泥匠已经到位了，两口子赶紧前去交接一下。

那边，电话里的儿子对她说：“老妈，有空来一下我的公司，让你见识一下现代企业的经营模式。我，不只是卖护垫和洗洁精。我跟你说，我在布一个大局！到时，你数钱都数不过来了！”

“鑫儿，你千万要低调！一个人不理智了，会受到惩罚的！”郭天美告诫儿子说。

“我也只是跟你讲，没对任何人这样说。”儿子解释说，他为刚才的话感到了歉意。这样看来，他还保留了谦谦君子的本色。这才是一个当代本科生应有的素质。郭天美稍微好受了些。

交接好余下工程，泥匠两口子在自己的家里，大眼对小眼。但是此时，他们心潮澎湃、热血沸腾。儿子的创业，把他们三十几年前的发财梦再一次撩拨起来了。

三十年前的某一天，大家坐在拥挤的出租房里，在她的鼓捣下（她是现场培训的优秀辅导员）接受着全新的发财理念，带领大家走向发财的路上。

——“脑袋决定口袋！”

——“心动不如行动！”

——“今天不做，明天就无收！”

……

那些通俗易懂的话，没文化的乡下人都能懂。那时，这些漂泊在外的打工子弟，既想摆脱一天十二三个小时的流水线式工作，又想有更高的收入。她一堂课下来，大家都热血沸腾，掏出刚发的工资，向自己的上一级购买大美的产品——什么营养品、抗癌剂、美容液，在国内，听都没听过。（也是，如果国内普及了，那还有什么吸引力！）那时，一个月五百块钱，相当于家里五十元钱的十倍，上一个月的班等于家里的十个月的收入！在这里，自己节省一点，买几单产品，再发展下线，这样钱滚钱——几个轮番下来，一次投资一千，几个月，就回来了三千。如果不是后来她上一级的经理阶层卷款跑路了，她差点把原来的工作辞了，专职做大美公司的业务。培训那几个月，每个晚上的收入，这个物料员刘洁民可是看得心惊肉跳。

后来有一天，跑了路的上级，留下空荡荡的培训室。郭天美头脑一片空白，内心一片慌乱。好在此刻她的下线刘洁民头脑清醒，一切都明白了。他赶紧提醒她说："你赶紧从这边走！我来应付他们（那些下线）。"

也许他早就打了她的主意，怕她受欺负，这一下子有了英雄救美的机会。反正，当时一副大义凛然的神态，让她如梦初醒——这个男人在用自己的名誉，甚至自己的生命来保护她！那些日子，也正是这个男人，背负着他众多老乡（他发展的下线）的指责，为她挡风避雨，终于俘获了她的芳心。

如果依照当时的择偶标准，怎么也轮不到他这个流水线的物料员啊！当年的她，是流水线的品管员，拉长还怕她三分。那时，一条拉的流水线，四五十个员工，品管可是这四五十个员工的监工。不，比监工还可怕，她说产品返工就得返工！就是生产车间主任来了，还要和和气气地与她一起商量着怎样改进返工产品，杜绝后患。

以她的条件，她本可以嫁一个车间主任，或者开发部的工程师，结果嫁了他这样一个普通装配工。一个月的工资，只有她的一半。但是，大美公司的传销，让她付出了惨重的代价——虽然她自己没有亏钱，但是她，可能亏掉了自己一生的幸福——嫁了一个乡下普通的男人！

这个“可能”就是命运。她自己说的，自从嫁了他这个男人后，发现他很实在，也是真心疼爱自己！况且，他也不是只会出力气蛮干的乡下汉子，头脑里也有闪光的思想和不太远大的人生目标——在家建了一大片楼房，也建一栋属于自己的小楼，让孩子读书读到大学毕业！

现在，他人生的目标都实现了。她的人生目标原本也到头了。原本郭天美的人生目标就像一根豆芽，被上面的一块石头压住了，冒不出头来。可就一下子，被儿子掀开了那块石头，让她的理想拔高了，高到连自己都有些害怕。

当下这个社会，发展的速度让人跟不上步伐——即使你有一百万的存款，都不算什么了——在深圳买不起十平方米的房子。时下，手机上的信息灵通得很，到处都是富豪，到处都是巨额投资，到处都是成功的典范，到处都是名车以及豪华会所。那些上市公司的市值都是以百亿千亿万亿来计量的。去年，他两口子原计划买一辆十多万的小轿车，可想到在深圳就业的儿子，就不敢下手了。他与老婆心惊胆战地等待着儿子随时提出那个可怕的要求——在深圳买房。很多年轻人不管父母的死活，一到深圳，就要成为当地的主人——没饿过肚子的孩子们胆子多大啊！

现在，蛰伏的儿子终于破茧化蝶了。这是梦寐以求的好事——终于有幸看到他的志向及行动了。

跟老公做泥匠这活，虽然自由，收入也可观，但，这不是自己想要的。再说，她与丈夫一天一天地劳作，腰腿好像没有以前那样灵便了。一些关键部位竟然随着天气的变化，发出不祥的信号。她生怕到时口袋里的积蓄被一场大病打回到解放前——一无所有了！她与老公当年没有购买社保，现在只有农村医疗保险——那类保险只能解决小病小痛。真正的大病，没有几家抵御得了——左邻右舍不是没有案例。

就是被蛇咬一口，送到县城的医院，打一针血清，就花掉了一万多元，还不能报销。

“是时候丢下泥刀了！”想到那些，她有点胁迫老公做出了决定。

这个泥匠活，还是他自学的——图纸在广东的工厂，在她的指点下学会看了。看多了自己也会绘制。因此，他盖楼房，兼了设计的任务——免费为村民设计。在莲花镇这个小地方，他便成了有点名气的建筑设计师，就差一个学历，要不，他才不在这个小地方干包工头！有时，这个老公的心大得很，觉得自己怀才不遇。他是见过世面的——外面的建造工程师年薪几十万！他认为自己龙遭浅池。郭天美有时觉得自己这个丈夫，也像一个男人。她与丈夫不是安于现状才留在家中，是为了陪孩子读书，兼做泥匠活而已。嫁在明珠村的刘家，郭天美还被迫戴上了耕读之家的枷锁。这一个乡村篾匠的家庭，竟然把读书视为光宗耀祖的头等大事，培养出一个留洋专家、一个大学老师、一个博士生，还有一个北大生。在莲花镇乃至岭西县，已经是文星高照了！所以郭天美夫妻在儿子上初中的时候，就辞工回家陪读了。但是，自己的儿子没有读书的天赋，只考上了本省的大学。好在他们在家也没有耽误挣钱。

在外人看来，泥匠活是苦力，但她老公会管理，会统筹。生意好的时候，就多带一些小工，分包出去。乡下人盖房子不着急，一栋房子任凭自己安排——自由得很。而且，私下来讲，在乡下，能够建起一栋属于自己的楼房，存款能到七位数的人极少。这个丈夫就是少数的几个人。有时，这个老公很会安慰自己。此时的自己就像赵庄的阿Q一样，总要找到生活中的平衡点。

这个平衡点，现在被儿子打破了，或者篡改了，让她重新燃起了新的希望，虽然已到不惑之年，但是有了儿子的规划和干劲，做父母的不会在一旁观望。况且，做这样的产品销售，正是她这个农村妇女的拿手好戏——她的口才及领导能力，可是很多人见识过的。三十年前，她慷慨激昂地说：“眼光有多远，财路就有多宽！决心有多大，收入就有多高！……”

后来老公向她坦白，她在演讲时，他心里坏坏地想的是：“这个标致的女孩，将来，你的，就是我的！”

闲谈起来，郭天美笑着打他——这个坏蛋，早就预谋好了的！什么下线，什么业绩，全成了他的，都跟他姓了刘！

“我也坑了不少乡亲。说真的，如果没有把你娶到手，我那些老乡就白吃亏了！”

三十年了，那时传销得来的坏名声，还没有消除。就像一块不光彩的伤疤，在老乡眼里留着！

两口子想到当初那些事，总有些后悔。但是年轻人，总在错误中长大。现在，她想重操旧业，内心颤了一下，似乎冥冥之中，这一家就脱离不了这件不光彩的事。眼下儿子做的事，没有不光彩——有产品，依法纳税，不是传销！

现在开始，她心里要彻底地丢下泥刀，一刻也不想上工地。从昨夜起，她在浴室里，使用了各类沐浴露，把头发、五官、每个毛孔都洗了几遍，似乎要做到脱胎换骨了。过久的沐浴时间，让外面的老公害怕，敲了两次门，听到她的回话，才放心。

她听到老公在外面嘲笑说：“洗得再干净，身上的泥土味，也洗不掉！”然而，当她出来的时候却携带着一阵迷人的花香，那是久违的女人香。泥匠惊讶于眼前这个年近半百的老女人，竟然还幻想还原以前的身段和容颜！但是，这已不可能了。

“我要去县城那个逆龄馆做一个美容套餐。春娣（侄媳妇）去做了一回，都——年轻了十岁！”郭天美这个乡村妇女抱怨及期望地说。

“嘁！吓死人了！那天晚上她来找你，我都以为是碰见了异灵——那惨白的脸，太吓人了！过了几天，她脸上的斑块，更是十分醒目！”老公说。

“那是要做一个疗程，你懂什么！我看到了效果。不过，蛮贵的，一个疗程要六千八，杀人的价！”郭天美还是舍不得钱。

她坐在老公的身边，那身粉红的蚕丝睡衣恰到好处地显现了她的身段，还有稍微凸显有肉的胸脯。如果挡住苍老的脸蛋，也有吸引力的，还能让人亢奋。但日夜相处的婆娘，已经让身边的男人波澜不惊了！

老公叹了一口气，说：“卡在抽屉里，密码你也晓得。你想去做，我不拦你！”

“你说得倒好，晓得人家肉痛，还递来刀子。你这个讨厌鬼！”说罢转身搂了他，把胸前的肉顶住了他满脸，让他呼吸都困难起来。

欢快与慌乱中，她感觉泥匠伸出手将她扳倒在沙发上。客厅里只有电视机在播放天气预报，又是一个热暑天三十七摄氏度的高温！身下的郭天美说了一句：“又要热死人了！”

“就要热死你！”这句话他爱听，腿间的坏蛋顶了起来，要热下面的婆娘。已经洗得清清爽爽的郭天美一个缩腿将他顶起，说：“一身的臭汗，去洗干净！”

她那生硬的态度，让这个男人委顿起来，没有了兴趣。

“架子上有一瓶沐浴露，是新买的。你好好冲洗干净，把指甲里的、耳朵里的灰尘好好洗一下。衣服在床上。别再穿那套工作服了！我们，说老也不是很老，五十不到！人家姜太公，七十二才结婚！”

这个婆娘不一般，天上的事知道一半，世上的事全知道！听到她智慧的话语，看到她圆润的下巴还有隐显的雪白胸口，他赶紧起身去洗澡了。说真的，依照目前身体的本能，他还没有老，她也还没有老！更重要的是，他与她的心，一直就没有老！就说今日儿子来汇报的事业，说能让他们东山再起，他与眼前的婆娘，竟然心有灵犀、激情澎湃，没有丝毫的顾虑和犹豫。

洗完澡，他西装一穿，像电视上的绅士一样出来。

郭天美看着老公走在客厅里，眼睛一亮。当初，说真的，她还是被他的长相吸引着——这个人，初看起来什么都不是，就是一个相貌平平的乡村青年。这个青年吃苦耐劳，老实本分。但是这样的男人，粗看就是乡间的一棵疙瘩乌桕树，枝干遒劲，做不了大用，却五官端正，嘴唇有棱，牙齿雪白。很耐看，越看越帅气，越看越灵光。

“哈哈哈，你这副模样，像什么？银行的经理？你太老了！电信公司的职员？也不是。学校的老师？缺少文气！还是只像大美公司的——业务员！哈哈哈，这个死样，别穿这套。大热天的，穿那件T恤，宝蓝色的，显得端庄。胸口那个白色高尔夫球标的，显得贵气。你儿子帮你买的，不穿起来试一试？”

“我总觉得不够严肃。职员，职员，就要是担当职责和克己敬业的一员！”

“你老土了！都什么年代了！你这套过时了！你听我的。”说罢，她走进卧室，把要换的衣衫都拿出来，“你试一下。相信我的搭配能力！”

宝蓝色的T恤穿上，搭配了一条米黄色的西裤，还有一双雪白的袜子，搭配一双光洁的金黄的老人头皮鞋。整个人焕然一新，一个贵族的形象出现在眼前。就是发型，太老实了，一头的灰白色，没精打采地贴在头盖上，像动画片里的傻瓜木偶。

“你赶紧去上屋那里剃个短发，把鬓边的头发竖起来。那个叫作平头带奔！你赶紧换衣服去，时间还早！”

说罢，几下工夫，郭天美就帮这个男人换上了工作服。

“刚洗了澡！”男人抱怨地说。

“剃了发，也要再洗。又不缺水，怕洗什么！”

在她的抱怨声里，泥匠刘洁民出门去找村里的剃头佬理发。一般乡下人晚上不理发，但明天一早要上县城，赶时间就不理会那么多了。

夏日的暑气在黄昏的时候，已经被内山吹出来的山风压下去了。还是因为洗了澡，浑身清爽了许多。刘洁民走在橘黄的路灯下，打开手机里的音乐——我们的家乡，在希望的田野上。这样的歌曲在后辈人听来，已经老掉牙了，也显示着听歌的人，年岁不小了。但是，刘洁民喜欢听，在帮乡亲们砌砖做活时，也喜欢听。那时候，温饱刚刚解决，分田到户了，家家都不再吃番薯混饭了。每个人的脸上都洋溢着笑容，每个人的心里都萌发希望。多好听的歌呀！后来改革开放几十年，祖国发生了翻天覆地的变化。

就说这个村子，除了几棵百年的老树还在原来的位置，几乎找不到原来的村子的影子了。每家都各自建了小楼。原来的祖屋已经倒塌了，成为田地，不见了踪影。只剩下村子中央的祠堂以及水塘，保留着原来村子的雏形。

记得小时候，到处是积水的烂泥路，各家的猪圈就搭在村庄的大路边，日夜散发着猪尿牛粪的气味，一不小心就踩进了猪尿池，脚指头经常烂，得用路边的黄精叶子，用嘴嚼烂来对付。现在，每条道路都加宽了，能跑校车了，还用水泥硬化了。条件好的东边平墩村，铺的是沥青路，两边还画了白线，安了太阳能路灯，天晴落雨都不用担心会打滑，或跌进谁家的粪坑里了。路上，蚊子少了很多，不再是在头顶上一团一团地缠着人跑。因为有了路灯，连手电筒都省了。这些变化，让泥匠及上一代想都不敢想。

他越过大队部，来到山坡上的大榕树下，看见理发师洁平家的灯还亮着，走近大门，一条大狗向他狂吠起来："呜——汪汪，呜——呜汪汪！"

"咦！你敢吠我，扒了你的皮！"泥匠训道。

理发师出来了，喝住狗招呼说："洁民哥，那么晚来——推销金鑫护垫？"

"来理发！"刘洁民眼鼓鼓地说，态度比刚才对狗的还差，觉得理发师嘲笑了儿子的事业。

理发师赶紧大笑起来，缓解尴尬，说："老哥！你家的金鑫护垫家喻户晓了！到时一定能做大，你就等着享福吧！"这样的话，谁都爱听。

两人说着话，泥匠找好了位置坐着。

理发师将那块脏得发黑泛光的挡布，掀了起来，围在了泥匠的脖子上。

“等一下，不是理以前的短发了。要理——平头奔！”

“哦？好！你说什么发型就什么发型！平头奔，有气势哦！我老哥的荷包鼓起来了！你——早该理平头奔了！那城里的大佬，个个都是平头奔，配上丝绸的花衣衫，就像过去的大地主！哈哈哈，老哥，小心再来一次土改，打你这个大地主哦！”理发师说笑着，手里的剪子咔嚓咔嚓飞舞起来。

一会儿，大片的头发落在了胸前的挡布上。在灯光通明下，掺杂在黑发里边的白发很显眼。

泥匠叹一口气说：“老了，头发都白了！”他记得四十年前，父辈们在老屋里理发，说了一句“头发都白了”，现在轮到自己叹息了。一晃，就四十年过去了。书本上诗词里的“光阴”，真是弹指之间！

“要不要染一下？染成棕红色的更气派！”理发师笑着怂恿说。

“小心被那些古惑仔打死了。没有实力，别充胖子！”泥匠担忧地说。

一支烟的工夫，理发师就把泥匠的头发理好了。

“你自己看看，要改还来得及！”理发师提醒泥匠，两个人看着镜子里的人。

泥匠对着镜子看了看，比以往的平头更显得有棱角，似乎年轻时的朝气、锐气、豪气又出现了。

这就是郭天美说的平头奔？！

看起来也好，也不好！不好的是村民们看见了，肯定说他的尾巴已经翘起来了。一个人的尾巴翘起来，就会招来一堆的议论。但是，也好——配合内心的胆气，像鲁迅的版画肖像一样，体现了傲霜雪的骨气。

“好！就这样！感谢了！老弟，可惜了你的好手艺，埋没在了我们这个小地方！”泥匠说。

村子里或者莲花镇的人都清楚，他的师妹师弟们都在上海、广州这样的大城市，做美容美发师。听说他们做一个发型就有几千上万的收入，还要打电话预约——他们可是有知识有文化，考到了美容美发师执照的新生代美容美发师。他这个理发师不行，没文化，也没自信，就窝在这个小地方，只能获得理发师虚假的美誉。按以前的说法是剃头佬，就是俗话说的世上三样丑——剃头吹呐牵猪牯。剃头排在了第一。但现在，没有人小瞧这个职业了。你看，就几分钟，最简单的一个理发，要收十五元。

泥匠把手机往理发师的二维码上扫了一下，嘀的一声，不一会儿，听见一个响亮的提示音——您好，收到十五元，感谢您再次惠顾！

“喝茶！”理发师刘洁平端来茶具，预备泡茶。

“不！我得赶紧回去洗澡！脖子上痒痒的！”看到发黑的茶具，泥匠不敢喝他家的茶，找了一个理由拒绝了。

天还早得很，月亮被四方的高楼挡住了，没有以前儿时瓦房高瓴上的那么大、那么亮、那么富有诗意。这是新农村的月亮，还是城里的月亮到了乡下？已经没有往日温馨的乡愁或美好的幻想了。

泥匠边走边思考——在这大半生里，没有大风大浪，没有阅历，自己也就是没有故事的人。平凡和平庸，一点值得炫耀的东西都没有！

这个乡村泥匠，因为刚刚理了发，加上被晚上的风吹了一下，久违的思想，好像复活了，会思考了，有追求了。

“可笑得很，刘洁民同志，你就是一个普通的乡下汉子，而且可以归属于乡下老人的行列了，还敢有什么奢望？”

手机里，几个班上的同学，在同学群里发出了老人广场舞及太极拳的视频。看到老人体协这几个字，如看见一份阎王的生死簿一样，掀起了几页纸，里边的名单，打钩的、未打钩的，谁晓得？

没走几步，一阵狗吠传来，他又被吓了一跳。

现在村子里的狗，来了新人，或者来了新狗，有时甚至连看到老熟人都要吠一阵子，这可能是时下的狗也太孤单了？

被吠的人，显然心里十分不快。这是在本村，如果在外村，那是无话可说。现在的年轻人也是，看见熟人，也不训诫自己的狗！究其原因，是人心变了吧。

也许是熟悉的陌生。谁晓得他是不是来看穷酸的？是不是来找舌头的？是不是来踩点的？乡下的闲人，也有偷鸡摸狗的。来客已经不受欢迎了，也没必要欢迎他这个人面什么心的人——由狗吠去吧！

乡村，没有狗吠，哪叫乡村？眼下的乡村，也只保留了狗吠鸡啼本色了——古巷古屋古桥全拆掉了！除了刘家古祠、几棵老树还孤单地矗立在村中央，其他地方已经没有了以往的古朴气息！这个变化让这个恋旧的泥匠有了一丝失望。这没办法，每个人都想跟上时代发展的步伐，建一栋现代的小楼。用过大年的话说——辞旧迎新吧！

对，日子就是不断地辞旧迎新！明天，他就要和老婆去看一看儿子的事业。儿子的名声已经散布在了莲花镇，不，整个县的大街小巷以及村头村尾了。是好是歹，明天去了就知晓。

回到家，又洗了一次澡，穿上郭天美选配的衣服，整个人就变了样。说真的，如果把鬓边的灰白头发染了，整个人就年轻了十岁或者十五岁。人靠衣裳马靠鞍，真是说得一点都没错！

郭天美赞叹自己的建议及给老公的装扮。此时，她也穿上了儿子在杭州给她买的旗袍，一身的粉红藕嫩，显山显水的；脖子上还挂了一串廉价的翡翠仿品；头发盘了起来，显现出城里媳妇的文明或高档来。

泥匠看在眼里，想到了当年刚刚结婚的时候，忍不住将眼前的美女抱起来，再做一次新郎。

“放开我，别乱了我的发型！”胳臂里的新娘子抗争说。

真是扫兴！他想把她丢在沙发上。算了，他放下这个老女人——自以为是金陵十二钗里的一个，都半老徐娘了！

泥匠觉得无趣，睡觉去了。现在的电视剧没有了以前的味道。之前喜欢美国的好莱坞大片；现在，通过这场、那场战争，已对美国政治手段有了新的认识，那些战争片不看好了——全是谎言，全是圈套，全是罪恶！所以，现在浏览了一下手机上的新闻，逛了逛抖音，看一下自行车或者徒步西藏游、新疆游，自己也像去了旅游，也有一番情趣。

在他无聊的时候，这个半老徐娘凑过来了，半裸着身子，没有了刚才的装束，一点也提不起他的兴趣。在勉强中，他被这个老妇按在了身子底下。

“你以为你是明星啊！”老女人一边欺压他，一边数落他。

他被逗得哈哈大笑。这个年龄，应该是逗孙子的年龄，但是这个儿子，还没有对象，就让这对夫妇自由自在了。一栋房子，只有他们两个住。往日刘金鑫回来，多在爷爷院子里的茶室兼办公室里住。吃住在爷爷家，省事也省得这对夫妇发牢骚。这栋房子是他们的自由天地，两口子怎么样调情都毫不忌讳。当然，话是这样说，这对夫妻也会注意隔壁邻居的耳朵，毕竟大家的玻璃不是隔音的，屋靠屋就像背靠背。

次日，因为交接工作妥当，泥刀已经收起了，两口子像去走亲戚一样打扮光鲜。郭天美不光穿戴一新，粉红旗袍，手臂上还挎了一个时尚的棕色包包，包包外面闪耀着银色的金属亮光。另外，戴上茶色的墨镜衬托出了白色的皮肤。远看，村民们以为是台胞乡亲归乡探亲了。仔细看，原来是村子里的泥匠夫妇。

他们喊了一辆滴滴顺风车，直接开到村委会。他们步行到村委会有一里路，这一里路让他们风光无限。

村民们暗地里议论，这一对夫妇就像是将要出门的人贩子或者骗子，反正不是好人。

“哎呀，真是——你们啊！”在村委会广场上，值班的村委妇女主任罗冬冬看见他们，大笑着高调地说。在她看来，怎么可能是每天在做泥匠的一对夫妻？现在变得那么时尚！

“怎么不能是——我们呢？”郭天美接话说，言外之意，就我们一腿子泥巴才像过日子？当年在东莞打工，收入和追求，他们两口子在村子里可是排得上名次的。

大家顿时都哈哈大笑起来。这笑声，各有笑点。

广场上的小轿车是来接他们的。这身打扮配得上这辆车！

这两口子坐上了小轿车。小车一溜烟地驶离了村委会，丢下那些闲聊的群众去嚼舌头了。

没事的！乡下空间空旷，时间自由，就是嚼舌头的好地方！这样打趣，很好用来打发一日又翻过的一日。郭天美这样安慰自己。

不多久，这对夫妇在莲花镇的一片莲花瓣底下出来了。来到了镇上，一路向西，直接驶向县城的方向。

今天，这对夫妇也阔了一次——平日坐公交车十块一个人就够了，坐出租车，可是要八十块。但是，眼下时间是金钱。他们无心观看路边的风景，一心想着儿子的公司，或者想着以往的日日夜夜。这对夫妻很快就到达了目的地。

由于司机热情，把她看成三十几岁的城里人，郭天美欢喜地点赞了一下这个滴滴顺风车司机。

县城的这个工业园区，他们来过。十年前还有些工厂，当时他们主要是来了解这里工厂的工资，结论是与在家做泥匠差得太远，他们就没有动进厂打工的心思。那时，儿子考上了县城的中学，他们想就近打工陪读，但收入差太远了，一个月才三千，还满打满算。他们建农民楼，随时可以赚到四五倍。虽然有一些赊账的，但村民们终究不会赖账。当时，工厂没有诱惑力。不过，工业园区的繁荣程度，比现在好多了。眼下，只有这家金鑫发展门口有些人和车子进进出出。

这里就是儿子的工厂了！

夫妻俩打量着这个工业园区，像看风水一样仔细。门面、朝向、周边的遮挡物，以及车间和办公室的位置。由于给乡亲们做过很多的楼房，这对夫妻对风水，也有些自己的心得。

就在他们想进大门时，碰见了一个老熟人。那人大喊起来："刘洁民，郭天美，天哪，世界很大啊，我们二十几年不见！世界很小啊，今天又撞见了！呵呵，你们还记不记得，还差我们一千五百块钱的大美产品。"那时的一千块，在邮局汇款，上面打一个巨款的印记。"怎么样，今天该还吧！二十几年了！"那人大声说，生怕对方开溜赖账。

何止是欠他的，还有十几个老乡的。多的有他多，少的一两百。本来早日还了就好，现在，几十年了，还有人记得那段日子、那件事！也是，欠了别人的，别人记得一辈子。但是，泥匠此刻的心，似乎受到了伤害。

刘洁民说："老周，我们找过你们的，但都见不到人影！大家都散在外面了。手机拿过来，扫给你！"虽然不情愿，但，欠债还是要还的。

旁边的郭天美，当年的大美骨干满脸的不高兴，觉得今天出门没有看皇历，怎么就撞见了昔日的债主呢？这等于他们白做了几天大工！

得到了二十几年前的欠款，老周开怀大笑，他说："你们两口子还对这样的销售模式感兴趣？我今天也来看看我闺女卖的产品。她发动了全家、全村、全镇的亲戚都来拿货！说真的，这些东西比你们大美的产品实惠多了——当初的大美，说什么营养精品，吃在肚子里，谁晓得有没有营养呢？八成是骗我们的钱！"

听到老周这样说，刘洁民的心里平衡了一些——他的闺女是给他儿子打工的。可是，眼前的乡下妇女似乎就结仇了，她转身就进去了，步子比谁都快，让他在后面看起来，那双高跟鞋配旗袍，身子扭得很有女人的味道。不过，不要回头，回头看到眼角的鱼尾纹，就败兴了！

"哈哈哈，老刘，你真有艳福！"老周在后面打趣这个当年的打工老乡兼大美公司的上级。

能让他做下线，也是他刘洁民的本事。想到当初，他也大笑起来。两个第一代打工仔的笑，恣意奔放，也各有各的笑点。

刘洁民在大门赶上生气的郭天美。保安礼貌地问："你们找哪个？"

刘洁民正要说找刘总，郭天美理直气壮地大声说："我们来办业务的！"

保安赶紧立正敬礼后，迅速拿出本子让客人登记，做了一个欢迎的手势，让这两个新来的顾客进来。

办公室就在一楼的前边，装修一新，门口还站着一对迎宾小姐。他俩上前。迎宾小姐身穿蓝色的平膝短裙配上白底蓝线格子衬衫，胸前的铜牌标牌，看起来像空姐一样漂亮。她们礼貌地鞠躬后甜美地问他们："您好！请问是来办业务的吗？"

郭天美点头。迎宾小姐向他们伸手说："那，请你们往这边来，找业务部周总。"

夫妻俩来到办公楼大堂，跟着迎宾小姐往业务部走，另外一个服务员立刻端来茶水跟过来。待他们坐在会客区，服务员的茶水已经递过来。那服务的态度，很久以前在广东的大酒店见识过，今天在儿子的办公楼又享受到了这样的服务，这位心情不好的妇女，脸上才有了一丝笑意。

"不直接找鑫儿？"老刘暗暗地问她。

"我要转转，看他到底做得怎么样。看样子还可以哦！不落伍，有档次！来来往往的顾客，说明——他已经做开了！"

刘洁民也笑起来，感叹说："读了大学就是不一样！我们，那时，就是——小打小闹的！一个二十平方米的培训室，坐几十个人。一个小白板，写着一些口号和标语。我记得有——心动不如行动！明天不如当下！人有多大胆，袋有多大款！脑袋决定口袋！"

"嘁！失败的老皇历总翻它干吗！发财——看今朝！"

"对对对！有那么一句：发财——看今朝！"泥匠也附和感慨地说，

语气是赞赏，但是听来却像是讥讽。

郭天美皱眉刚要生气时，一个时尚年轻、风姿绰约的职业装女孩子过来了。一看就是经理或者老总的派头，鹅蛋脸，隐隐的双下巴，看上去很有福气，头发被发夹扣得一丝不乱，白底蓝条纹的衬衫平平整整。胸口的标牌似乎是纯金的，锃亮得有些晃眼睛。特别是身材姣好，那个屁股丰腴和微翘，一定是生育的好身材。郭天美像看自己的儿媳妇一样地认真仔细，眼睛像端详珠宝一样看着来人。

那女孩热情地问他俩："叔叔、阿姨好！请问，你们是来办业务吗？"

"对！对！对！"郭天美仿佛遇到了她以前的上司。

"你们，是自己来的，还是有人推荐的？"周总问。

"我们是自己来的！"郭天美抢先说。她怕老公轻易暴露了。

"那好！请你们来看看我们的产品、经营理念和模式！请往这边来！"

两口子随着这个老总到了一个产品展示台。

展示台上摆放了两件产品，以及与产品设计工艺和材料相关的发明证书和荣誉证书。虽然只有两件产品，但产品的材料以及各个流程和制作细节都展示得清清楚楚！

看完展示厅，他们跟随这个年轻姑娘来到培训室。培训室写着几句标语：

金鑫发展——是你的发财起点！

客户的意见——是上帝的旨意！

没有什么能阻挡我的——发财梦！

机遇就在眼前——今天不抓住，明天就失去！

"我们的行销模式就是，你们来看屏幕。"这位稳重的口才极佳的老总给他们打开了电脑，上面的组织关系和入会要求，一目了然。

“哦！一看就明白了！”郭天美说。

“那就好！看来阿姨的理解力就是不一般！不瞒你们说，这两样产品已经在我们县卖疯了！我们还想在周边县城，或者整个地区以及全省推广开来。看你们有没有信心！”

“没有信心就不会来！”郭天美一脸严肃地说，嘴唇紧闭，嘴角因牙齿的咬合而往里边缩紧，让人一看就是说一不二的严肃人员。一旁的刘洁民仿佛又看到了以前打工时期的郭天美。

“我是——想做——区域总监，最少我要把我们岭东地区十二个县拿下来！”

“哦！那太好了！阿姨，一看您就是一个不简单的人！请您多多指教！”周经理谦虚地说。那笑容可掬，自然暖心。

“这样的话,我们的进价及入会费用怎样计算?”郭天美直奔核心。

泥匠看到自己的婆娘理解能力还是那么强，有些惊诧——这个乡下妇女郭天美，昨天还在拿泥刀，今天一看就吃透了里边的推广模式以及成本、利润和分红。

“好！我们会以最大的权限授给你们，也会以最好的价格给你们！”美女老总说。这时，那个老周进来了，看见他们便对美女说：“哎呀，你在这里，让我好找！”

为了显示尊贵，老周立马继续说：“这个是我家的女儿！你看，有什么优惠要求,尽管跟她提！这个阿姨是,郭什么的,很厉害的角色！将来你们要发展，还得靠他们！”

“好的，老爸！你在会客区等一会儿。等我们谈完，再带你去看看！”

听到这样的评价，郭天美心里不好受了。这样的夸奖等于是嘲讽——刚才破了一千五百的财，却没有消被侮辱的灾！

这个瘟神被他的女儿请出去了，这个未来的总监心情坏了。

年轻的周总没有看出来，依旧笑脸地说：“按照你们的等级，你可是地级市的总代理，相当于区域总监。那么你的会员等级也是总监，需要交一万元的会员费。你旗下可以有十几个经理，一个经理是两千的入会费。这十几个的入会费用，将回馈给你一半，也就等于你是免费或还有盈余。这方面，你是明白的！”

听到要交钱，泥匠的心就敏感起来了。他的脑子转得极快，想到这是儿子的公司，还要交会员费用，这是自找亏吃。他赶紧踢了一下老婆的高跟鞋，同时用手机发了信息给儿子，报告了他们的位置。

不一会儿，刘金鑫进到培训室，看见父母的装扮，惊喜地说：“哦！我的妈妈，这是我的妈妈吗？”说罢便上前搂抱，一边介绍周总说：“这是我的爸爸，这是我的妈妈！这是我们公司的周总。”

“天哪，怎么回事？你的爸爸妈妈？哎呀，有眼不识泰山！对不起叔叔阿姨！”

“没关系的！我们是来看看能不能帮上你们的忙！”郭天美说，看着眼前这个女孩，那么热情，那么懂礼节，觉得做未来的儿媳妇也好啊。郭天美心里的阴霾一下子就扫光了，便直接开口问：“姑娘，有没有对象啊？你看，我家金鑫怎么样？”

周总的脸一下子就绯红起来了，她紧张又大笑着说：“您儿子太优秀了！我可——不敢，高攀！”

“谁说的？姑娘，只要你喜欢，剩下的事，就我们来操办！”郭天美站在周总的身边，像一座山一样高大可靠，搞得周总忸怩害羞，逗得刘洁民和郭天美大笑起来，把刚才的不愉快全部抛撒了——如果能把眼前的姑娘讨回家里，那一千五算什么？十五万都无所谓！

“好吧！刘总，您来陪吧。这是您的家务事！”周总赶紧踮起脚尖，迈着碎步，小跑一样逃离了现场，来打消心里的尴尬。

她一离开，刘金鑫挽起母亲的手说：“哦！我的好妈妈，你不能见到女孩子都这样说。这样怪难为情的。”

“那你赶紧谈一个啊！你不是毛头小子了。”母亲怪罪道。

“我晓得！我的好妈妈。你受苦了，早该丢掉泥刀了！”儿子贴心地说，似乎要弥补成年后对妈妈缺少的关怀。

“日子哪有那么轻松！只是现在，大家稍好一点。如果不是身体受不了，你爸爸经常腰酸背痛，我们还在做泥工。虽然辛苦，但收入也不错。现在，要看你的啦！”母亲对儿子说，满心是关爱，满眼是期盼。

服务员更是殷勤地跑过来，端水泡茶，眼里全是崇拜的羞涩微笑。可能听见了刚才郭天美与周总的谈话。

在郭天美看来，这里的姑娘个个都不错，哪怕那个迎宾小姐做自己的儿媳，也是件美事啊！郭天美的眼光又落在了服务员的脸蛋以及屁股上。

“我的好妈妈，我们到办公室去谈。”刘金鑫说罢扶着母亲上了二楼。父亲在后面跟着，似乎无关紧要。

刘总的办公室有一百多平方米，一进门，便看见对面窗口边上摆放着一张大班桌，几乎可以用来打乒乓球。办公桌后面一排书架，上面放着金光闪闪的各种荣誉杯，还有与领导合影的照片，以及各类励志的书籍。办公桌上左边摆着一个巨大的寿山石貔貅，右边摆放一个翡翠财神，配上高级的红木太师椅子，一切都显现出豪华及霸气。

对面的红木茶几，也是十分占地，可以供十几个人围坐，上面的龙凤雕刻，几乎是活灵活现。那靠墙的高大的龙椅，可以与皇宫里的龙椅相媲美了。坐在上面，有一种一览众山小的感觉。

刘洁民文化不高，但他很能学以致用，总能在生活中找到脑海中的一点文化来对应。

“我的乖乖，这得花多少钱啊？我看，屋子里的办公用具，一栋楼都换不来！现在就大手大脚的，不行啊，要节俭啊！得好好约束他，要不然，今后没有了机会和运气，靠什么过日子？！年轻人，看不远！”

这样一想，泥匠要利用做父亲的权力来教育儿子了：“鑫啊！现在生意好，要想到未来的困难。你这排场，都比县委书记的还大，这不合时宜。人，要低调，低调，再低调！”

刘洁民压着嗓音用殷切的目光看着这个本科生儿子，要儿子把他的话听进心里。

儿子却不以为然，说：“你的观念过时了，没有那么气派的办公室，哪能体现得了我的实力？没有这些专利荣誉，我能说服客户吗？没有这样的实力，我能让大家心里踏实吗？”

几个反问句，让这个泥匠一脸蒙，不敢接话了。

泥匠一时无言，心里想：有道理啊！自己老了，观念也老了？这个天下，是年轻人的了。

郭天美看着无言以对的泥匠，给儿子投来赞赏的目光。她开心地对儿子说:“你爸爸懂什么,他哪里懂得生意的奥妙！我的儿,跟我说说，我想到外婆家推广。你怎样帮我？”

儿子看着面前打扮入时的妈妈，惊讶地说：“哦，妈妈，你不要劳神啊！照这样的势头，我想，再过几年，你们就颐养天年，纯粹享福啦。”

“让我们闲坐，可能吗？除非你马上结婚，我就帮你带孩子。唉，那个周总怎样？我看很有戏哦！”母亲看着儿子说，她的目光能够判定出男人肚子里的小九九。

“我的好妈妈，我目前正在创业，你就不要添乱了。”刘总有些着急地说。

“趁我们还有精力带孩子，你们赶紧结婚生子——创业和家庭两不误。”

“我们？我们只是同学，合伙人。”儿子解释说。

“同学、同事，兼老婆不是更好吗？”郭天美转眼看了一眼跟前的这个泥匠，曾经的同事、下线，当初就是冲着她才加入下线的。她提醒儿子。

儿子收敛了脸上的笑容，严肃地说：“我的好妈妈，你太小看我了。明年，我要在深圳买一套大房子，你们住进去。后年，我要讨一个——博士做老婆，你们等着抱孙子。这个同学，学历稍低了些。虽然业务能力是强，但不是我的目标。”

听到儿子后面压低的声音说出的话，这对夫妇都瞪大了眼睛，相互看了一眼，重新认识了这个儿子，打心底佩服眼前这个开拓业务的儿子。

经过对儿子公司的进一步了解，郭天美骨子里的生意经已经复活了。她对儿子说：“这样看来，我们最少要三年才能抱上孙子。这三年，我的业务应该都铺开来了。你还是帮我开会员吧，我要做你外婆家那边的市场总监。”

“真的做？”

“真的！”

“懂不懂啊？”

“我做大美经理的时候，你还在我脚肚子里！”郭天美好胜地说。泥匠看着此刻的郭天美，那眼神，那口才，那精神，那魄力，仿佛回到了二十几年前，全都复活了。

“好！你现在就是岭东市的总监。我把授权证书给你，加盟费就免了，但是账，还是要记的。产品的费用，我暂时给你贴三十万。超过了三十万，你就要自己出钱了。”

“可以。就这么定！这三十万，我最迟年底还给你。”母亲胸有成竹地说。

“我的好妈妈，这三十万，就当我孝敬你们。这些年，我一直没有给你们钱，心里觉得愧疚。这次就这样说好了。”儿子不容商量地说。

他拿起电话，拨通了财务室电话。一会儿，财务主管进来，刘总交代一番，这件事就办妥了。

“我的好妈妈，你在外婆家的市区，要租办公室，要添置办公设备，这些都要花钱呢，你们准备了吗？”刘总提示母亲说。

“哦，没有。我，我们，没有想那么多，只是想怎么样推广产品。”郭天美说。

金鑫发展的老总坐到他的大班椅上，想了一会儿，说：“那只有以我公司的名义，先投资。这样的话，赚多赚少都是公司的，你只能拿到业务提成。你考虑好了吗？”

刘洁民赶紧说：“这样好，我们不用投一分钱。”

郭天美说：“不！我刚才考虑了一下。其实，自己投资，自己受益会更好。我这边嘛，儿子，可以借你公司的资金吗？我只要十万的货款，另外的二十万，你借给我。这样的话，我就自由多了。”

“你还想自由？”泥匠瞪大了眼睛，他怕这个半老徐娘忽然变心，还没成功就想自由。

“你不懂，我没动你这存款的心思，是因为这是我们的保命钱！”郭天美白了他一眼，好像几十年劳苦无功的怨气全都憋在那对白眼珠子里向他扑面而来。

刘洁民灰心了沮丧了同时后悔了，他对儿子说：“不要借，还想飞天啊！那么一把年纪了！”

儿子看着母亲笑。

母亲说：“不理他这个榆木脑袋！”

刘洁民苦笑轻声地说：“你借给她，不久，你就——没有妈妈了！”

儿子安慰地说“老爸，你误解了！那是财务自由，而不是人身自由。妈妈，我觉得你的主意好，我同意！我还告诉你一个办法。这个保密哈。”

于是母子俩在一边一阵耳语。只见郭天美频频点头，脸带笑容。看样子，她懂了，全懂了！旁边的泥匠像傻瓜一样，什么也没听到。

一会儿进来一个人，说：“刘总，这笔款已到，你签一下。”

不一会儿又有人进来说：“刘总，这是上一批业务员的提成，你看一下。”

刘总看了看，点了头，在报告上龙飞凤舞地画了几下。他此刻的资金流，一会儿，从手机里传来，都是几万十几万的。比起超市菜市场的“几块，十几块”的到账提示音来，让人心惊肉跳的。

刘洁民看着眼前的儿子，心里害怕地说：“鑫儿，你这样的生意合不合法？”

“合法啊，我每一笔款都是要缴税的！”儿子平静地说。

“那，你这一天收多少啊？”

“多的时候百万，少的时候几万。”

“我刚才算了一下，进账了三十五万。”

“那又不是纯利润，是本金和利润一起的。员工的绩效奖金都在里边，还有税、房租，很多成本。你，别光顾着听到这样的声音。”说罢将手机里的提示音调成了静音，一下子就听不到进账的声音了。

刘洁民有些失望，又怪自己多嘴——那是多好的声音啊！就像银行柜台前面的点钞机数钱的声音，现在听不到了。他此刻就像孩子一样，希望能听到儿子的手机到账提示音。但说出这个要求来，是要招来笑话的。特别是跟前的郭天美，还会嘲笑他是土包子。

他的确是个土包子，出生在这岭西的山区普通的农家，他有两个姐姐、三个哥哥，在儿时的记忆里，总吃番薯饭，不吃就饿肚子。他还好，是最小的，上面都给他留下吃的——一截番薯、半截甘蔗、几个荸荠，甚至一把白白的茅草根，肚子就不饿了。他就是这样长大的。能读高中，还靠的是几个哥哥农闲在矿山上赌命挖矿赌到的好运。因此，他是穷苦出身，没见过大钱。最风光的是20世纪90年代初期，在东莞打工，每个月发的三百块工资，都是巨款，两个月可以在家买一头黄牛了。拿谷子算起来，可以买到四十担，够吃一个月。现在的儿子，就像当年的自己一样。只是，他现在一天能赚上几万十万，太吓人了！太不可思议了！真的，钱都不是钱了，是纸，是声音，是数字。虽然身上的荷包不存在了，只有手机里的数字，你买卖都在里边收付款。

刘洁民想到这些，脸上不由自主地笑了——终于翻身了！儿子金鑫的命运终于应验了！

“爸，老爸！”儿子在喊他，让他从美梦中醒过来。

“你得买一辆车啊。妈妈在那里开公司，没一辆车，怎么行？”儿子提醒他。

“哦！是的，要买车。得花多少钱啊？”泥匠惊慌地问，生怕自己的血汗钱会在这次创业中全吐出来。

“没多少！先买一部中档车子代步。没有车，寸步难行，也不像做生意的。”儿子看着老爸，好像看见了他的心思——不想掏钱。

“这样，你把我的车子开去。我以公司的名义再买一辆。”儿子说。

“这样不好啊，以公司的名义买。开回家也不算自己的。”父亲疑惑地说。

“这你就不懂了，这是税务上的要求。”儿子严肃地说。

“啊！你要缴纳那么多的税？我看，别开了公司，做农民，虽然辛苦一点，但是没有风险！”

“你看你，多没出息。当初……别讲了！如果我留在广东打拼，房子车子，早就有了！”站在儿子身边的婆娘忍不住要批判他，似乎在她心里，就是他——害了她半辈子。就是他，让她做了半辈子的泥匠小工。余下的半辈子，不能再毁在他的手里了。

从目前看来，他们母子才是一伙的。他们眼下有一个共同的目标，就是做大做强，跻身富豪的行列。依照这个泥匠的标准，现在的儿子已经是富豪了。难道还想赶追那些姓李姓马的？但是，此刻的泥匠，完全不是说话的主，只能乖乖地靠边站——话多招来的批评就多。

最后决定开儿子的车，他平日里也开过。这样定下来后，他们就带着一车产品以及自己手机里的钞票到另外一个城市创业去了。

说真的，发财的事，想一想是可以的，要真的行动起来，眼前的乡下泥匠还是犹豫不决。倒是身边的这个妇女，胆子大得很，带了一车的产品回到家中，收拾好外出的衣服，一个接一个地打电话，通知那些几十年没有见面的姐妹，到岭东市的某家酒店会合。

看来，她真的要大干一场了！

四

公司的运作，带来了丰厚的回报。货车天天进进出出，金鑫发展的商业帝国渐渐有了雏形。这一下，刘金鑫成了本县的名人，纳税的大户。县政府、县招商局、县税务局都送来奖状等荣誉，县市领导也经常莅临参观指导。刘总应接不暇。

但越顺利，他的头脑越冷静。他清楚自己的定位，因此，他始终谦虚谨慎，踏踏实实，稳步前行。

两个季度过后，刘总把所有人的本金都发回去了。他在会议里说：“我说到做到，一年翻番。现在，我们的目标达到了。感谢大家的努力和支持！”

大股东及小业务员都十分高兴，纷纷为他鼓掌，也对公司的发展充满了信心。

这一下，金利来的老板黄鹏肠子都悔青了。他几次都赖在周总的办公室里，说：“周总，你还是把我的股权还给我吧！”

“可以这样的吗？”周敏含笑看着这个同学说。

谁让他没眼光呢？多好的产品及商业模式，多精干的金鑫老板。当初，她看到金鑫老同学的潇洒自信及春风满面，她简直看到了梦里的洪水滔滔，财源滚滚而来。他的策划及商场雄才简直让她着迷。再说，这份职业，与原来的职业不冲突。

现在，她还是平安保险公司的区域经理。几份收入，已经让人羡慕极了。但她自己清楚，她就是小池塘的一条大青鱼，而海里的龙虾，都要大过池塘里的大鱼。只是，财务报表没有体现出来真正的成本和利润。在她看来，应有可观利润。根据业务统计，她的团队月营业额达到了几千万元。

黄鹏在惋惜之余，总想与这个同学发生一点什么。当初的迷恋让他死心未改——越得不到的东西，就越让他觉得珍奇。加上失去了五个点的股份，他总想得到一点回报。周敏可是时刻提高警惕——有些结了婚的男人堪比流氓，说得出也做得出。况且，眼前这个人还是旧情未了的老同学。公司的那个刘总，已经把她心中的位置全占了。虽然，她感觉到他拒人千里的态度，但她清楚，女追男，就隔着一张纸。只是，这个刘总，似乎很清醒，除了开会和指示工作，就很少请她进办公室。她要见他，还得有办公室的秘书通知，约定时间。她也清楚，公司做大，必须这样忙碌，这样公私分明。就姑且这样吧！所以，周敏也在努力做好本职工作，把业务这一块拓宽。在她的部门里，个个都是业务熟手，都是自愿入会的，没有反悔要回那些入会费。经理级的，都是业务能力强的，入会费一个月都回来了，主管级才千元的会员费。现在的几百元不值钱了，买一盒化妆品都不够。因此，原先的担心是多余的。这也是刘总的英明决策——刚好踩到了点子上。

近期，岭西市小县城的四少之一魏公子，时不时过来这里捧场。他有十几个业务员，而且也做出了一些成绩。只是，他的心思没有放在业务上，而是放在周敏的身上。每次进来，都大张旗鼓地送上鲜花。全公司的人都知道，这个魏经理在追求周总监。表面上看起来高攀，但实际上魏公子的家业很大，而且很有背景。他不会凭空得来县城四少的名声。周敏为了表示对老同学的忠心和感情，私下把这件事情报告给了刘总。

刘总却笑着说："这个人不错哦！人模人样，有能力，有财力，很好，值得接受！"

"嘁嘁嘁！"周敏连嘁三个嘁，眼里的不屑转为失望。但刘总提醒她，魏公子的老爸在县里是说得上话的人。知情的都晓得，他的老爸是副县长兼公安局局长。这个县虽然是资源枯竭贫困县，但瘦死的鸭子也有一身毛。再说，在这个地方，你不能得罪这样的花花公子，否则会麻烦不断。

周敏明白刘总说的意思，就当是朋友吧——给予希望，不给绝望。但若即若离的，就更加吸引这个男孩子了。

很多时候，见到刘总，魏公子总是毕恭毕敬地立正敬礼，然后响亮地喊一句——刘总好！这搞得刘总很不自在，私下对他说："魏兄，你就不必这样客气了！"

"不，刘总。这是必须的。虽然我比你大几岁，但在我心目中，你就是我大哥！我，打心底——佩服你，尊敬你！"那话语，很让对方感动。依照平日里，街上的混混及商场的精英，见了魏公子都要喊声大哥。他现在能有这样虔诚的态度，真让人感动，但也有些不踏实。所以，他几次命令周总一定不能丢弃他送来的花，也是为自己找了一块挡板，或者说一座靠山——男追女的那座无形的大山。

金鑫发展若要继续发展，还是需要一些助力。这个魏公子，便是可以利用的人物——至少在本县可以解决很多棘手的事情。因此，除了业务经理外，他还被聘为厂长。工资表面上不多，才五千一个月，可年底的奖金是另外计算的。这是关起门时，刘总私下对魏公子说的。

拿到聘书，魏公子几乎是拜倒在他跟前，要与他像刘关张一样结拜兄弟，歃血为盟。

刘总说："我一直把你当作我的大哥，其他形式都是虚的。"一句话，把这个岭西县的硬汉说得热泪盈眶了。

为了这句话，魏公子多次恳切地与刘总约时间，买了珍贵的礼品，开车到刘金鑫的家里，莲花镇自优村去认父母、认爷爷奶奶。那一天，这个乡下的普通一家，可谓蓬荜生辉！魏厂长不光见了刘总父母，还见了爷爷奶奶。他出手的每个红包，里面都是厚厚的一沓钞票，比他一个月的薪水还多。对于他的诚心、忠心与决心，刘金鑫是看见了的。这是他要的效果。他清楚，眼前这个人，是一个重义气的人，是讲感情及排场的人，是一个很有用的人。公司的对外闲杂事务，可以全权交给他处理。

过了一些日子，魏公子自己印了名片，上面标注的是——金鑫发展实业有限公司，职务：厂长。

他私下闲聊对外面的小兄弟说："这是我大哥的厂，换成外人，给我总经理我也不会干。"可见他的实诚与真心。

也是，魏公子是自由惯了的。他经常会友喝酒，半夜不回家，上午不起床。但是，挣钱他是很有办法的。许多酒吧、KTV、商务酒店、休闲山庄、私人矿山，他都有股份，每月都有收成。看他开的大奔就知道他的身价——他可是自己用真金白银一次性付款的新车，完全没靠做官的父亲。

依照他的条件，很好找到另一半，他就偏偏喜欢职业女强人周敏，喜欢看她身穿职业装，风风火火的朝气，说话干净利落的样子，还有她眼睛里的智慧与清纯。这些，都让这个小伙子着迷。现在，许多年轻人都是这样一根傻筋——喜欢上的东西，就是一朵恶毒的罂粟花，也要伸手去沾染。那是文化人说的——情人眼里出西施吧！

得到了这个两肋插刀的兄弟，刘总心头的石头放下了许多。一些地方行政部门的会议，就由魏厂长去参加。他一心放在公司的运营上。

目前公司的收益，只有他一个人清楚。供货的厂家也只有他一个人熟悉。他要的税票也只是他与对方达成的口头协议。供货的厂家是外省一个濒临破产的企业，被他的几个大单拯救过来了。因此，每次去出差看货，那边的老板早早地在机场迎接他了。那个满头白发、心力交瘁的老板，为了稳住他，另外给了他 30% 的股份，他成了一个大股东。

刘总是个精打细算的人，他知道时下做实业是很难的，厂房、设备和人力，都是很大的成本。光厂房就够折腾了，更何况还有固定资产折旧、人力的招聘培训和激励奖励呢。他可是学金融出身的，成本和利润已经渗透到了他的血液里、骨头里。现在，很多发大财的企业都是虚假的繁荣，就像肥皂泡，一点点肥皂就可以兑水搅动起来。只要联动起来，铺展开来，财务报表做好，会计师事务所做好评估，风投公司注资进入，短短时间内，把公司包装上市，吸引全球的股民——这，也是他急需的效果。至于实体工厂，那就让下游的人去做吧。

当然，他现在是这家工厂的老板，没有投一分钱，还得了30%的股份。这些都是商业秘密。

眼前的创业者，刘金鑫可不是一个头脑简单的人。不过，他还秉持了基本的职业道德，先把股东们的本金返还。至于利润，他也会适当地公布及发放。一个公司运作起来，需要很多的成本及费用，社会关系就是一笔无形的大支出。因此，不要想得那么简单，利润并不是想象得那么多。在一次季度股东会议上，刘总这样给股东们打预防针。这个预防针虽然有些痛，但还是先打为好。今后的公司布局，是一个更大的构架。他已经在脑子里酝酿好了。

一个县域发展预期，第二个县照例推广。一段时间里，岭西市十几个县里，电视台、广告牌全是金鑫关爱的标语与产品。金鑫护垫，可谓家喻户晓。

这样的奖励机制，让很多家庭都在囤积金鑫产品——因为不过期不变质啊。有的家人为了业绩，买来全当作送礼的佳品。客人来访，同学聚会，都不忘销售金鑫产品。

在金鑫护垫的包装盒上，这个机灵细心的创始人，花足了心思，让他的产品充满关爱和温馨，高档有品位。这就是包装的魅力。

就这一点，周敏就对这个老同学崇拜有加——要是日常没有细心关爱女性，怎么会有这样的创意？每每看到这些，每每想到那些，她沉寂的心都翻起了波浪。

不到一年，金鑫发展的业务推广到整个地区，岭西市的十几个县区，近千万人口的范围，家家户户都被金鑫护垫关怀着，家家户户都在使用他的金鑫洗洁精。

刘总的眼光独到，他的总部租下的两万平方米的厂房，现在派上了用场，刚好用来做仓库。每日，这里的大车小车进进出出，热闹非凡，像极了一个大城市的菜市场，家家都来。与菜市场不一样的是，这里干净整洁，没有鱼腥味，没有鸡粪味，没有猪大肠味。

看到越来越多的货物进来出去，他又在物流方面下了心思。把进库通道与出库通道分开，依照订单排程，制作二维码扫描出货，引入自动仓储系统，把物流的渠道通畅起来——这样，既节省了人工和空间，而且不会发错货。物流开支也是很大的，为了节约人工成本，他不得不这样做。

所以，年底当财务报表在股东会议上公布时，大家的红利预期就没那么好了。在他们看来，每日的进出货，已经赚得满盘满钵了，怎么就是那么少的分红呢？

“这个表单大家细看，营业收入表、各项支出表、固定资产投资表。我们一年赚了两千五百万，但公司还在投资，在长大啊！光我们的自动仓储，就花掉了一千多万。”刘总看出股东们的疑虑，他解释说，“你们也不要把生意想得太简单了，以为就只有买卖收付款那么简单，你们把财务报表一页一页细看。有疑问的我来解释。”

话说到这个份上，三位股东自然无话可说。黄鹏占股少，张小磊很少来公司，没为公司出过什么力，自然心里就没抱怨。最不开心的是周敏，她可是动用了全部的人脉，把业务推广出去。单说这个县城，一半业务是她完成的。在其他县城，她培训各名经理主管，可是倾心尽力的。而且，眼前这个创业带头人，似乎与自己渐行渐远。一些决策，根本就没有一起讨论，他一人说了算。比如投资自动仓储，那么大的投资，与其他股东招呼都没打。当然，他们的占股不多，都不知有没有资格参与决策。所以，周总有时的脸色，有些不好看。

刘金鑫是看出来了。为了安抚周敏，当着大家的面，刘总把财务喊来，交代业务提成及奖金尽快发下去。不多久，周敏手机里的信息让她脸上有了笑容，手下的感激话语，一批一批飞来了手机里。

大家还是赚得十分开心。他私下对周敏说："公司的市值已达一个亿。你也在成长。"周敏回了一个 OK 的手势给他，让他的心渐渐平静了下来。在他心里，公司的成功，最大的功劳归功于周敏，他不能让这个老同学不开心、不放心。

在家乡，洗洁精走进了家家户户。每家的厨房里，都换上了金鑫洗洁精，致使一些大品牌的洗洁精都在这个地区碰到了难题，市场逐渐萎缩。同行竞争，产品的质量和价格说话——金鑫的洗洁精当然有优势。他们不明白的是他的销售模式，其他公司没法复制。即使可以复制，也为时已晚。所以，就有同行的业务员起了坏心思，举报金鑫发展为传销公司——是发展下线的传销公司、非法融资的骗子公司。

接到报案的是本县公安局，警察马上来调查核实了。

魏公子当即表态代表公司积极配合调查，被刘总拒绝了。他心里有底，让财务人员配合调查。

结果什么也没有查出来。最后的结论是直销，有仓储，有产品，不开店的家庭营销方式而已。这个结果，就是早已预见的。这就是刘总的高明之处。另外，他的会员费用，全是以钻石卡、金卡、银卡来体现的，没有费用收支这项。至于上下线，那也是主管负责的模式，没有不合法的。

这次调查增加了刘金鑫的信心。为了公司的壮大，他酝酿把公司搬到市里去。他把这个搬迁的消息让魏公子放出去。

不多久，本县很多部门的主管就过来拜访了，工商、税务和公安办公室相关人员都来检讨是哪里的工作没做好，才留不住这样好的企业。副县长兼公安局局长也当他的面严肃批评接案的下属——怎么就轻易相信一个电话，而不顾大局呢？分管企业的县领导也上门安慰——自家的企业要想法保护，也是保护我们自己的钱袋子一样。你放心，有什么困难，就给我打电话！来慰问的领导们都对他敞开心怀，态度诚恳。

效果达到了，金鑫发展当然留在家乡，造福家乡，这也是对家乡经济的支持。年底，金鑫发展又获得了一大堆荣誉，还有一堆个人的荣誉证书。

夜深人静的时候，刘金鑫在办公室里并不是那么轻松地看利润报表，他在推演公司的未来。他清楚，目前产品太单一了，但是产品多了又不好把控。如果向全省推广出去，会有很多风险。冒牌、仿制、降价是当下环境的现状。时下，有什么好卖，市场上很快就会有同类异名的产品出现，而且价格比你的低得多，让你很难应对。金鑫发展能够起来，是靠大家高效的直销模式，一下子就占有了市场，让他人没有仿制的时间。当然，日用品的利润也不高，仿制需要成本。所以金鑫发展的产品短时间没有别人仿造。

公司开在本地，也是他有先见之明。如果放到其他地区，营销环境没有家乡好。像发生类似被举报的事，可能是先抓人，再调查。这样的话，公司生意很快黄。当下不是没有这样的企业，好好的亿万公司几天就被整垮了。

想到这里，这个年轻的创业者觉得还要建立起自己的人脉——魏公子只是一个小地方的权势人。真正做大做强，还需要有更大的圈子。

他想到了上市公司主席吴茂鑫大表哥，觉得有必要攀附一下这个大树了。他当即拨打了老表的电话。

这个电话是第一次拨打，打通数次，依旧没有接。现在太多的骚扰电话，让人无暇顾及。他发了一条信息过去说："哥，我是金鑫。"

不一会儿，表哥来电话了。那边传来哈哈的笑声，声音沙哑像是一个肉球里挤压出来的声音，笑声过后，那边说："哎呀，小老弟，怎么想起了老哥哥？”

这个屠夫哥哥，比他的父亲还大了两岁，大姑生他的那年，父亲都还没被奶奶怀上。那个年代，没有计划生育，都在响应“人多力量大”的号召。

“哥，你有空不？我来拜访你。”

“哈哈哈，这段时间刚回来。你来，随时有空。在家哈！”

“好嘞！大姑身体还好吧？”

“好！难为你想着。”

“我现在就来。”

“OK，我请人去杀猪！”

他看到表哥发来杀猪的词句，心里发出了一串欢笑。小时候，听到杀猪声就知道过年了。

金鑫在超市提了几盒高级营养品、洋酒，以及关爱女性的金鑫护垫和超强洗洁精。司机帮他提到车上，他对司机说：“今天不辛苦你了，我去走亲戚。你可以回去休息一下。有事会找你。”

“感谢刘总！”司机开心地递了钥匙，便找魏厂长打牌去了。他们有一个休息室，里边可以泡茶、唱歌，也可以打牌娱乐。

打开导航，刘金鑫把车启动了。他想到了二十年前，每次到大姑家去做客，大姑都要做不同的美食给他吃。因为年龄的差异，姑姑把他父亲当儿子看待，感情自然更深一层。她当年嫁到山里大她七八岁的屠夫，是委屈了，但为了自己的家人，委屈就委屈。后来，源源不断的香菇和笋干还有山猪肉从山里送出来，让他们这个大家庭渡过了无数次难关。因此，在大家族里，每一家都念大姑的好，经常有来往。刘金鑫大学毕业的时候，这个老表在大姑的指示下给他留了一个工作岗位。他因为自尊心，谢绝了表哥的好意。结果，这个表哥被大姑训了数次，说没有安排好他的工作。他替表哥委屈，跟大姑解释了多次——他是想看看外面的大世界！

那时，大姑拉着他的手说：“鑫仔，别只想着外面的好。大姑家，你看看，哪里比不上外面？”

他说：“大姑，我想看大海。我不想在山里养猪，等我混不下去了，我就来找他。”大姑才笑着原谅了自己的儿子。

大姑家在崇山峻岭里，以前公交车一天一趟，而且全是砂石路，上坡下坡的车子跑得很慢，到山里要半天时间。下了车子，还要走两个小时的山路。做一次客，没有两三天是不够的，所以一定要准备在大姑家过上一夜。姑姑嫁进深山里，让奶奶提心吊胆，怕她在里边吃了亏，都无法跑出来告娘家。好在做屠夫的姑父是个老实人，奶奶的担心是多余的。

现在的路已经修了几次，全换上了水泥路。不过，山道依旧弯弯曲曲，顺着溪水一直往山里边钻。一会儿西，一会儿北，如果没有导航，金鑫都担心会迷路。

车子几分钟离开县城，开在山路上。前面全是绿，一座连着一座的小山，一脉连着一脉的山岚。他打开车窗，闻到空气都与外面的不一样——清凉、新鲜，还混有各种花草的香味。

半个时辰后，车子来到一个大山窝里。山窝里的那些大樟树还在，与二十年前一样，浓浓绿绿的，屹立在山坡上，庇佑山里的子民们。

远远地，他看见老表与姑姑在大樟树下的村口等他。看见他的车子进来，老表哥向他招手，生怕走错了院子。姑姑家与普通的人家相连，没有多大区别。

老表哥的深山豪宅在山的背面。如果走小路，可以从姑姑家山背的小路走路过去，也就几分钟。

姑父年岁大了，不杀猪了，家里来了现在的村里屠夫。一个高大的汉子，满脸的络腮胡子，但看见客人来，脸上显现出李逵般的憨笑说：“小老表，来哒！”

姑姑的样子像奶奶，七十多岁的人，满脸皱纹，手脚不灵。劳累了一辈子的姑姑接下他手里的礼物，批评说："鑫啊，你来就来，不要买什么东西。现在家里，不缺什么！"

"家里是家里的。这些，是我送给姑姑、姑父的。姑姑，你怎么那么老了，你不要再劳累了！我哥做得那么好，你还下田干活？"刘金鑫批评地说。

"我是种点菜。不干活，我一身都痛。"大姑说。

"我的老姑姑，不要操劳过度。你看你，比奶奶还老！"刘金鑫说了这一句，让老姑姑感动得抹眼泪，说："我的老崽，晓得心疼老姑姑啊，你看，比森森懂事！"

"森森都是总经理了，他忙。"这个侄儿为她的孙打圆场。森森是表侄，老表哥今年把他晋升为总经理，是为了历练他。

"你也是大老板了，你也忙，都晓得来看我。"老姑姑不糊涂地说。

"我的板——很小，还没巴掌大，算什么？大哥才是门板，大桌板。"

大家笑了。姑父坐在木质沙发上，一个人，耳聋，身着破烂的汗衫，手里拿着一把自制的烂蒲扇，像电影里的济公，乐呵呵地看着大家笑。他大姑姑七八岁，八十出头了，对任何来人都说："呵呵，来了，感谢！感谢政府！"自己就像被关怀的五保户一样。那是因为老表能做到本市县首富，经常有领导来访，说习惯了。老表哥能赚到那么多的票子，是老屠夫姑父想都不敢想的。他耳朵几乎听不见了，只有说一句"感谢"的话来表达感谢。

"姑父，你还好吧？"刘金鑫上前，探过头去询问。

"好！感谢！感谢政府！"老姑父不假思索地说，分不清来人是客还是领导，所以，他的感谢成了口头禅。大家便笑，知道他耳聋，就不为难他。

"姑父，我是金鑫。你抽烟！"金鑫递上烟。

"不抽。感谢！感谢政府！噢，你，你是金鑫，鑫仔啊！"姑父忽然间记起来一般说。他赶紧起身，紧紧地抓住了眼前来客的手。

大家坐在客厅里的一张大茶桌前喝茶。

这张大茶桌是大表哥从缅甸买回来的大缅花，一半就有大门那么宽大，凳子也是两根大树干做成的，就像坐在森林里一样。大缅花在清漆下，闪耀着金丝一样的波纹，以前听说皇宫里才有，现在，进了这个首富家，也看到了。

“姑姑，只有大老板才配得上这样的大板！”金鑫用手拍了拍大板说，老姑被他逗笑了。

“鑫仔，我去帮厨，你们聊哈。”老姑想到有的菜还得自己来掌锅，便到厨房忙去了。

“难得老表这个大忙人，今天抽空来陪我。”肚子和脸庞都像弥勒佛一样的老表一边说着客套话，一边因炎热喘着粗气，亲自洗壶洗杯为这个比儿子还小的表弟泡茶。

“老弟，你来，我还敢躲在办公室里不出来？现在老弟做得不错了，晓得来看看老哥了。还请刘总——多多指导工作。”说罢便呱呱呱地笑，像春天的青蛙一样地鸣叫。

“老哥，你见笑了！”刘金鑫有些害臊地说。

“我是认真的，你们大学生，头脑不一样，要不吝赐教啊！”这个浑身浑圆的大表哥，一身的佛珠，脖子上、手腕上，让人粗看的确像是寺庙里的僧人一样。但是身上的高档丝绸休闲古装，暴露了他的身份。此刻，嘴里说出这样的雅言，让他们发笑。

刘金鑫谦虚地说：“哪敢！你的集团总经理都是行业的领头羊，专家的专家，教授的教授！”

“话是这样说，但老表，你的话是真话吧，你不可能跟老表说假话吧？”大家便笑。

“我，不敢在表哥面前班门弄斧，我只是卖日用品的。你看这里带了几箱，金鑫护垫哈，不怕你笑话。”

“人家卖矿泉水的都身家几千亿，小弟，每一行做好了都赚大钱！”

老表哥夸奖地说。

“有道理！所以我就要来取经。真经一句话，假经万卷书！别人不把真经给我，亲老表不会不给吧？”金鑫年纪小，但两个人是平辈，因此说话就没有那么拘谨。

首富吴茂鑫听了大笑。他肥头圆脑的，昂头扭扭脖子就像一头大肥猪在摆耳朵。那笑眯眯的眼睛，只留下一条细缝——他这个成功人士，似乎不用眼睛看人只用耳朵听音了。

“大哥，说真的，前些天我差点遇到麻烦。有人举报我在做传销，差点被抓进监狱。通过这件事，我恍然大悟——我家的屋后是村庄，靠山有些远。但，再远也要过来靠一靠你。”

首富听出了话音，沉吟一会儿，笑起来说：“哈哈哈——你们读书人，都很清高，看不起我们养猪的。这就很不可取的。我们要多走动。亲戚不走动怎知道过得怎么样？外人说了我们的小气、绝情，我们也不知道。”

刘金鑫被老表哥批评得低下了头，说“前几年，我们缺乏社会经验，只想到沿海那一套——短、平、快、上、撤。”

大哥听到又大笑，拍了拍金鑫的肩膀。“现在的各路神仙都有本事，短、平、快、上、撤，的确高明啊！”老表哥向他伸出了大拇指，“后来，你那事怎么样了？”

刘金鑫说：“我早有准备，没事。但，说不准今后会有事。到时出事就晚了。特别是我妈，到岭东市推销产品去了。所以，还请老哥多帮带，认识一些人，今后也好做事。”

“好！可以。方便的时候，一起带你出去走一走，与大家认个脸熟。舅妈也真是，都是享清福的年龄了，还去创业？”说罢，两人又笑。

首富是笑这个当年的大美经理重操旧业，现在这个小表弟也用这个方式做得风生水起。但是，真正倒闭的是企业，行业永远都存在。刘金鑫笑的是自己的公司很小，在老表哥面前提及是个笑话。

“财务和法务这两块呢？”首富收了笑容，眯缝着眼睛看着他，认真地问。

“我还没有壮大。目前我自己在掌舵，还能驾驭这艘小船。”

“资金周转有困难不？”

“没有！目前只有两种产品。”

“好，好！我原来以为你是来借贷的。”大表哥赞赏地说，“其实，你也可以做婴儿的尿不湿，或者日常用的餐巾纸啊。”

“我也想过，在开发了，但总觉得太慢了。而且，说真的，我们的产品利润太低了。如果不是我的营销方式，谁敢去做这样薄利的生意！”

首富看着这个小表弟，脸上全是朝气，眼里全是智慧，心想这个小弟不是一般的人精，一定是干大事的。他眯眼笑着试探地问：“你有新的规划？”

“有！”金鑫说。他想不妨跟表哥探讨一下自己大胆的计划，或许在关键的时刻，他能提供资金和人脉。

“说来听听。”

“现在，各行各业都在搭建网络平台。大的就不用说，京东和阿里，比如货拉拉，比如滴滴，比如贝壳，还有兴起的各类古玩拍卖网络。台子搭好了，光收服务费就够了。如果能上市，财富就是十倍百倍千倍万倍地增长。只要企业上了市，大哥你可是尝到了甜头的。”两个人精又笑了，都为能够听懂对方的心声而笑。

“哥，你不是我们中国人吧？”笑后一会儿，这个小表弟在关键的时候抛出一句这样的话，试探一下他的大表哥。

“不！别乱讲。我的企业在国内上市，是龙头企业，享受国家各类政策的优惠照顾。我们不能不懂爱国惠民。”首富几乎是严肃地教育这个小表弟。

“我担心，将来，会有意外。”小表弟狡猾地说。言外之意，你一定留了后路。

“我是中华人民共和国合法公民。你们这些年轻人总是想着国外的好，好吗？”首富疑惑地问他。

“我当然热爱自己的祖国，当然也不是说不会保护自己。现在市场如此复杂多变，你就没有做一些准备？未雨绸缪做好准备？”

“小老弟。等你的资本到了一定程度的时候，自然会有办法，也能解决这些后顾之忧。难道是——小老弟已经是荷包鼓得装不下了？”茂鑫集团董事局主席问。

“哪里哪里！我始终要记住未雨绸缪几个字。这方面也要老哥领路。另外，我的计划里，如有跨国公司来合作，你出去招商或会客的时候，也带我出去见见世面。”

“可以！你别做非法的生意就行。”首富又笑了，意味深长地看着他。

“你这个人精，如果早来我公司运作，说不定我的位置也能往前排。说实在的，我们这代人没有你们这代人那样幸运——有那么好的网络平台来创业，来速成，来壮大！”

说话间，饭菜已经做好了。姑妈以及过来帮忙的表姐已经准备好了晚餐。虽然天色还早，太阳还未下山，可现在乡下人的晚餐也提前到下午五六点了。

“席（食）饭哒！”姑妈过来喊。

“那么早啊，午饭还没消化。”金鑫说。为了创业，他时常没有定时吃饭。

“不早了，俗话说，过一个门槛三碗饭，后生仔别说吃不下饭。”姑妈说。

“走，吃饭。没什么好招待你，你二哥的崽林林买了好菜，尝一尝。”

“林林在干吗？”金鑫问。

“干吗？在这里做办公室主任。闲得没事，经常到山上放夹子，没一点上进心，喊他去饲料厂做总经理，怕事，不敢去。我都给他配了秘书都不敢，还能做什么？来来来，请老弟上座。”

首富请客人坐上座。刘金鑫哪里敢，他回到客厅里喊姑父吃饭，想到他耳聋，就拉起姑父往餐厅里去了，把他扶到上席，自己在旁边坐了。

大姑看到，笑说：“老崽，这些礼节还没有忘记，要说林林和森森有你那么机灵就好。他们来了外人，就不上座，也不打招呼。”

“也不会吧。那是从小养成了客人来了不上桌的好习惯。森森都做总经理了。”金鑫不相信地说。

“别听她说，森森今年变化很大，都敢上市里的电视台做报告了！”大家便笑。老屠夫姑父对这个娘家客人做了请吃的动作，带头动了筷子。

“老崽！等下给爷爷奶奶带一边猪回去。他们，还下菜园劳作？”老姑问。

“姑姑，像你说的一样，不做事腰都站不起。不听劝，说当锻炼身体。”金鑫说。

“听说，我爸爸还在编竹篮子？”姑姑这个时候显得不老了，还喊起了她的爸爸。大家听来，欢心地笑了。

“还在编！县上领导说他的工艺可以拿到国际上去展览了。有的人出钱跟他买。”

“竹子做的，能卖几个钱？”大姑想着山外的家说。

“一只篮子也能卖上百块！人家多说几句好话，就送人了。管他呢——他开心就好！”金鑫对姑姑说。

大家听了，唏嘘不已，两个九十几岁的老人，还在劳动。哪个还敢说自己到了退休的年龄？

晚餐过后，首富看到小表弟还有话要说，便请自己的司机载着另外的一半猪肉送去外公家，自己与小表弟去山背的住宅里喝酒、聊天。

现在已是黄昏，夏天的暑气被山风吹散了。各类生灵欢闹起来了，青蛙与田鸡各自引吭高歌；蟋蟀与蚯蚓也不甘寂寞，唱起了高调；蝙蝠们此刻出来觅食了，那敏捷的身姿，忽然出现在跟前，忽然又消失在了暮色中；野鸡咕咕地叫着入窝，山雀也叽叽喳喳吵个不休，似乎在争论哪个树枝被别的鸟占了。

太阳已经落入西山，但此时山里还是一片清亮，远山的影子还能看见，只是山的青翠变成了黛青，慢慢地又往灰里、往黑里延伸。

远处，传来山猫凄厉地尖叫几下，可能是争抢食物打斗起来。十年来的退耕还林，让山上的植被茂密起来。禁止狩猎，野猪也多了起来，有时光明正大地来到农家的菜园子里搞破坏。因受保护，只能驱赶，不能伤害，结果野猪泛滥成灾了。

两人沿着一条一米多宽的鹅卵石路，爬了一个三百米长的小坡，看见了表哥豪宅在一个山窝里，依山傍水的，像一个世外桃源。这里就只有他一家大山窝。

一个大院，几棵老树，一片山林，既安静，又不冷清——表哥很会选地方。

这豪宅他来过几次，还是前几年刚上大学的时候。待至大学毕业，他急着到外面看看，就一头扎在了深圳这个年轻的城市，看别人怎样捞金。当年一出社会他也想过，到表哥这里上班，老表哥最多给两万一个月，已经到顶了。这样的工资在乡下过日子是可以，但是，在刘金鑫看来，后面再多一个零他都不甘心。老表养猪做饲料，那是传统的事业，在任何时候都可以做。他希望的，就是快速地把公司发展起来，从内地到深圳，再由深圳到国际拓展。而且，在内心深处，他像自己的父亲一样瞧不起眼前的乡村暴发户。眼下，他有了一个良好的开端。一切都按部就班地运作和发展。心怀与眼界不一样了，他就像一个即将孵化出来的小鸡，迫切想打破蛋壳，看看这个混浊的、瑰丽的、新奇的大千世界。

表哥的豪宅是真正的豪宅，占地有十亩，一条大路从山脚转来，山路铺的是沥青，两边修了路肩，安了路灯。橘黄的路灯，显得柔和温馨，也招来一些飞蛾扑灯。

走近大院，刘金鑫看见的大门，气势恢宏。高大的黑色铁艺，显示出厚重；中间的镀金或者纯金显示出富贵；两盏仿古的壁灯，像两只孔雀一样站立在大门的两侧。以前来的时候，对这豪宅一点都没认真上心。现在，处处都让他大开眼界。

大门前面就是桃花江的源头，溪水从更远的深山哗啦啦地流过来，在大门口的一个天然的水池里打个旋，再往外奔。这是一个游泳池，以前他在里边游过泳。现在，他有紧要的事请教老表哥，就下次再来游泳。

进入大门，庭前宽敞，能够停放十几辆小车。绿化工刚浇完水，在收拾水管。这里的服务员，是在外面的养猪场做工的，今天轮到在这里浇水搞卫生。碰见吴茂鑫，高声且夸张地喊了一句："吴主席好！"

大表哥吴主席吴茂鑫咧嘴笑。他的笑容，像极了云山寺庙门口的弥勒佛。

眼前的楼房，不，应该是豪宅，是中西结合的造型，看不出到底多少层。外表看是三层，实际是五层。大平顶，大落地窗，全部是福建的大理石挂墙。那些凹凸有致的线条装饰，是请了国内顶尖的设计师设计出来的；施工队是上海大城市那边请来的。家里的泥匠，像他的父亲，见都没见过这样的造型。外壁在射灯的照耀下，看得出全部是天然昂贵的大理石镶嵌的。

"全部灯，打开！"吴主席不知跟谁喊了一句。各处的灯顿时全开了：壁灯全亮了，还有屋脚下草丛的照射灯打开了，屋檐轮廓的灯饰照明也全开了，到处都是灯火通明，把整个楼房映照得金碧辉煌。

如果站在对面山顶看来，这里就是玉树琼花的人间仙宫。

走进大厅，一片炫目。这是巨大的水晶灯，或者翡翠灯金光闪闪，如入东海的龙宫。老表哥交代一个走过来的管家几句话，便与金鑫坐电梯到了上面的会客厅。

这个会客厅有一千多平方米，有吧台，有台球和会客区。这个会客区是他的私人专用，一般人未经允许不能入内，由门口的服务生把门。

“怎么样，来点酒还是咖啡？”主人问贵宾。

“哦——都可以。我，很少喝酒，但也要练练了。”金鑫说。

“好！那就练练！”表哥腆着大肚子迈着沉稳的步子，来到恒温控制的酒柜跟前，拿出酒柜里的洋酒，轻轻摇晃，像在变魔术一样，动作很是夸张。

“说真的，如果十年前，我有你的眼光和脑子，双汇就没我的公司大！”老表哥遗憾地说。

“也别这样说，如果换成我，就会像张磊、马化腾和雷军他们一样，有了资金，到处风投。其实，对那些龙头大企业来说，他们全是大股东。他们的财富，不是账面上的几家公司。”

“哎呀呀！小表弟就是厉害。我那时有了十个亿就看不清东南西北了。现在一百亿也只是市值。经营不善，就很容易回到解放前。”

“不可能吧！表哥，别来忽悠我。你境外的信托最少有几十个亿。没有的话，那你，就徒有虚名。或者，赶紧炒掉你的财务总监。”

小表弟此刻就像一个高明的经济师，看着这个首富说，用真诚的眼神逼他说实话——如果不说的话，眼前这个人就无法给你出点子了。

在这个首富看来，眼下这表弟虽然还没做大，但在金融运作上，说实话还是可以做老师的。

“哈哈哈！你这个毛孩子，竟然挖起我的金库来，就不告诉你。”弥勒佛一样的大表哥卖个关子，开怀大笑起来。两个人举起了杯中酒。

此时，这个会客区的屋顶在自动打开“苍穹”，三面的帘子也徐徐地拉开，人坐在里边就像坐在山坡上一样，视野开阔。满天的星星一览无余——简直太美了。一排橘黄的灯光照耀着前面的小溪及泳池。

连接着这条出山的大道路灯，就像是一串珍珠项链，呈现出一个优美的弧线。

轻音乐也已经响起来，是班得瑞的《山涧》吉他声。这让金鑫诧异——这个老大粗的荷包鼓了，不像乡村的暴发户，竟然斯文起来了。看来，这个老表哥，很会学习，知道如何转变自己，提高自己。正应了俗话：长在苎麻里，不挺也会直。刚才看见走廊里的油画，很多是西方的美女，以为是这个表哥附庸风雅，没想到还会听这样的音乐，真是财富造就优雅啊！

山风夹着青草与花香，从外面徐徐拂面，就像是坐在传说中美丽的伊甸园里一样。

借着酒意，表哥说："狡兔都有三窟，何况人？你表嫂现在在新西兰的家里带孙子。你也不小了，怎么还不结婚？"

谈到婚事，金鑫心里就会一阵慌乱。他觉得自己长这么大了，没有心仪的对象很是失败。又或者说，连恋爱的滋味都没有享受过，是年轻人的缺憾。

他的择偶目标设定为博士级别的女性，但现在还是没有踪影。那些参加电视台上的相亲节目，是娱乐，是无奈之举。那是择偶，不是爱情。

"我，我的目标没有达到，所以，还没有做好结婚的准备。"小表弟说。

"你的条件不错了，赶紧结婚生子！"老表哥说，与父母的话语一样殷切。

"不错？差得远！我想我的老婆应该在某个地方等我。等我把纳斯达克股票交易所的钟声敲响，自然就抱得美人归！"金鑫发展的老总说。

"哦！哈哈哈，我的小表弟，真是让我这个老表哥羡慕。"弥勒佛一样的大表哥又豪迈地大笑说。

"新西兰的表嫂是另一个吗？"金鑫窥视着这个表哥说，眼睛里的狡黠全表露出来了。

“老弟，你想多了，原配！你说，你表嫂做梦也想不到，一个山里的丫头，原先吃不饱穿不暖的村妇，现在在新西兰养花种草，带小孩。还能与老外说——哈喽，好啊有（音译，你好吗），真是造化捉弄人。”

“老哥真是个好男人！”金鑫夸奖地说。

“我也不好，我只是担心，被别人卖了，还帮别人数钱。现在的年轻人，刁钻得很！今天她与你上床，明天就要了你的全部家产。有的时候，还死得不明不白。”老表哥说。

“老江湖还怕新手？！”小表弟幽默地问。

“我，怕极了！你看现代的那些年轻人，都不按套路出牌、创业——你看不明白他做了什么，就上市了——赚得满盆满钵。比我们拼搏几十年还来钱！”首富看着这个小表弟，羡慕地说。

“成功的也是少数！”他感慨地说。

“当然，是多数的话，我们的钱就成了津巴布韦币了。我看，今天你小子心里就有什么点子。教教表哥，你表哥才小学毕业。但——也谦虚好学哈。”

“嘁嘁嘁，老哥，大家都晓得，你是清华大学 MBA 总裁班毕业的。哪个敢在你面前班门弄斧？”刘金鑫直爽地夸奖。

“那只是个名头，都是为多认识一些人。还别说，你也找时间去学一下。我也叫林林、森森一起去。又不影响工作，接触一下高层，扩大一下人脉。在那里，不光能长智慧和有经验，还能有意外的收获。将来的路，就能越走越宽。”

在这个夜晚，金鑫没有轻易坦露心迹，讲述计划。他脑子里的那个创业计划，连自己也不敢多想，似乎走在悬崖峭壁上，下面是万丈深渊，一不小心就栽倒下去。

不过，他们还是讲了私密的话题，就是将来，万一……

他们谈到时下的网络商业、实体企业，再转到新能源、矿产、科技，讲到未来的自动驾驶飞车，两个创业者似乎沉浸在财富剧增的幻想之中，喋喋不休，饶有兴味，充满幻想与刺激。

酒话当理想说了，理想当酒话讲了。

一直到深夜，两个人才进入奢华的总统套房休息。

这是个美好的夏日夜晚。

这次走访，大表哥还是很真诚地对待这个小表弟的。之后的一些国家、省市的商务活动，都带他去参加，并不忘跟主办方介绍说——这是我的小表弟，岭西市的新秀，商业界的骄子！

一些国外的重要会议，也带他去，认识一些国家的部长或者与他同龄的官二代、三代。

为了更好地推广自己，刘金鑫在他的名片上也精心设计好了，注明了金鑫发展董事局主席，仿佛与表哥的茂鑫集团董事局主席平级了。

另外，在新加坡、加拿大、新西兰、澳大利亚和美国，也广交朋友，参加派对，咨询豪宅。以他目前的经济实力，他刘金鑫这个新秀，买一栋楼房是没问题的，但他不可能把第一桶金倒在房子里边。他像刚买了一只母鸡，要留着产蛋，孵化，等有了鸡群，鸡蛋就像雪球一样，越滚越多，鸡群也将越来越大。

虽然这样，他在海外看房子的同时，也看一些制度和政策，增长了见识，预留后路。他明白了为什么我们那么多的企业在新加坡上市，原来是政府为了有更多的税收，降低了上市的门槛。总之，这些活动让他更加地成熟和稳健，同时，知名度也渐渐大增。

在外出的日子，公司照例在发展，只是发展的速度没有计划那么快。而且山寨的公司也出来了，在邻市，竟然也是这种模式，还卖同样的物品。

当业务总监把邻市的产品端出来讨论时，刘金鑫就明白，这是他母亲的公司和产品，只是换了一个名称和商标，款式和颜色都没改变。因为刘总事先做了预判，否则周敏就要把这家公司告上法庭了。

这时，刘总却无所谓似的说：“这是赚小钱！我在布另外一个局，到时——我们的公司新模式，外人连复制的时间都没有！”

刘总严肃认真而且神秘兮兮的话，让这几个股东大气都不敢出。

五

郭天美与丈夫开车到了岭东市。岭东市郊区已经大变样，原来的街道和道路都不见了，全是陌生的新路和新楼。不过，感谢科学技术，现在的手机导航很方便，一点都不用担心迷路。你看，手机上有最短距离的路径，有少花时间的路径，有规避堵塞的路径，总之，你可以选择最佳路况来导航。

眼前岭东市和岭西市是一样：到处是高楼大厦，到处是红绿灯，到处是立交桥，到处在施工。在每一个三岔路口，指挥的交警吹着口哨，忙得像广州的火车站周边一样，人来人往，车流不息，红绿灯都解决不了交通难题。

刘洁民的驾照十年前就拿到了，他很少开车，好在开过儿子的这部宝马。他的性子平和，开车的技术还过得去，这让郭天美放心。这个男人，长相还可以，脑瓜还机灵，要不当年郭天美也不会看上他。当初的流水线，除了拉长（或叫线长）、维修工程师、物料搬运工这三个男的，其余全是清一色的女工。而拉长和工程师都是年岁大的，因经验丰富被聘请过来的。所以这一个男子，就成了拉上的宝贝。当初，春心荡漾的她利用职务之便，算捷足先登了。那时，上班的时间是早上七点到十二点，下午一点到五点，晚上加班从六点到十一点，雷打不动地上班、下班、加班，还好有星期天休息一下。后来按《中华人民共和国劳动法》严格执行了，美国那边下单要考察工厂的各项制度，工友们的加班时间便少了许多，给了大家充裕的休息时间。

以前这些拉上的女工都在家里务农，风吹日晒的，三餐饭也是不定时，因此都显得苍老和憔悴。自从进了工厂以后，生活有了规律，伙食也比家里的好，工资可观，心情愉悦，穿上医院护士一样的工厂服装，每个人都像出水的芙蓉一般——鲜嫩白净，头发黝黑，牙齿洁白，双眼明媚。后来这个老公坦白，每日上班，左看是美女，右看是美女，他简直是跌进蜜罐里的蜜獾，随便一舔都是甜蜜。关心他的女孩子多，各种暗示也有。但，真正让他定夺终身伴侣的时候，他毫不犹豫地选择了她。那时，郭天美不光漂亮，工资是他们的几倍，而且，身上有一种强大的吸引他的魔力。她会看图，对线上每个环节的品质要求烂熟于心，外国人过来验货，她竟然能够用英语对答如流。大家以为她是大学生，没想到她这个高中生的英语水平比起他的来，高出一大截。她每日朝气蓬勃的状态让他念念不忘，也蠢蠢欲动。自然做了她的大美传销的第一个下线，而且鼓动了一起打工的老乡加入。不过，后来真应了他的话——我的是你的，你的也是我的。

“吃他亏了！”每次想到以前，郭天美就会发出这样的感叹。身边这个自以为是的乡下强男人，就是一个贱骨头，欠一个女人来收拾。这个女人就是她。这是缘分吧。两个家庭相隔三百里，自己偏就与他对上了。一辈子，这个乡村汉子刘洁民都依附于她。就像他自己学一本小说上写的——做了美女的奴仆！只是，再美的人都会衰老，都会变样，都会被生活磨得没有了棱角或美丽。现在，她郭天美已经是半老徐娘了！但是，她的那颗心，似乎依旧年轻、强大，依旧蠢蠢欲动。

走滨江大道，过虔江大桥，来到原来的东山郊区。

以前的郊区与乡村没有多大的区别，低矮的菜棚一片连接一片，碧绿的菜园子每日为这座城市提供各类蔬菜。现在，菜棚没了，沿江全是高楼大厦——这个发展，已是中国城市的普遍现状。坐火车或者飞机，国内到处转一转，全都是像她们这一代人一样，由土气的乡下姑娘，一个华丽的转身后，就是城里的漂亮小姐、大都市的靓丽新秀，或者也可称为国际名媛了！上海、深圳、北京、广州、重庆，这些大城市不说，南昌、赣州、南宁、柳州、长沙、衡阳，随便一座城市，都很难找到原来的陈旧的样貌了。也就在这样的腾飞中，各行各业的人都有发大财的。那些摩天大厦，一栋就要几亿几十亿甚至几百亿，光一个月的租金就能收百万千万。眼前，那些小街矮层的农民楼，没有一栋是属于自己的！也是因为自己窝在山村满足一天能挣三五百的收入，觉得这样的收入已经是老天开恩了。当然，这样的收入，比当地的老师、公务员高了几倍。这样一比较，让他们满足于现状——却没有搭上通向富裕的大班车。

眼下机会来了，儿子闹腾起来了，让她看到了方向和目标，她得赶着这一班车，坐了上去，看能不能到达有钱人的庄园。

半个小时后，在这座城市的东区，车子绕江转了几个大弯，来到高大豪华的虔江大酒店。

那里，郭天美的同学和以前的工友已经在酒店的雅座里等她两口子了。郭天美有些激动与紧张，一些人二十多年没见面了，每个人都大变样了吧？每个人的心似乎与她一样紧张又期盼，内心一股子暖流在激荡着，随时准备迸发。推开包厢门，一群人挤挤挨挨的，看见当年的打工名人进来，全站立起来，鼓掌欢迎。

郭天美喜极而泣，拿眼睛仔细打量大家，发现彼此都是两鬓白发的人，但依旧可以辨认出当年的模样。

"哇哦——张丽娟，哇——刘晓，哇——马丽华，哦——陈东方！……"郭天美一个一个地相认，互相指着感叹说——哦！老了！我们，都老了！她喋喋不休地唠叨着，也是对岁月的感慨和对大家的关怀。

大家喧哗一阵，关心一下，心里再次涌起同学友谊和工友情感。

刘洁民这时像乡下闰土一样拘谨着，揉搓着手，被郭天美挡在了自己的身后，为他挡住了乡下人的窘迫。

此时，亮在大家眼前的郭天美，装扮一点也不像乡村的妇女，一身的珠光宝气，像山大王的压寨夫人归故乡一样。看上去有些白嫩的手臂，与她的年龄不对称。此刻，得到一阵又一阵的夸奖，她的丈夫刘洁民这才明白她干活总是穿长袖的缘故。

“在哪里发财啊，郭姐？”有以前的工友问她。这个工友已经在城市里买了房子，现在在带孙子读书。

“发什么财！我们在做小本生意。今天，第一件事，一件大事，就是找你们来，把二十几年的欠款还给你们！十分抱歉哈！来，这数我一直记在本子上。丽娟五百，刘晓三百，丽华三百，东方八百……含利息就翻番！不好意思欠你们那么久！”

“哇！”张丽娟欢呼起来，没想到今天的聚会，还能得到二十几年前的投资回报。那时的大美公司传销，大家都在郭天美的公司上班，总得给她面子。车间主任都带头买了她两千块的产品，何况普通员工。

“其实，当年如果不是我的上司跑路，那么大家都能挣到钱！”这句话，郭天美说了无数次，今天听来就不一样——还钱的举动才让人相信、被人接受。

欠款是一件不光彩的事！自从遇见那个周敏的父亲，还了那一千多块钱后，当时觉得不快，但过后觉得轻松多了。之后，这对夫妻，他们拿出以前的账本，决定尽可能找到以前的债主，把不多的欠款还掉。自那以后，他们就像身上的尘垢被洗净了一样一身轻，走在街上——再也不怕别人说闲话了。

大家拿到钱，眼里和心里的佩服全是真实的，让这对夫妻很受用。其实郭天美不清楚，当年郭天美的上级就是周敏的母亲——李娜。以前的名字是李冬冬，一个土气的名字，她改为洋气的名字——李娜。所以生活在同一个镇上，也没有找到。那天在儿子的公司门口，李娜看见自己以前的老部下，赶紧掉头走开了。没想到她的老公厉害，竟然把他以前的欠款要回来了。那对夫妻，后来走在没人的地方捧腹大笑。

但是，造化捉弄人，李娜的女儿周敏在给这家的儿子打工了——真是不是冤家不聚头！二十几年后，两家人还走在一起，照旧延续他们以前的事业——但又不同，这次不是为外国的大美公司打拼，而是为自己打拼。两家人的事，刘洁民夫妇当然不知情。不过还了欠款，心里自在。细算一下，总共才一万多块欠款，在当时来说是巨款，现在是他们夫妻俩两周的收入。

现在，郭天美在还钱的同时，也没有忘记自己这次过来的使命。她要想东山再起，还得靠这些姐妹捧场。

一场宴会过后，郭天美切入了主题：一条发财的路子，今天摆给大家看——你们看，有过硬的产品和便宜的价格，还有原来的直销模式。而且这一次，与当年的大美公司不一样——她，就是老板！

“当然，这是我自家的产品！我就是老板！我就可以提供货源——不用你先掏腰包就可以兼职的发财路子。做不做？做不做？我们再也没有今天这么好的机会了——连产品的本金都由我自己先垫出来！”郭天美激情四射地说，眼睛鼓鼓地环视着她的第一批下线，那张涂了淡淡口红的嘴张合着，等待大家的态度。

大家听到这话，将信将疑。等郭天美把销售模式及会员模式、利益计算详细地分解出来，大家还是误解了，说这个直销还是像传销。

“是直销！不要混为一谈！我们的入会制是自愿的，而且，我会第一时间返还你们的点，我的办公室就在这家酒店的上面。”

开始，大家没有以前的热心，但是上好廉价的产品放在眼前，女同志都会有月经，都需要关怀和呵护。

“刘晓，你不关心一下你老婆吗？”郭天美问。

刘晓说：“这个，这个，我不懂！”说罢，脸颊都红了。

“哈哈哈！这一把年纪了。我都绝经了！”丽娟笑说。

“你就没有女儿吗？没有姐妹吗？没有儿媳吗？我说，这个世界上有一半的女人，都用得上！又不变色不变质，多好！你在街上能买到那么柔软的，吸水性又那么强的吗？我们都买过这东西。”郭天美再一次用产品说话，当场实验。

事实胜于雄辩，有的被说服了。真的，这是女人用的东西，包装也好，可以当作礼品送人。现代人的思想观念都在改变，呵护女性这个美德应该全世界推广！

最后，大家说笑中有的人了会，没入会的也拿产品回家里试用。再说，那洗洁精，多好的质量——郭天美当场就把菜盘里的油渍溅到自己身上，然后用纸巾混了洗洁精擦拭，一擦就干净。

而且，价格都很亲民。这是关键。

在她的感召下，不多久，到场的同学和朋友差不多两桌，二十几个人，十几个成为会员，其他观望的都拿到了赠品。

“保持联系哈，各位！我的公司就是你们的公司！你们是第一批合伙人，一点风险都不用承担的合伙人！”

郭天美在散场时，继续热情地向每一位前来聚会的同学和工友告别及鼓励。她相信，不多久，这个兼职的业务应该会有很多人加盟。

第一次开张就实现开门红。

郭天美开心极了，她买了许多东西回娘家去。

这些年来，回家的次数少了，家里的老人和亲友都不知过得怎么样了。兄弟姐妹们也都忙着自己的事情，没时间来往。现在，不做包工头了，一身轻，不用为儿子的学业操劳，也不用为家务操劳，回家的心态就不一样。而且，这一次，开自家的小车回家，感觉又不一样。车子的后备厢，还装有很多产品，她要在这一周里，在家乡大肆宣传一番，把儿子的事业做强做大。不，儿子说，你们挣的就是你们的，将来养老钱就不用提心吊胆——这是为自己的事业而奋斗！

奋斗！这个词语用得多好，郭天美感觉到内心一股子气在聚集，让她斗志昂扬、四肢有力，整个人都焕发出年轻人的朝气、创业者的斗志。

这时的天，好像比以往更蓝，云朵也更白了。以前，没完没了的泥匠活，让她满脑子就是赶紧混好砂浆，赶紧搬运上去，赶紧完工，然后计算着两口子的收入有没有达到一天三百，一天五百，一天六百。因为物价以及人工的飞涨，他们前些天的收入应在六百块一天。那时，眼睛里哪有蓝天白云，全是水泥基砖块，全是红色的人民币，在逐渐累叠，逐渐叠高。

两个人出了岭东市的主城区，来到国道上，几脚油门的工夫，就转到了娘家的县道乡道上。想到以前是黄泥路：天晴一把刀，下雨烂沼沼。1997 年的某个冬天，香港回归的那年，他们结婚的日子，婚车是三哥借莲花乡政府的公用车子，后面的嫁妆是农用车拖运。两部车一路上就像在泥地里打滚一样地艰难行走。回到岭西市刘洁民的家里，已经看不清车身的颜色了。现在，这一条乡村道路都铺上了沥青，一边还画出了蓝色的自行车道。一路的白杨树，整整齐齐，像夹道欢迎的两排列兵，热烈欢迎这个上门的老女婿。

这时的司机心情特好，看着一排笔直的树林和蓝天，把车窗摇了下来，放出了车载的音乐《快乐老家》：

跟我走吧
天亮就出发
梦已经醒来
心不害怕
有一个地方
那是快乐老家
它近在心灵
却远在天涯
我所有的一切都只为了找到它
哪怕付出忧伤代价

也许再穿过一条烦恼的河流

明天就能够到达

我生命的一切都只为拥有它

让我们来真心对待吧

等每一颗漂流的心都不再牵挂

快乐是永远的家

……

那快乐奔放，充满期盼和温情的音乐让他们感觉到希望就在眼前，幸福就在今朝。零星的村庄就在路边的树林里，时隐时现。每家的庭院，就像以前明信片里靓丽的瑞士风光一样。

现在，我们内地的乡村到处都是美景。这个变化，在近几年真是大啊！时下国家打造美丽乡村，真正下了力度，为百姓做了实事、好事、美事！这是老百姓几百年想都不敢想的美丽乡村，今天终于实现了，看见了，拥有了！

在他们所受的教育里，在历史馆存的黑白照片或者电影里的旧社会，国民全是面黄肌瘦的苦力人；现在，到处都是幸福满满的村民或外来旅游客。我们这个国度上的普通百姓，不再是满头大汗、衣不蔽体了；不再是战战兢兢、唯唯诺诺的乡村闰土和骆驼祥子！自由、民主、平等到处可见；天道酬勤，依旧流淌在每个国民的血液里。只要勤劳，每一个老百姓都能建起楼房，买上小车；每一个孩子都能上大学，每一个百姓都是当家作主的主人公。千年来，老百姓真正过上了自由幸福平和的生活，要感谢英明的领导人，感谢为人民服务的政府！

路上，看见几个乡村的孩子，手里玩的都是高科技的遥控飞机。而他们这一代的玩具，是木棍和泥巴。那是天差地别的！

刘洁民放慢了车速路过，看着孩子们仰视着天上的飞机，手舞足蹈的，飞机在他们的操控下上下飞舞。也许带着他们的梦想，飞向辽远的太空，而不是他们这些“60后”“70后”“80后”的梦想：吃上国家粮，做一个体面的城里人。

半个时辰后，来到一个圩镇，这就是郭天美家乡的镇子——宁乡镇。几年没来，镇子好像又换上了新装：街道的楼房统一的乳黄颜色，每个店面统一的红底白字的招牌，让整个圩镇看起来档次高了许多。这个圩镇不再到处积水，不再随处飘来血腥的屠宰场的味道，也没有了臭水沟或让人寸步难行的烂泥路。

“你往里边兜一圈。我去看看以前的中学。”郭天美指着北街说。

刘洁民听到指示，当即减速，进入圩镇里。在天美的指示下，往北边山脚行驶。

中学在镇街北边的山脚下。刚钻出圩场，那个“宁乡中学”的门楼在很远都能看见。学校大铁门换上了镀金的大铜门，门顶上的四个大字——宁乡中学，字体是魏碑一样的书法体，显现出碑刻的厚实与遒劲。

车子停在校门口，刘洁民感觉身边的郭天美看到她的校园，眼睛都潮湿了——她可能想到了她的青春和梦想，想到了她读书时期的老师和同学。现在，已经是个半百老婆子了——少年不再，青春不再，梦想不再。但那颗少年的心，还像在教室里、操场上，与青春年少的同学们欢闹和奔跑。

她默无声息的眼泪惊诧且感染了他。

他安慰说：“你何必呢？你又不是那个学霸，被家长和学校宠着。我们就是路边的小草，吹了一阵风，你还想开出玫瑰一样的花来？”

可是丈夫的话，她没有放在心上。他就是一个乡下汉子，就是这一个人，让她最后成为一棵小草。她可能原来就是一根藤蔓，如果身边是棵大树，那么她可能就是缠着大树的那根长藤，也能够看到理想中的诗和远方。

就在今天，来的那一桌子同学，混得都不错。有的是公司的老总，有的是学校的校长，有的是政府的公务员；还有那个曾经对她十分好感的同学，已经是大学的教授了。他握着她的手说，天美，你还是——老样子啊！那关切的口吻，让她心口短暂地颤抖。

眼前的校园，大门紧紧地关闭着，但里边的读书声，是关不住的，听来多么悦耳，多么入心。

过了一会儿，她的泪流过了，不再为青春年少哭了。她的心情好了起来。在她内心里，多少年来，她都为生活所迫，现在，终于打开了枷锁，丢下了包袱，一身轻的时候，思想却异样地苏醒过来，情感也复活丰富起来了。

刘洁民不在这所中学读书，当然也不在她的那份情感里。乡下的男崽都是贱养粗放的，没有那么细腻的心思。他也读了三年高中，就像是在学校里发育长大了，一毕业就成了家里的农田主力，与父辈一起改造地球。所以乡村男人们认为，眼泪及情感，那是优秀人的专利。优秀的人，占的位置好，为社会做的贡献多，自然就有感恩的情怀和高尚的品德，自然就踌躇满志。

目前，这个男人不敢往这边想——小草去仰望大树的蓝天，那是自作多情罢了。

这个委屈的小女生，她是有故事的人吗？但凡有文化的女人，都是这个样子：不任性一点，就没有女人味了！

“走吧。我们，回家！”一会儿后，郭天美抒发了自己的情怀，感叹地说。

听到指令，刘洁民司机赶紧打了方向盘，向山沟里钻。她的家，在不远的山里。那里的山不高，但是青翠浓绿的，重重叠叠的，一山连着一山，比莲花镇还山多。莲花镇是一朵盛开的莲花，花蕾是平坦的集市和机场。这里全是山丘，是真正的山里。

一条道路弯弯曲曲的，一直往山里钻。山再深，都会有人家。在中国，特别是南方，只要有水草的地方，就会有人生活。这是因为几千年来，土地所能提供的资源有限，吃苦耐劳的百姓总要寻活路。有时，一家人窝在一个山沟里，养大了一家人，只求一生平安，不求一夜暴富。不过，时代发展到今天，太多暴富的人，让每一个山里人都觉醒了。发财的机会，人人都有，得看你的脑袋与运气。

车子一会儿顺着溪流行驶，一会儿紧靠山脚。公路弯弯曲曲，转弯抹角。刘洁民谨慎地驾驶着，他可不能在老丈人家出岔子。

不多久，来到一个山窝里。那里的枫树像几把巨伞一样，为山里人遮风挡雨。秋天的时候，一片火焰般的红艳艳，很远都能看见百姓丰收的幸福及喜悦。

郭天美的家与他家一样，兄弟姐妹多，以前住的是土房子。门前一个院子，鸡鸭成群，六畜兴旺。现在，一条水泥路直通到家门口。村民们的土坯房全拆除了，都换上了两三层的楼房。屋顶或盖琉璃瓦，或者做晒楼，或者装上了太阳能光伏发电板，没有了一点贫穷落后的景象，倒像欧美的小山村。

村子顺着山窝而落，各家的楼房顺着山势而建。远远地，女主人看见了自家的院子，一条狗忽然认出了来人，欢心地狂吠起来。

车子未到，看见泰山老丈人和丈母娘站在了门口，往这边看。

“爸！妈！”

车子一到，郭天美急不可待地钻出车，像小姑娘一样地喊自己的爸爸妈妈。这是久违的故乡情及亲情。此刻，不管年纪大小，正是女儿撒娇的时刻。

真的，不管你的年纪多大，职位多高，在父母跟前，永远是孩子。

“来啦！”大人微笑着开心地招呼说，那条狗也不断地摇着尾巴，跑来跑去，以表心中的欢喜。

刘洁民和郭天美在车子里拿了一包又一包的礼品出来，让这对老人感叹万分地说：“你们破费买那么多东西，不该浪费这钱啊！”

话虽然这么说，女婿上门哪敢空手。

家人又是一阵的忙活——杀鸡宰鹅，捞鱼煎粿。

姑爷在客厅上座，郭天美此刻就在厨房里帮忙，一边与母亲讲述过去及现在的生活，还有未来的梦想。

说到以前，孩子时的快乐往事，母女俩的心就连接在了一块。所以，父母都希望儿女经常回家，有钱没钱都回来看看，聊聊家长里短，把过去的时光抓回来一些，重温旧梦，再续亲情；孩子也过一把儿时的嘴瘾——年岁再大，都忘不了母亲的厨艺。即使是酸菜和臭豆腐，都能让你——回味无穷，感慨万千。

郭天美要切入正题了，她问母亲："妈，那个三妹嫁到哪里去了？"

"前山。人家都做奶奶了。金鑫也不着急结婚？"母亲问。

"他，现代的崽，管不了。一个理由就堵住了你的嘴！"

"有什么理由？都快三十了！"

"说——还没发财！"

"什么算发财？一百万算不算？我跟你说，给我十万，我就说我——发大财了！"

"一百万？他一个亿都嫌少！"郭天美嘟哝地说。

"哎呀！那到猴年马月才能赚到那么多！这样——他，不会一辈子打光棍吧？！"母亲担忧地说。

"谁晓得！"女儿说。

"哈呀！现在的人心，太大了！有几个像他的老表？不要总看别人！饭，够吃就好；钱，够花就行！"

"我也这样说他。但他说我不懂，等我都懂了，这个世界上就没有贫富之分了！"

"啊呀——啧啧啧……"母亲摇着头，也无法理解。

"年妹嫁在哪里？"

"在镇上，办了一个百货店。人家会享福——嫁了一个老师，一边教书，一边做生意。她经常回家，打扮得像小姑娘，头发上还扎两个蝴蝶结！”说罢，两个人都大笑起来。

“她，还没长大啊！”郭天美羡慕地说。

“那是——嫁了一个好老公！换一个老公试试？”

“咯咯咯！”想到这个以前的小学同学，现在还是喜欢噘嘴娇娇的，天美不禁又大笑。

“唉！那个地秀，原先与她一样，整日嘻嘻哈哈。现在，都快成老太婆了。有时回家，鼻青脸肿的，嫁的老公，没本事却好酒，经常打她。这是命！个人的造化！”母亲叹了一口气说。

“过得好的是天香，她的老公是建筑包工头。县里的、市里的很多楼房都是她老公建的，赚了多少就不知。每次回家，都要把她家的屋子堆满。北山婆（她妈妈）经常来串门，打哈哈，讲述过去的艰难、现在的饱足！真的，我们要感谢共产党，感谢那么开明的政府，带领大家发家致富。你看村头巷尾，哪家没有楼房，哪家没有空调冰箱，哪家还为一日三餐发愁？没有了！当年没米下锅的日子——都过去了！”以前没米下锅这句话，母亲经常说。

天美也记得，小的时候，有一次没米下锅的时候，母亲站在院门口想把自家的那条狗杀掉。但，一家人忍住了，第二天到更远山里的亲戚家，借到了一袋米，换回了那条狗的命。真的，那次的菜刀，已经被老爸磨得锋利，他自言感慨地说：“总不能再饿死人吧！”

这一句话，让她记得一辈子。

那一年，是1973年，她三岁，她吮吸着手指，看着自家被拴住的狗流眼泪。所以，有的时候想到钱，她心底就会有一阵格外的悲悯与冲劲，一定要抓住机会——心动不如行动！立马行动。

在三十年前，她被人拉进大美公司时，她也义无反顾地去搏一把——再不能让家人饿着了！那时，她每月有八九百的收入，她寄回去八百，是全村的打工首富。门前屋后的小伙子、姑娘们都来拿她的通信地址，希望她可以介绍进厂。她也努力与工厂人事搞好关系，介绍了许多邻舍进工厂。那段时期，全村人都念她的好。年节的年粿，家家户户都端来感谢她的帮助。出嫁那年，全村人都把她送到村口，盼望她能过上好日子。同时，也遗憾她嫁到了外地，被客厅那个外地男人接走了她的美貌以及福气！

今天这个小伙子就在客厅里喝茶，已是半百的人了，头发花白，但是气色尚佳。真的，那时他就是一个普通的乡村青年，平庸的人。全村人都觉得遗憾。当初，在村民们看来，她天美一定能嫁一个老板或者公办老师，最少也得是吃商品粮的工人。没想到还是嫁了一个乡村的种田人，从岭东嫁到了岭西。

但这个男人比上不足比下有余。看一个人就要看优点。人，只要勤劳本分，就是这个人的可取之处。一些人发了财，就忘记了自己的家，在外面像电视电影里的一样，到处拈花惹草，有时带一个时髦的年轻女人回家，恬不知耻地宣扬自己的本事。离了发妻，伤了家庭，害了孩子！那都是没有责任心的做派，不可取的！所以，这个姑爷，在这家人看来，也算是好男人！

乡下人认为，一个家庭，平平安安就好，和和气气是福，不是要有很多钱才能称作幸福。

每想到这些，郭天美的心满满地欢喜着。

那边，姑爷和泰山老丈人没有多少话题，一边喝茶，一边看电视。泰山老丈人良久才问一句："金鑫在干吗？"

"……"姑爷停顿了许久，不好回答。

"有没有对象？也要讨老婆了，都快三十了！"

姑爷点头，也着急，以无奈的笑回答泰山。现在的年轻人，你摸不透他们在想什么，特别是这个儿子，竟然敢在家半年不做事，一做就做惊天的大事。现在，把全家都发动起来了。他这次陪老婆回娘家的目的，就是要把儿子的事业做大。

因为这事，这对夫妇打算在家里住几天。

现在不是以前，以前没地方睡，要到邻居家借宿或者借被子。现在，你看每家的楼房，大多数都空了一层两层的。来了客人，就把客房打开，里边的生活用品早已备好，就像住酒店一样——茶杯、毛巾和牙刷都是新的。这是放在以前谁也没有想到，也不敢这样去想的。

郭天美一个电话，姐妹们在晚饭前全部回来了。

姐妹们聚在一起，嘘寒问暖，嘈嘈杂杂的。

一个弟媳在县城里开了一家美容店，一个弟媳在医院做月嫂。妹妹郭天华在超市收银。小妹妹郭天姣嫁在山里，一家人在养牛。她住得最近，来得最晚，但带来了牛肉干和干香菇，大包小包的，每家都有份。除了送来的礼品，一些孩子也过来了，有的读大学，有的读中学，有的刚进学校，都来认个脸熟，互相鼓励、教导和期待。

妹妹郭天华把手机里的儿子相片拿给大家看，然后转到了家庭群里。这个儿子在当兵，威武刚毅，是全家人的骄傲。孩子们在院子里吵闹着、欢呼着，等一会儿吃了晚饭，临走时还能得到一个利是。这——就是乡村亲戚做客。

晚饭后，郭天美不忘今天过来的使命，把各家的礼品分了。她把护垫和洗洁精拿出来，给她们看看。她的甜美护垫和洗洁精物美价廉，希望各位家里人都来做这单生意。她顺便把在酒店里的视频和入会状况发给大家看，当日的案例，现学现用。

这样的宣传方式，妹妹郭天华看着姐姐发笑。她的笑很诡秘又不露声。郭天美清楚她要说什么。她把儿子公司的业绩表发给大家看，严肃地说："不是传销是直销。我为什么不能用金鑫发展的产品，我要成立自家的公司，独立操作。你们来加盟，就是原始股东。你们不来，我就独资！"

这些名词，弟媳和妹妹都听不懂。最简便的说服办法，也就是撒手锏，她把儿子私下发给她的账户余额的截图，发给大家看，余额上的那些零，让一家人数了半天都没准确地数出来，还是天华二儿子大学生读出来是“三亿五千八百七十万两千五百”。

“那只是入账，还有支出，不是纯利润。”郭天美咬着牙根，像天大的秘密一般，警示不得随意透露出去。

一家人大气都不敢出了。父亲听了发愣，母亲听了害怕。

母亲不安地问：“金鑫不是在犯法吧？”

“没有！他现在是优秀企业家！你看与领导的合影。这张，是和县领导的合影；这张，是和市领导的合影；还有一张，是省领导给颁奖和合影。”

这一家人，就像是中了六合彩巨奖一样，内心的狂欢汹涌起来，又不敢相信是真的——这个亲戚家里，终于萌生出来一个大老板了！

“我跟你们说，这个数据大家知道就好，不要对外宣扬。我也想在一两年内，把自己的公司发展起来。他做他的，我们做我们的！他们是合伙公司，给别人做不如给自己做。你们一定要把握好时机！心动不如行动！”郭天美脱口而出。

这一下，一堆人再次回到了产品的性能及价格上——这一次，都认认真真地听得清清楚楚、明明白白的，不敢作声反对了。

大家终于明白了大姐的意思，大家一起来，做兼职，发展会员。还有一个内部最大的优势，本金可以由大姐垫付。很快，家里的人没有哪个不动心了。一大家人被这一场家庭聚会，带来了从来未有的、不敢想象的致富新路子，发财新希望！

此时，每个乡下人的小心脏都像郭天美一样膨胀起来了，都跃跃欲试，蠢蠢欲动起来了。

依照郭天美的计划，这次不光先发展自家人，她还要把全村人发动起来。她准备在家里做一个全村宴，请全村在家的人到自家来吃饭喝酒。

她把这个任务交给了父母，父母犹豫不决地看着这个女儿。郭天美将包里的两万现金拿出来说：“这是明天的酒席费用。你们就说天美请大家喝酒，我想大家了。”

如果换到平时，这样的话会让人感动不已。现在，有了其他的目的，不是乡下人的做派。父母几经考虑，还是给女儿面子，豁出去了。

在万家灯火通明的时候，这两代人分工明确。一会儿，狗吠声传来了，又消失了。再次传来，再次消失在山风里。

这个夜晚，是个让人欢喜、发愁又纠结的夜晚。可以相信，为那发财的梦想，很多家人都没睡好。

第二天早上，村里的屠夫拉来一头猪，就在院子里当场宰杀。

猪的尖叫声就像往日过年的气息一样，几个邻舍都热情地过来帮忙。

在帮忙之前，大家都过来与郭天美拉家常。看见郭天美的模样，一阵赞叹一阵夸奖。有的问道：“天美，你真发财了？请全村人吃席，这是多年来，村里都没有的事。”

郭天美说：“没发财，也可以请大家过来喝酒啊！”

有的说：“是你家金鑫要娶媳妇了？”

郭天美说：“还没那么快，也快了！”

郭天美当年先到广东东莞找工，进厂后做了品管员，陆续把村里的剩余劳动力都带出去了。那时，广东的工资是家里的五倍十倍，给每家都带来了财富。全村人百十户人家都感谢她。她当时才十八九岁，没想那么多，谦虚地对大家说“能帮的就一定会帮”。二十几年前，她为村里做了这件功德大好事。只是她把这样的事，当作是一件平凡的小事，没放在心上。今天，每家人听说她回娘家了，又是杀猪，又是请客，既惊讶又感动。真的，村民们还没来得及感谢她，她就出嫁到外地了。

不多久，全村的留守老人和孩子都过来了。

渐渐地，满院子都是说笑声，左邻右舍，手头没事的都来了，比昨天热闹多了。

郭天美招呼着大家，顺便要了那些外出人员的电话。她很快建了一个群，叫作“枫树村群”。她把能回来喝酒的，也都喊了回来。

参加宴席的一共有八桌，老少加起来有百十人。大家其乐融融，相互敬酒。

在大家吃好喝好后，郭天美立马就进入正题，她说：“我儿子的公司现在在岭西市做起来了。他说小时在这里长大，很感谢大家对他的关照，是他请大家吃酒席。现在很忙，就请我来做代表。”

在一旁的刘洁民听了大吃一惊——怎么她说起谎来那么顺嘴呢？儿子根本没这样说，也不知道今天的这件事。

“好啊！听说你的儿子，都有上亿资产了，在做什么呢？天美，叫我家的虎子跟这个老表去做工！”一个老人说。

“今天，我请大家过来，真就是想——发财，大家一起来。金鑫在岭西市已经做大做强了，我们在岭东市做，也要——做大做强，也可以——做大做强！”

“好！”一个老人激动地说，伸出大拇指对郭天美父亲说，“大强，你家天美是这个！”

另一个退休老师站起来，激动地说：“我们村几百年来，就天美真正地为村民做了大好事，她是我们村的骄傲！现在，每个人为了自己的一亩三分地，祖宗都不认，还会为别人想什么？天美，虽然你是女的，但是你的事迹，一定要记录在我们郭家的族谱上！”

大家纷纷点头，热烈鼓掌。

妇女们把桌子上的碗碟都收拾起来，又从厨房里端出了西瓜、花生和瓜子。孩子们端着西瓜一边吃，一边去玩了；大人们一边吃，等待着郭天美更好的消息。

郭天美抓住时机，拿出了自己的产品——护垫和洗洁精，在每一张桌子上，摆放开来。她手持包装精美的护垫，推销起来。她不说是自己的，说是儿子公司的。质量和价格，大家买过用过都知道。

“不要小看这东西，是关爱家庭妇女的好礼品——保质期长，不易变质。每家每户都要用。我们县里五十多万人，有二十多万个家庭正在用。在岭西市，基本家家都有用这两样东西！”

说完话，再当场验证，就用圆珠笔的水画在了自己的衣袖上，涂上洗洁精，几下工夫，洗白了。那些护垫，初看以为是精美礼品，包装得那么好，也得到大家首肯称赞。

“我是想全村都参与进来。我今天刚回岭东市。我想，第一批会员就定在我们村。请你们相信我哈，我是真心想带大家发财！”

村民们交头接耳地议论。有的说是传销，有的说是不是犯法。郭天美一听，赶紧说明：“这里着重说明一下，这不是传销，我们是直销，我们有产品，有执照，要缴税。我们的产品看得见，用得上，不像大美的产品，什么补品，有什么营养，谁晓得？”

大家笑，都晓得以前天美做过大美公司的经理，但是天美没有欠本村人的款。天美在村子里，还是为自己留了一个好名声。

“现代社会，脑袋决定口袋。机会来了，心动不如行动！我们一直都是从后悔中过来的。县里的房价，原来四五百一平方米嫌贵，一千一平方米又嫌贵，到了三千一平方米了，还嫌贵。现在，六千一平方米了。你要是不行动，就永远都在后悔中。今天，我在自家的村子推销这个业务，入会的可以先领取五百元的产品。”

闺密年妹很快领悟过来，她自告奋勇地说：“我！天美，我做！我要做我们镇的代理。我办经理会员卡。先给我预备一百箱护垫，一百箱洗洁精！”

“好的。好的。三天内会到货。这些是样品，只能先给我们村子里的。”

年妹的开头，让乡亲们都纷纷响应起来，反正家家都要用的东西，还不会坏，又可做人情。来的每家代表都高高兴兴地提了货回家。

最后办理手续的是年妹。郭天美一把抓起她的手说：“年妹，你的好运来了！不瞒你说，我准备在岭东市办公司，正缺营销副总，这个职位，你来担任！”

“我？啊！嘻嘻嘻。我，只想在我们镇上，东西放在店里，能卖多少就多少。另外，你说的亲朋好友、家家户户都要用这些东西，就我的三姑六婆，那么多人，一家一箱就得花几十箱。”她摇晃着头顶上的两只蝴蝶结，谦虚又担忧地说。

“不要这样没志气！你跟我做，保证你在镇里第一个开上这样的小车。”两个人，把眼光都挪向了门口那辆宝马车子。宝马车子还很新，在阳光下泛着蓝色的光。

“你不要吓我，天美！我几时可以开上这样的小车？！”

你跟我来。两人走在了院角的树荫下，那里没人。天美拿出手机，一边翻，一边跟她讲解。一盏茶的工夫，年妹已经面红耳赤，热血沸腾了。

她当即拍板，要专职来做这个事业。她说：“我们很多年没事干，正好大家都来做，这个乡镇，就我来负责！”

“OK!”两个人一拍即合。成了！

郭天美在家乡的小镇打响了第一枪。

算计下来，请村民吃饭才花了八千块，多出的一万二，父亲还回了郭天美。但是她给了父亲。

“这是你们的辛苦钱，应该给你们！”郭天美把钱推回父亲。老父看到女儿态度坚决，便接下来。一下子赚了那么多，老父亲开心感叹地笑了。

这个业务推广在刘洁民看来，很麻烦，也不好开口。没想到这个老婆的口才和智慧到现在还是没有丢掉。她请村民们吃饭，既做了人情，又把生意做成了。这三十万的货物，已经在这两次全推销出去了。关键是办理了几十个会员。这些会员不久后会像春天的青蛙产卵一样，繁衍出一群一群的蝌蚪，蝌蚪又长成一群一群的青蛙。届时，村子里的田野、小溪、沟畔，到处都是蛙声一片了。

晚上，两个人再计算一下这几天的收入，都开心地笑了。这样做生意，的确比在家里做泥匠好多了。

接下来，郭天美做了一个大胆的决定：在岭东市租下了虔江大酒店的顶楼做办公室。

她很快注册了公司——甜美时代有限公司，简称“甜美时代”。

开张那天，虔江大酒店门口排满了花篮，墙上挂满了红色条幅。

这天，郭天美穿上了她的职业装，宝蓝色的西服，让她的身材显得很挺拔；那头长发，也已经盘起，用精致的发夹收拢，显现出高洁的额头以及粉白的鹅蛋脸，脖子间围着紫色的纱巾，胸口一块金色的工牌，像极了空嫂，或者银行的大堂经理。她容光焕发，精神抖擞，迎接一批一批前来贺喜的客人。

儿子和外甥吴茂鑫都来助阵了，并带来了岭西市的一些业界的精英来助兴和指导。可谓阵容强大。

整个虔江大酒店，正面都被送来祝贺的红条幅，包裹了；花篮摆放在大酒店门口，像一个开放的花市，吸引了众多人的目光。在大酒店的广场上，甜美时代搭了一个大舞台，作为开业大典的主会场。

因为公司开业庆典，凡是扫码入内的均有参与抽奖的机会，所以很多市民都积极参加。当场入会者，都以甜美时代的职员资格对待，享受内部职员的各项优惠待遇。

就在庆典的当日，入会者竟然有几百人，以至于郭天美临时增加了一排办公桌椅，庆典延后半个小时举行。

一时间，虔江大酒店广场上人来人往，熙熙攘攘。参与者都欢欣鼓舞，未参与者也希望这家新开的公司会大招工，到时，能在其中找到适合自己或家人的岗位。

儿子及外甥带来的商界领袖们坐在前排的贵宾席位，后面是业务骨干以及新秀。有这样的商业群体过来祝贺，岭东市的领导们也赶紧过来捧场。

主管经济的市领导抽空过来了，区领导也赶紧前来，前面临时增加了不少贵宾位置。金鑫与大表哥以及前来助阵的商界大佬们与领导们握手，相互递换名片，一片其乐融融。接着，嗅觉灵敏的各路媒体也闻风而来，大力宣传。这是郭天美没想到的。

吉时已到，郭天美来到舞台的讲台，在市里的新闻媒体跟前，神采奕奕地感谢着各位贵宾。此刻，在乡村泥匠刘洁民看来，这个婆娘的举手投足，完全没有乡下妇女的土气。更令他没想到的是，她竟然面对各位贵宾和媒体，脱稿发表了前所未有的肺腑之言：

各位领导，各位贵宾：

感谢岭东市的廖副市长、滨河区陈书记以及岭东市各位领导抽空前来参加我们甜美时代的开业仪式。二十几年前，我们在沿海城市打工。二十几年后，我们内地也具有了当初沿海的经济体量与营商环境。我们做梦都没想到，这个世界变化如此巨大！应该说，我们的国家发展极快！这得益于我们各级政府惠民政策，给予了我们那么好的营商环境。同时，也在于我们各位敢为天下先，顺应时代，变更思维，不故步自封，紧跟政策，抓住时机，成就事业。

今天特别感谢岭西市茂鑫集团的董事局主席吴茂鑫先生（掌声响起，吴茂鑫起立，向各位拱手回礼）、金鑫发展的刘金鑫董事长（掌声再次响起，金鑫起身鞠躬）。他们现在是业界翘楚、纳税大户，一个是我的亲外甥，一个是我的亲儿子（掌声再次热烈响起）。这两个人，给予了我极大的启发和鼓励。我，一个村妇，虽然年过五十，但在这几年的酝酿和筹划下，觉得条件成熟，决心搏一下。（掌声热烈响起，经久不息。）

令我没想到的是，今天我们岭东市委、市政府的各级领导，还在百忙中抽空前来指导工作，我们甜美时代倍感荣幸；同时，也给予了我们极大的鼓励。我们应当竭力为岭东市的经济添砖加瓦或者锦上添花，特别感谢市区领导。（郭天美朝领导鞠躬，市区领导起身挥手回礼。）

我们甜美时代，是一家商贸公司，主打产品是日常用品。我们的商品都是现代产品，具有自主知识产权的产品。一个是常用的女性护垫，一个是家家户户都要用的洗洁精。我们的护垫价格亲民，质量上乘。在国内，是刚出来的新式产品。我们的洗洁精具有强清洁以及环保功能，不会污染环境，不会影响健康，价格更是亲民。今后，我们新研发的产品也会陆续出来，推向千家万户！

今天，甜美时代筑巢岭东市，也是为了感恩家乡、回馈家乡。

我相信，甜美时代在各位贵宾的支持下，在各级政府的关怀下，一定能够在岭东市生根发芽，健康成长，开花结果，做大做强！

谢谢各位！

一旁的刘洁民听到自己婆娘的演讲后，惊讶之余，不禁感叹——这个老婆真是被他及家庭埋没了的一颗宝石。今天，年过半百，才得以出土，焕发出耀眼的光芒！

看她的气势，似乎公司已经成功了。她就是一个成功人士，她就是一个纳税大户，她就是一个亿万富婆。她言谈举止，那么得体与自信。或许，只有天才骗子，才这样面不改色心不跳地，当着领导和宾客的面，如此滔滔不绝地演讲。换作他，手上有稿子也会念得结结巴巴。

接下来，郭天美的团队，分批次在各展示厅接待各路客人。市领导、茂鑫集团主席及他的商业团队，在郭天美的陪同下，一一了解了她展示的产品、她的商业模式及未来公司的发展趋势。

此刻，她像一个高级的经济师一样引经据典，侃侃而谈。把产品、材料、专利说得清清楚楚，把未来的就业、税收讲得明明白白，把甜美时代与岭东市的经济发展关系描绘得如花似锦。她的介绍让岭东市的领导频频颔首，感慨赞道：“我们就是需要这样的企业进驻！我们就要孵化支持这样的优质企业！”

由于工作要求，政府领导不能参加公司的庆典宴会，提前告辞。郭天美把领导送到了回酒店的大路上。那种热情，就像乡下的妇女送别亲朋好友那般真挚与诚恳。

在虔江大酒店的宴会厅，宴席开始，大家欢聚一堂，觥筹交错，祝语阵阵，赞美声声。郭天美感谢前来助阵的商界大佬们，感谢亲朋好友的大力支持，话语中饱含真情、充满感激。在恰当的时刻，茂鑫集团吴茂鑫主席，对他的商业团队说：“感谢的话我们不多说，甜美时代是我的亲舅妈的公司，她的事就是我的事！希望大家多多支持，热心捧场！”各位贵宾纷纷鼓掌，大家互留联系方式。

而司机刘洁民，就像深闺里出来的佳人一样，坐在一隅，呆若木鸡，帮不上巧舌如簧、左右逢源的郭天美的任何忙。

开张庆典开得十分成功。当场就有岭东市的十二个县区代表签约入会，当场就有五百三十个会员加盟入会。比起岭西市的周敏，业绩翻了两倍。

六

这一年来公司的运营状况很好，每天的订单不断，看来这个城市的十几个县区的女性都储存了几年的金鑫护垫和洗洁精。公司的资金，可以说已经有影响力了。省市的银行行长，都来拜访过这个年轻的创业者，希望能够拉来存款或者为这家公司贷款。依照行话讲——这是一家各方面都表现优良的公司。加上茂鑫集团的吴主席的推介，这个三十不到的小伙子不久就是本省企业界升起的一颗闪耀的新星。

为了增加知名度或者树个好榜样，金鑫发展公司对接政府的帮扶工程。他在用人方面，尽量招聘乡下的贫困户。这些贫困户是村委和镇政府选送过来的。这样，他就成了扶贫模范，受到本地各级政府的表彰。另外，他还积极参与教育帮扶，家境困难的学生，每人每月补助三百元的生活费。这件功德，让全县人民都为他伸出了大拇指。

到了年底，金鑫发展的荣誉厅里，排满了各级部门为之颁发的荣誉证书。报社及电视台时常前来采访，刘金鑫事迹几乎在本市家喻户晓了。

现在,他的企业合法经营毋庸置疑。那些流言蜚语也成为无事生非、同行诬陷的雕虫小技罢了。也让同行失去了斗志且不敢与他有正面冲突。这一下，少了很多的麻烦，让他得以一心一意经营公司。

因为这些荣誉，其他地市的招商部门也来考察，甚至提出很多优惠政策来招商，希望能将分公司发展到他们的当地。这正是刘金鑫要的结果。

金鑫发展在短短几年内，分公司在全省铺开。虽然没有麦当劳一样的发展速度，但在本省，在业界，已经是独树一帜、笑傲江湖了。

公司做到这一步，已经是如意圆满了。然而，对于刘金鑫来说，只是一个起步。他在市里的最繁华的商务中心租了一个顶层做写字楼。

站在楼顶，环观四周的不同景色，尽收眼底。那一带宽阔的虔江，已经成了城市的新中心。这里商业气场巨大，租金也贵，两千平方米的顶层，一个月二十万。当然，也值得。他的“金鑫发展”四个字，由现代的LED五彩灯制作，白天和晚上，远远地就能看见。特别是夜里，那变幻多彩的灯饰，与天上的闪闪星光相呼应。这个招牌，等于是一个广告。市中心的广告牌，一年的广告费也要两百万。他这样的选择，可是心思缜密、一举两得。

公司的收入可观，但支出也大。在年终财务报告会上，几个股东看到那么大的支出，都默不作声了。最难受的是周敏，她原想可以搭上这个精干的老同学的创业巨轮，乘风破浪，通往富豪之路，却没想到把自己弄到精疲力竭，且离目的地遥遥无期。虽说公司已做大，但是风险也并存。她的心思，刘总是看得出来的。

近来，魏厂长已经表现得有些不耐烦。而这个黄鹏却吊儿郎当，似乎对这个老同学兴味无穷，穷追不舍。

刘金鑫看不惯这样的行为，一日单独留下黄鹏，对他大骂一顿。

没想到黄鹏嗤之以鼻地说：“这是我的私事，你少管！我家父亲都没这样骂过我，你算哪个？你知道周敏屁股上的那颗黄豆大的美人痣吗？自己不食人间烟火，还不能别人吃！”

这下，尴尬的人不是他了。他听后哭笑不得，无言以对，挥手辞客说：“好吧！有朝一日你裤裆里的东西被狗咬了，不要叫苦！”

“多谢关心，感谢董事长。”黄鹏丢下客套话走了。他说的感谢董事长，其实也在抗议分红太少了，发泄心里的不满——这一年的财报，简直就没有分红。在外人看来多光鲜的企业，这样的利润，说出去都会被人笑话。当然，他不清楚，公司已经不是原来的小公司了，已经具有几亿的资产了。

既然话说到这个份上，刘金鑫就不好再说什么了。现在魏厂长的能量已经不那么大了，或者说他不足以伤害到公司。再说，那是个人行为，魏公子还是分得出是非黑白的。

有因就有果，不可能说是缘分和命中注定。这两个合伙人的私事，纸包不住火。一日，金利来老板娘气冲冲地来到金鑫发展，大闹业务部，手里持的菜刀，吓得黄鹏影子都不见了。倒是周敏，没事一般地招呼前来的人说：“请坐，你想毁掉自己和孩子一生很轻易。你想得到金利来酒店，就好好地跟黄鹏商量。不是我追你家的先生，是你家先生死皮赖脸地追求我！”

老板娘丢下菜刀坐在地上，号啕大哭，一会儿在保安的搀扶下回家了。

不多久，她与黄鹏协商离婚，黄鹏把金利来商务酒店的一半股份分给了他老婆。两人的夫妻关系成了合伙关系。

黄鹏可以和周敏公开在金利来商务酒店开房了。而魏公子不甘心了，他的女人被他人夺了，这是耻辱，在本县遭兄弟们嘲笑。

为了平息这场纷争，刘金鑫把魏公子请到办公室，安抚这个公子哥。他提示说:“假如你老婆屁股上的美人痣让人记忆犹新，你能接受吗？”

魏公子当然不接受，他想了许久，默默无语，但最后还是说了一句硬话，扬言要阉了他。

“不接受，就转移目标，而不在一棵树上吊死。别去干傻事！”金鑫劝慰地说。

“刘总，感谢你的开导！我的事我做主。这是我的私事！”魏公子在男人面前展现出男人的态度，他强硬坚决地说。

“你知道我，年岁也不小了，为什么现在没有女朋友吗？是因为我有我的要求，而不是为了面子！”

“刘总，你是你啊，我不是你！”魏公子说。看来周敏这个老同学身上有一股什么魅力，让他们两个人着魔。

“好了，话我已经带到了，你们要拼要杀，都不要伤害到公司。你还是厂长呢！”刘总告诫地说。

“我晓得轻重！”魏公子强调地说，眼睛里充满了愤怒与不甘。

刘总宣告这件事情调和失败——这是个一根筋的公子哥，不会拐弯，死要面子。接下来，他们的恩怨情仇让他们自己去收场吧。

黄鹏终于如愿把周敏娶到了手，一半的功劳归结于刘总。不，归结于金鑫发展公司给予了那么多机会——他们经常来公司，或者是谈业务，或者是来开会。在黄鹏看来，他的股份都给这个女人一半了，这个女人总要付出点什么。黄鹏耍赖般像一块牛皮糖一样黏上了这个老同学。这个老同学不是木头人，也有七情六欲，也需要甘露的滋润。而眼前的刘总越走越远，魏公子的派头太狂了，是个大男子主义者，这样的男人结了婚就会翻脸的。周敏在做业务的同时阅人无数，眼光独到。因此，她可不愿一辈子受人教训或者寄人篱下，最终这就让黄鹏这个痴情人种得手了。应了我们乡下男子结婚的那句经典话、幸福语——我的是你的，你的也是我的！

黄鹏便成了赢家。“往坏一点想，这个周敏成家了，以后会不会两夫妻合谋公司利益？”另外的合伙人张小磊私下对刘总说。

“不可能吧！”童男子金鑫对这个话题不感兴趣。

但收益最大的是黄鹏——明眼人都晓得金鑫公司20%的股份权益已经是姓黄的了！还有外面的一栋大别墅呢。周敏可是成功人士，个人的资产谁算得到。如果不出意外，再过一年半载，黄鹏在她身上播下种子，生下几个孩子，就是紧密的一家人，不分彼此了。

黄鹏的幸福就像端午节的大水恣意汪洋了。来开股东会议的时候，他的话语多了起来，俨然是一个大股东，不错，已经有20%的股权，可以对公司的经营和规划投出自己的一票了。

然而受伤的时候也到了，金利来商务酒店涉嫌赌博——开了麻将馆，关门整改。

黄鹏的前妻，金利来的老板娘哭天抢地地说：“什么赌博？哪家酒店没有棋牌室？”

只有黄鹏知道是自己惹的祸。他左右找关系，可在本县是没有用的。最后，他找到老同学金鑫说：“老同学，看你嫂子的面上，帮我解一下套。”

刘总说：“我无能为力！当初听不了我的建议，你自己想办法。”

黄鹏：“不是听了你的建议，我们能走在一起吗？帮帮你嫂子吧！”

“不是我嫂子了！”刘金鑫几乎是暴跳起来骂道。

“还是！”黄鹏也死皮赖脸地说。

“你小子得罪那些光棍了，吃着碗里的占锅里的。这样会引起公愤！”

“那是我的本事！”黄鹏骄傲地说。

“这样说，你的本事大。我不会管，也管不了！”这时，手机的铃声紧急地响起，刘总看了手机，赶紧转身接了电话。黄鹏知趣地离开。

既然事情出了，也就有平息事情的人和钱财。

不久，金利来又开业了。虽然魏厂长和黄鹏解决了个人的恩怨，但碰见周总，两人的恩怨就会像旧病一样复发。

为了杜绝隐患，刘金鑫把周敏调到市里总公司办公室。虽然给他们的生活造成了不便，但把这两对冤家拆开，还是对他们有利。

张小磊来开会的次数少了，他甚至对这家公司失去了信心。原来他想借助金鑫的智慧，把家中的矿山重振起来，没想到的是，有人觊觎了他家的矿山，把采矿证书都没收了。他们去省里申诉，省里打回原地，原地非但没有给予关怀，却以环保治理为由，封了他家的矿山。现在，基本上是在吃库存。张小磊与父亲自然不甘心，一级一级去申诉，想方设法争取自家的权益。就在他们利用各种手段，展开各种争斗时，却招来了横祸。

不久，张小磊的父亲被抓进了监狱。原因是偷税漏税。面对突如其来的灾难，张小磊想卖掉自己的股权。

关于这件大事，刘金鑫私下请教魏公子，魏公子没有正面回答他。看来他无能为力。金鑫知道，现实社会的水很深，张小磊父亲的人脉已经过期了。一些私交甚好的领导退休了，这些领导拍干净自己身上的灰尘，留下晚年的廉洁，进功德簿、地方志甚至史册了。宿命里讲，他家发财的气数，看来是到尽头了。

刘金鑫不好在同学面前提宿命，他开导地说："目前你的股权可以值两千万，你卖掉了，等于断了今后的生活来源！"

张小磊说："我就半价卖给你吧！给我一千万，我要赎出我的父亲。"

金鑫此时的头脑还是清醒的，他说："你要查清楚，是哪个人在打你家矿山的主意。如果你家的后盾没得势，建议你将矿山归还政府。这样还可以保命。如果拿这里的钱去捞人，可能是人财两空。一些老板就是这样被整垮了！你花钱消灾，不如举手投降。你的股权放在这里，还有另外的经济来源。这样，才是对家庭负责！"

他的一番话，让眼前的同学掩面而泣。一个大男人，原来风流倜傥的花花公子，现在成为落汤鸡，在凄风苦雨里流着泪。他是在泣血。

金鑫理解他的心情。当年矿产价格好的时候，他在这小县里是何等风光。一说张家的公子，这座县城没有人不给面子。酒店、商铺以及交警城管，报出张家的名头，就大事化小，小事化了。现在，他成了丧家犬一样。比丧家犬都不如，矿产没收，一个年过六十的老父亲已经进了监狱，生死未卜，痛苦未知。

看到老同学如此伤心，金鑫不好说什么。他真的帮不了什么，说不定是上层权力的角逐——就是要拔出萝卜带出泥，就是要把贪腐全拔出来。时下，得清除惩治，才能大快人心。

通过张小磊这件事，刘金鑫看到了财富背后的危险。依照正常的思路，应该像大老表一样，给自己留一条后路。投资、购房都可以，最少能让家人安心过日。现在，张小磊一家，如果再斗争下去，乡下及县城的房子都会被封。

“我们，要学会取舍与妥协！”刘金鑫安慰及建议张小磊说。

“我家的百吨库存矿产，昨天全没收了，连清单都没给我们！”张小磊流泪地说。

“怎么会这样？赶紧报警。”金鑫提示说。

“他们就是警察！”张小磊用绝望的眼神看着他。原先清瘦白净的脸，现在两眼空洞、黯淡。一缕长发挡住了一边脸，一心的苦。

“不一样！你还是要去报警，把扣留的清单拿到手。以后怎么样，总得有数据！”金鑫提醒他。

张小磊一听，明白过来，一边拨打110，一边赶回家中。他的慌乱，差点酿成大错。父亲的案子是一码事，抄家扣物又是一码事。这是个法治社会，还是要用法律保护自己。

张小磊走后，他看见桌子上的日历，已经是2018年3月。公司开业有三年了，如果不往省外市场开拓的话，公司会萎缩。从业务部的业绩可以看出来——产品过剩了。虽然财务的账上没有多少钱，但是名气已经做了出来。这样想来，一切都好办。下一家公司即将要诞生。这家公司的股东和法人代表都将是自家人。

他得去邻市考察母亲的公司发展得怎样了。如果没有前景，赶紧刹车。接下来的新公司，让父母进入。他在幕后布局指挥。这样想来，他拨通了母亲的电话。

七

郭天美就像是大海里的一条鱼，终于跃出了小池塘，找到了她的广阔天地。

“甜美时代”开始扬帆启航了。

第一个月，甜美时代公司的各县经理在岭东市的各县招兵买马，铺开了业务。到处是甜美时代产品的广告，在岭东市，电台、电视台、网络平台都在做甜美时代的广告：

呵护从心开始——甜美呵护，是对你最体贴的呵护！

大街小巷的墙壁上、电线杆上，都张贴着甜美时代的广告——甜美时代，给你一个真正的甜美生活。另外，每个产品上印有二维码，凡是扫码关注的都有抽奖的机会。

她的奖品，大到平板电脑和电视机，小到精美护垫，人人都有奖品。实实在在，不玩虚的。这一招，吸引了更多的客户。

三个月，订单已经像雪片一样地飞来。甜美时代，从上到下，都忙得热火朝天，不亦乐乎。货柜车直接从刘金鑫的总厂发过来。

就这样，郭天美从一个乡村泥匠的小工，做成了甜美时代的老总。她实现了一个华丽的转身——由一个村妇转变成一个都市丽人，一个时代的弄潮人，也是一个名副其实的乡村骄子。

她就像山沟里的鸡，终于在烈火中涅槃成为一只骄傲的凤凰。就说打扮，看看，郭总的职业装是一套替换着一套——灰白的西装配七彩的丝绸围脖，高跟鞋把身材凸显得很挺拔。开业那日，她穿一身宝蓝色的西装，内配洁白的衬衫，把头发盘起来，再挂一个工作牌，又像银行的大堂经理。现在，她身穿一套紫红的西服，内配花格子衬衫，头发盘起来，像飞机上的空嫂；又一日，她一身的洁白，像中世纪的欧洲贵妇，只差那顶小圆帽，和手上的花手套和小伞了。也不知是哪一天，郭天美脸上的雀斑不见了，脸蛋白皙了，脖子也修长了。就像一只天鹅，原来因为觅食，脖子总是弯曲着在河里拱食，现在即将腾飞，脖子伸长了，整个姿态都美丽起来，形象高贵起来了。

她一天一个样，接待一批又一批的客人，以至于当专职司机刘洁民看见这个老婆，时常怀疑自己的眼睛，是不是认错了人。

眼前这个乡村妇女，不，公司经营者，说话、做事再也不见畏畏缩缩、毛毛躁躁，而是那么干净利落，简直就是天生的职业精英——嫁给他，的确是屈才了，而且是屈了近三十年，太对不起她了！

泥匠这样想，既欢喜又发愁，还暗暗地担忧起来。

她的办公室也很气派，像儿子的一样，又不一样，她的办公室更现代，像高科技的太空舱，多了华丽的现代都市风格。她成了一个大忙人，每日人来人往，十分繁忙。

而在一旁的刘洁民，董事长的司机兼生活秘书，看到郭天美得心应手地应对着这一切，也不免感慨，看来这次她真的找准了方向。

会议室里，时常都有她的身影和声音：

传统的销售模式和现代的销售模式！

销售产品不如享销售平台！销售平台不如销售模式！一个模式做好了，就像是钱币的模板做好了开印就是了！

你不做，别人会做！

心动不如行动！思路决定出路！

脑袋决定钱袋！圈子决定财富！

……

郭天美没想到遗传给儿子的生意经，在他的蝶化下，再反哺她，让她做起来如鱼得水，并且推广成功了。

她的这家公司不是儿子的分公司，因而财务是独立的，利润也是可观的。当然，她要还儿子的货款。而且，一切都是正规经营，合法纳税。

原本郭天美就是一个女强人，一个搏击商海的天才。因为婚姻，憋屈了三十年。现在，终于凤凰涅槃了！

渐渐地，在背地里，泥匠刘洁民感到羞愧及自责，同时自卑又害怕，怕这个女人会跟别人跑了——虽然她已是五十岁的人，但这段时间的变化，让她好像年轻了十岁，好像她真的进了一趟街上那些逆龄养生馆一样。

或者"逆龄馆"一定是去过。她与她的骨干姐妹，还有同学丽华，经常出入美容馆或健身房，还顺便给他办了一张健身卡。

刘洁民看到健身卡，就想到健身房里那些健身教练身上的腱子肉，猜想这几个败家娘儿们，会不会看不起自己的糟糠之夫呢？

"很难说，人，有了钱就会发生变化——身体、相貌、思想上都会发生变化。"

眼下的郭天美，每天和他同床共枕的人，看起来嘴皮子都翘起来了。那眼睛也清澈润泽起来了，身体似乎离开了繁重的体力劳动也柔软起来了。身上最大的变化是气味——以前是汗馊味，现在是香水味。

香水味让他感到陌生和失眠。他简直有些后悔让她开这样的公司了。虽然每天都在一起，他兼职办公室主任、主管后勤和司机，还有安保，但他看不惯她们那些姐妹的做派，到了一些场合，竟拒绝他入内，说是女人的场合。

这个乡下的中年人，很多时候只能面对着空气发呆。

一年后，甜美时代公司的生意可以用红火来形容，但刘洁民看不到公司的账单。这个由郭天美把控。她给他的私人的银行卡，余额竟然有七八位数。他每次看到余额，大气都不敢出。

私下里，两个人还在岭东市的郊区看好了别墅。依照他们的计划，不久后，大别墅是可以买下来的。到时，这对乡村夫妇才算真正过上了富裕的生活。

真正应了乡下的俗语——时运来了，门板都挡不住。

再次到娘家的时候，全村的人都纷纷来到天美家，家家户户送来各类土特产：花生、洋芋或者番薯，实在没有什么就提来几篮子土鸡蛋。现在的乡下土特产，城里人都喜欢，成了贵重的礼品了。

村民们都来感谢这个领路人，同时再次寄予希望。希望在天美的带领下，村子里的业务做大做强。时下，大多数村民都成了甜美时代公司的业务骨干，收益巨大。

这一次，真正把村民带到了发财的道路上。先前那几家心动未行动的家人，现在肠子都悔青了。

再看那个年妹，不是原来的年妹了，已经开上了宝马，经常会回娘家度假了。她现在的生活与自己的荷包可以相匹配了，再也没有人说她好逸恶劳、游手好闲了。她已真正地成了一个老板娘！不，是老板！在乡下，老板娘是依附在老板的身上，她可是自己创业成老板的。

年尾的时候，大家都回家了。村子里的车子多了起来，家家户户的门口都停满了小车。今年，郭天美以及她开的公司，再一次为枫树村招财引富，又一次作出了巨大的贡献，因此，她被村子德高望重的老先生作为表率，当着公众的面，记上了郭家族谱上的功德榜。这是郭家家族唯一一个外嫁的闺女，被记在了功德榜上。

公司的成功，带来了丰厚的回报。郭天美的功德事迹也像她儿子刘金鑫一样，在岭东市逐渐传开了。

在每天的财务报告中，在每天的银行流水里，在夜深人静的时候，郭天美的心既像大海翻腾，又像溪潭宁静。在巨大的收益后，郭天美觉得是老天在关照她。她觉得这样的回报，似乎与自己的身份很不匹配。她决定要做一些回馈家乡的公益事业。

在她的内心，一直没有忘记自己的家乡父老。现在，她尽可能解决村民的就业，尤其关照贫困的家庭。让大家一起富裕起来，才是完美。内山的一个表嫂，穷得家徒四壁，当她一次看见这样无神的人时，心如刀绞。她当即请表嫂到公司做清洁工。又出钱帮表嫂医治慢性病儿子。这个表嫂原来让生活折磨得眼睛空洞、面目麻木，现在家境变好，脸上的血气上来了，有时还有笑容，日子有了光亮。

郭天美不光协助村民脱贫，还投资教育事业。

一日抽空，她再一次去了一趟自己的母校——宁乡中学，去看望她的恩师郭宏亮老师。

郭老师现在是这个学校的门卫。当年，是他强烈要求她的父亲让她读书。她记得很清楚，郭老师几次恳切地对她父亲说："大强，这闺女是读书的料，你得让这孩子去读书！不让她去读，就毁了她这一辈子！"

这样的提醒，最终让父亲咬了牙供她读书。读了初中，成绩优异，又让她读了高中。那时家里一穷二白，她是长女，急需强劳动力。家里为了她读书，父母付出巨大。郭天美看在眼里，明在心里。等高考一过，她咬紧牙根，便去了广东找工。因为有点文化，刚毕业英语基础好，被东莞清溪镇的电子厂招为品管员。之后，她再也没问过自己高考的成绩。当时她就想，就算是考上了，她也不会选择回家了。因为，读大学无疑让这个贫困家庭雪上加霜。她再也不敢奢望父母为她付出。乡村的家庭，除了地里廉价的谷子，也没有什么值钱的特产了。幸运的是，她每个月的高工资，帮了家里的大忙，下面的弟弟妹妹读书，父母亲就不再犹豫不决了。那时，她每月只留下一点生活费，剩下的全寄回了家里，让父母亲肩上的担子换到了自己的身上。

郭宏亮老师看到来访的是郭天美，那张苍老的疲倦的脸露出了笑容，笑问：“天美，你有孩子在这里读书吗？”

“郭老师，你还记得我？我是来找你的！”

“找我？我一个看门工，找我，帮不了你什么忙啊！”

“不是办事，来看看你！”郭天美与丈夫把车子里大包小包的礼品搬出来，送到保安室。郭老师战战兢兢，赶紧一边找茶壶一边找杯子。他要烧开水泡茶待客，但是茶叶找不到。

“你不要忙了！郭老师，感谢你一直以来对我的照顾和关心。”当年，郭老师是代课老师，一个月才四十块钱，还拿过菜票来资助她。

去年，她与泥匠过来这里，她在门口流泪是有原因的。今天，她找到了郭老师，要还他的恩情。为了不让自己的情感让老公看见，郭天美让他待在车里等她。

她把一袋子的票子递给郭老师说：“老师，你别怕没工作。没事做，就回家养老去。有什么困难，就跟我说！”

郭老师看见那么多的钱，忙推却过去说：“天美，你有出息了！老师很高兴。我现在，能动就动一下。看门，还是可以的。政府把我的代课费补给了我。我感谢他们！”

“公家的关心是公家的。这是我个人的，你留下。万一有什么病痛救急，总是要用钱！”在村民的口中，她得知他一直一个人过日子。前几年大病一场，什么都卖掉了，连家里的两亩水田也卖了。没有了经济来源，生活过得尤其艰难。

“你捐给孩子们读书吧！学习好的，家庭困难的，你可以帮助他们！”郭老师开心地说。

“老师，你收下。我会的！我等一会儿找校长谈这事。你不收下，我就不高兴，也不捐款了！”

话说到这个份上，郭老师只有颤抖着手，感激地收下。

在老师核桃一样干枯皱巴的眼里，溢出一汪清水在打转。

为了老师心里好受，郭天美赶紧转了话题说："老师，校长办公室你告诉我在哪儿，我现在就去谈这事。"

郭老师听了赶紧锁好大门，说："我带你去。"

于是，郭老师带她到校长办公室。

见到校长，郭老师介绍说："校长，这是我的学生，以前在这里读书。她现在事业有成，很关心教育事业，有爱心，来帮扶那些贫困学生！"

老校长一听，大喜，热情地招呼："久仰！久仰我们郭天美的大名！三十年前就很有出息了！"

"哪里哪里！我读书没争气，事业也马马虎虎的。这样，我以郭老师的名义，捐助一笔款，资助贫困学生。每一笔款都由郭老师来核发！"

"好好好！"校长开怀地说。

郭老师在门口，还没听清他们说什么，赶紧说："你们聊，我去看门了。"校长喊他回来，他也没听到。他只想到此刻的学校大门，没有人看管。

校长看着郭老师急切又蹒跚的脚步，摇了摇头说："这个郭老师，真是菩萨心肠！他的工资，都用在了孩子们的身上。天美啊，你就是他培养出来的好学生啊！"

"哪里哪里！我不敢与他比，他是好人，是真菩萨啊！"

说到这话，两人都笑了。老校长笑得热泪盈眶，他是激动于眼前学生的善举；郭天美也笑得热泪盈眶，她是被郭老师的大善而感动。

在九月十日教师节那天，郭天美的教育基金会，就是以郭宏亮老师的名义建立的。在校长的强烈建议下，加上了她的名字，叫作宏亮天美教育基金会。

郭老师的事迹，被大家宣扬出去。郭天美的爱心，也感染了诸多的本镇成功人士，他们纷纷加入教育基金会。

接下来，郭天美抽空带领甜美时代公司的员工，多次进入各个乡镇的养老院，用实际行动，赠送物资和钱财帮扶那些老人。有的老人，在临终的时刻，还念叨天美的好。

郭天美成了新时代的大善人，各类荣誉接踵而来。

甜美时代已成为岭东市的一张响当当的名片。

然而，不是每个人的经营都是一帆风顺的。

郭天美的甜美时代广场过来一群人，后面还跟有疑似记者在一边拍照一边讲解。那群人扯出横幅，上面写着："甜美时代，还我血汗钱！"

郭天美没见过这样的阵势，让保安维持秩序，赶紧报警。

警察过来了。不多久，甜美时代被查封了，郭天美被抓了。

在世人的眼里，甜美时代成了一个传销骗子公司！

一下子，有人欢喜有人愁。欢喜的人说："哼！这是我们中国，不是你们美国，什么大美直销——那是骗人的鬼！现在，等着坐班房吧！"

原来，甜美时代公司被同学马丽华葬送了。她发展的会员，是以收取高额会员费为目的的，而且私自创办了许多会所，一些会所兼卖保健品、化妆品。那些价格，都是几百上千的。她的保健药品，坑了许多老人。因此，就有了群众围攻甜美时代的一幕。郭天美报警，却把自己送进了监狱。

刘洁民如惊弓之鸟，他刚好没在办公室，也没被抓。他躲在外边，赶紧跟儿子打电话。

儿子接到电话，请他安心，等了解案情再说。金鑫报告给表哥，请他帮忙。

一时间，郭天美的山村炸开窝了。村民们没想到郭天美的公司真的是传销！现在，出大事了！此时，村民们都胆战心惊地聚在了郭天美的娘家。郭大强已经成为热锅上的蚂蚁。

最伤心的是她母亲，说日子过得平平安安就好，非要创办什么公司。一人跌苦、发财由天注定！没有那个命承受，就是金子进了口袋，也会化成水，还殃及家人。

年妹不相信这事是真的。她在惊恐之余，赶紧跑到外面，连手机都关了，丢在了家里。她怕下一个被抓的是自己。

刘洁民在老丈人的家里，像丧家犬一样，黯然伤神。丈母娘六神无主，走进走出，埋怨他，提醒他赶紧想办法，花钱消灾——钱，这个时候不是好东西！

刘洁民又拨打儿子的电话，追问结果。归根结底，这件事从头到尾都与儿子有关。他觉得儿子当然要负责。

儿子说："老爸，你放心，没有多大的事。已经查明，是她的业务经理马丽华，私自在外面办会所，私自卖产品。那些受害人的款，没有进公司账户，与甜美时代没有关系！你放心，妈妈很快就出来了！"

这个消息对这一家人来说多么重要。他急忙跟岳父岳母解释清楚事情的来龙去脉。

两个老人的心终于放了下来，便赶紧去安抚聚在一起的村民骨干。村民骨干们听了，也都放心了，散开了。丈母娘回到厨房做饭吃——这一两天，大家都没吃什么东西。

为了洗清冤屈，郭天美父母走村串户，在村子里到处宣扬，说女儿没事，那是她的手下干了非法收费的事。村民们有的嘴里念着阿弥陀佛，有的将信将疑，有的胆战心惊时刻提防着山外面的警车，呼啸着进村。

幸好，郭天美很快出来了。

一出来，她首先在甜美时代广场召开了记者发布会，解释群众拉条幅围攻的原因和真相。真正害人的是公司的那个高管，那是她的个人行为，与甜美时代无关。现在，已经开除了那位肇事者！

甜美时代公司照常运转。

回到办公室，她召集各路总监，着重强调——我们企业一定要合法经营，合法纳税，不得以公司的名义，收取会员费用，用公司的名义经营其他产品。她请办公室主任张贴了公告，还请新闻媒体来做宣发。

处理完这次事件，郭天美心有余悸。她怎么也想不到马丽华那么大胆：私设会所，而且敢经营不属于公司的化妆品、保健品和药品。真想不到，这个弱女子，为了钱财，什么都敢做！她开的收据，可是盖了公司的公章。如果真正追查下来，公司也要担责。好在，那些钱没进公账，算是撇清了关系。现在，这个马丽华以欺诈罪被绳之以法。

坐在自己总经理位置上，她长舒一口气。忽然，她想起来，公章放在了自己的抽屉里。她喊来财务，在办公室自查半天账目，实在没其他了，才放心走出公司，回娘家去。

她坐进丈夫的车子，对愁眉苦脸的丈夫笑了笑说：“好了，我们没事！”就抱了枕头，摇下椅子，睡下了。看来这些天，在拘留所里受苦了。

刘洁民开车到家的时候，看见了儿子的车子停在院门口。

打开车门，郭天美被丈夫推醒了。她是打着呵欠出来的，而且似乎还在睡梦中。刚刚醒来，东张西望，不知何处，不识何时。

她的样子惹笑了一家子人，不，一村子人。大家都来她家关心她。

儿子赶紧上前，把妈妈搀扶着回家。他生怕她在号子里受了欺负。看到手好脚好的，五官没缺，大家都放心了。

“没事！没事！警察一说事情的原委，我就放心了——不是我的事，也不是公司的事，是业务员的个人行为，我就不怕了！”

“真的没怕？”母亲问。

“怕什么？”

“没有挨饿？”父亲问。

“没有！”

“没有受刑？”一个村民问。

“叔，电视剧看多了。现在是法治社会。哪里动不动就用刑！”郭天美说罢又打呵欠。

大家看她的样子又笑。

此刻，最开心的是金鑫发展的老板刘金鑫。

什么原因，那是后话。

八

甜美时代的喧闹，让大家都虚惊一场，同时也影响了公司的业务拓展。很多业务员的产品暂时推不动了，都担心公司会出问题。同时也因市场趋于饱和，现在，因为这样的奖励制度，家家户户囤积不少甜美护垫和洗洁精。

照此下去，公司坚持不下半年。

刘金鑫来到母亲的公司，看到各分公司的报表，沉默不语。郭天美有些疲倦地说："儿子，我不想做了，把公司注销，反正，钱也够用了。眼下最急的是你，赶紧找对象，结婚生孩子。我们带孙子，也就有事做，不枯燥无聊。"

刘金鑫安慰地说："妈妈，不要着急。好戏还在后头！"

郭天美一听，微闭的眼睛像猫头鹰般醒来，定睛看着眼前的儿子，很难相信这一系列的操作让她们母子赚得盆满钵满。现在，儿子不收手，还说好戏在后头。

"之前，我不是跟你说了吗？你先试一试水，后面的公司不是河里的乌篷船，而是下海的大航母！"儿子说。

"见好就收了！儿子，我们已经不错了，别去折腾了！"母亲心神疲惫地对儿子说。可是眼前的儿子，是她的几句话就能改变的吗？

通过因甜美时代发生母亲被抓这件事，金鑫收获极大。

他试探自己人脉的能量——还好，达到了预期的效果。亲朋好友都在第一时间帮忙查明原因，回馈过来。母亲在警局的待遇还不错，住的是单间。如果不是要配合挖出主谋，老妈当天就可以出来。第二，甜美时代的老板出来后，市里的领导为了澄清事实，专门探望了甜美时代的总部，并在甜美公司发了电视讲话，给足了甜美时代的面子。其实是给足了他刘金鑫的面子。或者说是表哥吴茂鑫的能量很大。就在年初，表哥带他到国外走了一圈，认识了一些名人、能人。既有退休厅部级的官员，也有职场上的马仔或司机。老妈一出事，父亲第一时间来电话，他就自己试着拨打了一个职场马仔的电话，没想到对方的语气很友好，把他的家事当作自己的家事。从头到尾跟管，而且每次的结果都上报给他。事情完美结束后，他请对方吃饭，带了一张卡作为酬谢。对方谢绝，说既然是一家人，就不能有这样的想法。这位公子哥，与表侄吴森森是结拜兄弟，依照辈分，应喊他表叔。那个人说："表叔的事不是自家的事吗？！"后来谈起这个话题，老表哥吴茂鑫还不知情，森森也不知道。所以，人家办事后嘴严，还不求回报也不求感恩。第三，母亲公司的旗杆已经树立起来了，以后做什么都容易。加上自己公司的全省布局，一些业务还在外省推广。这次得到了意想不到的启发，得亡羊补牢。第四，能够取得当地政府的支持，说明这样的模式也有合理的一面。他当初也想大胆一点，引进化妆品或保健品，但他不想背负不好的名声，因为目前大多数保健品，都是淀粉加骨粉，有没有保健的功能也不确定。这样做等于骗消费者的钱，他也就没往大里做。

现在，这几个收获让他心里又蠢蠢欲动起来，想继续研发新产品，拓展新业务。他想了几个夜晚，真正想实施又犹豫不决。他觉得一切太顺，就隐藏着不合理的因素。甜美时代的不顺，为他后面的公司，挡了一下坏运。

中国人都讲风水和运气。大多数国人都是道家的信徒。大伯也因沉迷道而做道士。当然，受过高等教育的刘金鑫不会轻易相信那些。他只相信道理。《周易》和《道德经》虽然看得半懂，但很多道理都让他信服。因此，下一个公司的发展，决心未定之前，他马上想到了大伯。他要去请教大伯一些“道”的困惑。

大伯所在的道观——灵山古观，就在岭西的关隘下，坐落在县城的西边。那个地方的石头山很有特色，全是可以用来烧石灰的石灰石。突兀的石头们像一条一条的腾龙盘亘在山腰上、山顶上。各类藤蔓也不嫌山地的贫瘠，把这座山披上了绿装。所以这座山又称为绿龙山。一股清泉，从山沟里汩汩涌出，一年四季都是清澈的。灵山古观就在龙回首这个地方选址。魏晋时期，由张天师的弟子建造的，至今也有一千多年的历史了。因为依山而建，青砖、灰瓦与山体的颜色融为一体，不仔细看还以为是一个山里人家。

世上的小道观，大多数都是这样低调贴近自然的。

道观里的道士很少，可能是香火少，加上道士可以自由回家的缘故，有些法事，师傅去了通知，便穿上道袍一起去完成。在我们乡村，大多数人家老了人，请的是道士来超度。在百姓的眼里，这些道士通过法术能通天入地，管束一些孤魂野鬼，顺利达到冥界。至于说升天的愿望，那是很少人敢奢望的。老百姓大多数有自知之明——修为不到，德不配位，是很难进入仙班的。在普通百姓的脑海里，唯有八仙是俗人升华的，至今多少年了，又有谁入了仙班呢？想不出来。当然，如果大家来推选，唯有伟大的杂交之父袁隆平可以列入仙班了。中国老百姓的愿望都很简单，能够平平安安，不被小鬼纠缠就很不错了。送神驱鬼护平安，都是道士能干的活，因此道家顺应自然，存活于民间。

金鑫这些天回到了县城的公司，县城离道观几脚油门就可以到。以前，小的时候来过，与父母亲一起来这边抽签，只记得大伯跟父母亲解释签上的意思。他没听懂，父母也听得半懂。伯父就总结一句说：“中上签！一切都以平稳为上！”现在想来，父母是相信了大伯说的平稳，这一稳就一直稳在家里做泥匠了。

开车来到灵山古观。因为疫情，现在来旅游的人很少。大门口几只鸟在闲逛，看见来车，飞走了，真可谓门可罗雀。那鸟，看得出不是饥饿的鸟，是来散步闲逛的鸟。现在香火少了，外边的摊子撤走了，没有生意，也就没有落下可以进嘴的食物。饥饿的鸟都不会光临这个地方，可能那是些寻找寂静、寻找寄托的鸟。

迎面是浮雕着各类仙山佛海的青石观门，走进大门，是一个大鼎作为影壁一般挡住了门口直来的煞气或妖风。鼎有两扇门那般宽大，风吹日晒把原色晒没了，上面发出紫色的光亮。鼎的两侧生长着两棵梅树，苍老遒劲，似乎先有这两棵树，才有后面的道观。两棵梅树的底下用青石板铺盖住，看上去，梅树是破石而出的。

鼎的正面铸造的是一座天宫。是三清宫吧？琼台楼阁在云雾中隐隐约约的。鼎里的香火没断，青烟在袅袅地升腾，门外都可以闻见沉香。站在鼎前，看着烟升灰落，感觉四周一点声音都没有。

道士们都在闭关修炼？

正要迈步而入大殿，看见一个仙风道骨、精神矍铄的老道出来。这老道便是自家的伯父。

“来了，里边坐！”伯父看见他微笑着，面相有些爷爷般的慈祥。伯父带他到寒舍去坐，是为了不打扰这里的神仙。

“鑫啊，今天早上有喜鹊在梅树上叫，我一直在等来客。没想到是你！”前面带路的伯父说。

后面跟着的侄儿笑说：“大伯，你的客人还没到。我是俗人，哪有喜鹊引路？”

伯父扭头说：“你来了，我就开心！”

两人转到山脚的小屋。不仔细看，以为是山上的一口窿洞，青砖与岩石的颜色混成了一体。爬墙虎也到处都是，只留下窗户和门口。

走进里边，一阵阴凉，暑气顿时消失了，胸口一阵轻松，呼吸都顺畅了。即刻闻到弥漫在整个屋子里的一股幽香，像极了大城市里的香疗馆。没有音乐，却能听见山上的黄雀叽叽啾啾，还有附近泉水的滴答声，让人感觉到幽寂。这，就是天籁吧！金鑫这一次才感觉出伯父这个道观的妙来。

地面是竹席编的垫子。在门口，两个人脱了鞋子，坐在了茶桌前。

伯父用拂尘轻轻扫除了桌上的灰尘，虽然灰尘看不见，但也要拂扫一下，以表尊敬。

“爷爷奶奶身体好吧？”伯父问。

“好！还能自己做菜做饭呢。”

伯父的脸上现出了孩子一样的笑容，说：“他们才是神仙啊！都九十多了，没有病痛和负债，自得其乐。”

“大伯，你也好啊！这里多清净！”金鑫赞道，“有时间来这里住上几晚，什么烦躁都没有了！”

“你有什么烦躁？”伯父慈和地看着这个侄儿，关切地问他，也把他当作有惑的施主。

“有啊！按理说也该满足，但心里的欲望，总让我觉得要再去拼搏一下。”

大伯说：“一个人，目标明确，再看各类条件是否成熟，时机到了，自然天成。但是，记住，虽说否极泰来，但也有泰极否来之说。万事不能太过，太过了，就会带来反面的效果或结果。这也是俗话说的——不能走极端，要给自己留余地。”

“这是我们祖宗的中庸思想吧？那个太极图的阴阳两极可以相互转化。”金鑫谦虚地求教说。

伯父点头说：“你是聪明的人，应该知道怎么把控。”

“大伯，我有一条道路，想在你这里讨个吉利，看能不能得到点拨。”金鑫发展的老总问。

伯父看着他，依旧慈祥地笑说：“施主诚心要问，就到宫殿里去。”

伯父起身，带侄儿前往正殿九重宫。

九重宫边不是很宽敞，张天师的塑像很古老，也似乎很灵动。看起来像是眼睛都会眨起来，让金鑫心里很是虔诚和胆怯。

伯父点香，祭祖。

金鑫也点香祭拜。

完毕，伯父说："抽签吧。"

伯父拿出一个签筒，里边全是整齐的签，递给了金鑫。

金鑫端坐在神像前面，闭上眼睛，想着诉求，虔诚地摇着签筒。一会儿，一根竹签渐渐地升高，掉落在地上。金鑫拿起这根签，自己先看一下，上面写着："风调雨顺年景好，无限风光在险峰。"

他的心怦怦直跳，仿佛张天师看出了他来这里的目的，直接给了他这支签。他把签转交给伯父，伯父看了说："好签！"

"风调雨顺说明你的事业很顺畅。无限风光，可以到达，但在险峰，是提醒你，要小心！"说罢，又抓起金鑫的手，仔细看纹路，还对他的生辰八字掐了手指，得到一个字——中。大伯在他的手心写上了，再把他的手握起拳来，不要泄露。

伯侄俩再次向张天师行礼，虔诚地离开了九重宫，回到刚才的茶室兼卧室。

"我跟你说，从各方面来看，你是我们家族的大富之人，机会要把握。但是，要时刻清醒，保持警觉之心。不要登上险峰，摔一个粉身碎骨。"

"大伯，我记住了！"金鑫说完紧张着，内心还在想着张天师的眼睛在看着他，看透了他内心的小九九。

"家里的爷爷奶奶，请你们多费心。"伯父心有愧疚地说。

"会的。会的。"侄儿答应着，"现在，三伯母已经回家住，每天都能照看老人。"金鑫补充说。

大伯放了心，烧开了水，捻了几根茶叶放入壶中。

"你尝一下，这里的野茶。"

茶水还没筛出来，就有一股清香弥漫开来，像是山涧的玉兰花香。

金鑫不禁闭上眼睛，把心里的躁动平复下来。放在平时，他是很难平静的。现代的年轻人，想蹦就蹦，想喊就喊。但经过他自我的历练，他可以按住自己这颗躁动的心了。

他也尝试着，能像大伯一样打坐。那样子实在是超凡脱俗。

“金鑫啊，你今年虚岁也三十了，怎么还不结婚？”

“快了。”

“不要总是想着到别的国家去。我们中国是全世界最好的国家，各方面都可以对比出来。一个人，不能光想着自己。结婚，生孩子，是传承，是希望，是任务。”

说到结婚，这是大伯的一块心病。大儿子金彦在本市高校教书；孙子良丰也争气，考上了清华，却去了美国留学。这是他不想看到的。最让他伤心的是二儿子，考上北大，还没毕业却皈依佛门，在云山寺庙里做了真正的和尚，而不是俗家弟子。

金鑫晓得大伯上山做道士的缘故。在当年破“四旧”的时候，他刚好是红卫兵。在大伯受过的教育里，无产阶级是无神论者，世上根本没有鬼神也没有菩萨。大伯曾经说，儿时看见刚满十月的弟弟，在“三年困难时期”饿死了。看着母亲一直默默地念菩萨保佑，却没能把弟弟的命保住。所以，后来都说要破除一切旧的东西，他们便热血沸腾地组织起来，到各处搜寻旧物——打破一切古老的、陈旧的、迷信的东西，甚至要连根铲除、焚毁。乡村的门楼，门楼上的旧匾，全部拆了做柴烧；旧字画、老古玩、出土的青铜器，全丢进火堆里了。一群人去了县城，把老街的几个乾隆时期的牌坊全都拆除了，推进了桃花江里。他们这一组来到云山寺庙，一把火，把云山寺庙烧了。

云山寺庙是唐朝慧能六祖化缘立基的，里面的菩萨和建筑都是木头做的。和尚们跪在地上，祈求红卫兵网开一面。但这些红卫兵，个个都是“时代先锋”——破除一切封建迷信，辞旧迎新！那时，人人热血沸腾。他们就想看烈火焚烧寺庙的壮烈场景，看看菩萨怎样来救自己的塑像。大家在组长的指示下，鬼妖一般叫闹着各处点火。

一时间，火光冲天，寺庙的大火整整烧了三天三夜。最后寺庙门口的几棵老柏树，也烧得只剩下几根木桩了。但那几棵树，生命力极强，第二年春天竟然长出新芽，现在还活着。在寺庙的门口，像守护神一样，昂首挺拔。现在，每棵树都立了牌子，做出了说明，增加了云山寺庙菩萨的普度力与神秘感。

大伯是点火的其中一个人，他当时心里想到失去的那个弟弟，母亲叨念的菩萨没有前来，或者根本就没有，于是他也没有手软。他那时，心存侥幸地看着大殿里的那些木雕金刚罗汉，想着他们会不会在被烧的时候显形出来。但是，在大火中，他始终没有看见。那是新社会的一次灭佛行为。我们一切以人民为中心。人民心中有自己的神，就是我们伟大的领袖和导师毛主席。他提出“为人民服务”的号召，现在还庄严地标榜在各级政府的墙壁上，彰显执政宗旨，受人敬仰。

点火的几个人，不久都出现了不同的疑难杂症。有的去世了，有的瘫在床上。大伯也是浑身焦躁难耐，他总有一种想咬狗的冲动。因此脾气很暴躁，说不上几句话，就要跟别人或者自家兄弟们动手打架。村子里的狗见了他大气都不敢出，全夹了尾巴一溜烟地跑开了。

整整三年，他感觉自己的胸口就要炸裂了。后来，遇到伯母，结婚生孩子，他心中的狂魔平静了几年。二儿子出生不久，他的癫痫病又复发了。吃了很多中药，无济于事。听说是路过的一个和尚，建议他削发为僧，才能度过这一劫。大伯就是倔强，他偏不去。他说——世上哪有菩萨？没有的！那是印度人用来愚弄、迷惑我们老百姓的！什么上帝，什么耶稣，什么菩萨，全是骗人的东西！

他不禁口吐鲜血，昏迷几天，棺材板都准备好了。那年已经拨乱反正，一切信仰归还自由，道士、和尚都可以回到他们的道观、寺庙。乡下死人了，法事都可以做。在大伯灯灭之时，一个道士进来做法事，看见他并没有断气，便对爷爷说，他的劫难可以用道家的法术化解。

但是化解后，不入庙就要入观方能保命。这个时候的爷爷哪敢多想，便允了一切，让道士施法，身体恢复后，伯父跟道士上了山，直到今天。

但是，十年前，他刚入高中，伯父的二儿子金凡，在北大读书，还差一年毕业，忽然回家，削发为僧了。大家都说是因果报应——当初他一把火把寺庙烧了，倒回来，要赔上一个儿子入佛门。这个堂哥金凡，一个学习拔尖的孩子，考上了北大，读了三年还没毕业，就去结佛缘了。依照乡下的规矩，一个人来到世上，必须结婚生子才算尽孝。这一下，就等于断了大伯的一条香脉。大伯几次去寺庙讨要儿子，甚至不顾脸面诋毁佛学，发扬道学，而且公开扬言要来一场世纪道佛大辩论。但是，没有官方的主持，没有佛门的应对，大伯始终没有将儿子带回红尘。

“他们是逃避现实的，是没有责任心的！口头上念着空，说白了是懒惰！能给世人什么智慧？放下——放下了，这个世界就完蛋了！人类就灭种了！我们道家，是顺应自然，没那么多戒律和规矩！况且，他们，没有几个真正守戒律的出家人！”大伯这样对来寺庙进香的人说。这是他对佛家的个人偏见。香客们不回应他。一些人喜欢看热闹，却没有看到道佛的大辩论。——人家佛门清净，懒得理会大伯这个半路学道的道士在寺院门口叫嚣。

宗教信仰自由，个人有个人的信仰，信佛自愿。去哪里烧香，到哪里许愿，随心所欲，没人干涉。

我们这个小地方，十年来都因为一个北大生、道士的儿子来了这里的云山寺庙做和尚，才让这座寺庙出了大名。很多香客就是冲着这位来的。每年，香客们络绎不绝，希望能够一睹北大才子的“尊容”。但寺庙为了这位北大才子的安宁，故意将他藏匿。回复众多香客的一句话——无染师父在苦度修炼！施主不要打扰。在外人看来，金凡哥哥他就像是释迦牟尼一样，要把自己的影子坐化在石壁上了。这又让一些好事者更加好奇——苦度？在哪里？度到什么程度了？是否达到一苇渡江的境地？这些疑问，只有烧香去问庙里的菩萨了。人世间的凡人总是有强烈的好奇心。很多信徒都认为佛门一定有灵异，或者什么玄妙，要不，这个才子怎么就不跟随自己的父亲入道做道士呢？

那个堂哥金凡，云山寺无染和尚的归宿，是大伯父的一块心病。

“有时间，你去找一下你哥。我觉得他是受到了佛法的控制，或者是他自己走火入魔了去研究佛学，以身试法，却因为功底浅，无法自救。”

“我晓得。我见过他一面。他说他在佛界，不要用凡心来打扰他。我，现在还说服不了他！”金鑫向伯父解释说。

“他没跟你谈起学校的事情吗？我觉得，他是失恋了，被一个女生抛弃了。然后，以出家来表明自己万念俱灰了。应当学会面对生活中各项困难，而不是去回避！那不是一个男子汉的行为！”

大伯这样评说，让金鑫想到金凡哥哥对他说的话：“我不是凡人，也就不是一个有责任心的男子汉。我觉得人世间的一切，都可以度过去。谁去度？总得有人去度。这就需要我们这些苦行僧去做。我们把人世间的大灾小难，都包揽到自己的身上，来忏悔，去超度或点化每一个信徒的苦难，让他们得以圆满。这就是我们佛门修行的功德。”

当时，金鑫的悟性不高，两兄弟只谈了那么多。于是跟他说了目前公司经营的情况，请他还俗，跟他一起来创业。金鑫的企业，需要他的加入。这样的话，名利双收，也符合当今的潮流——奔向小康，实现富裕。但是，无染师父此刻似乎真的无染了。他的心里边，没有了世俗的杂念。似乎一切，都放下了。

金鑫跟他聊起大学生活，希望能找到一点他出家的蛛丝马迹。他却笑着说一句：“我以前的追求与现在的不一样了。人，分很多种，我入佛，是有缘的。一切，就归一个‘缘’字吧。阿弥陀佛！”说完无染和尚合掌谢客了。

听说，当年堂哥随佛初日，大伯母在寺庙门口一哭二闹三上吊，把无染逼得把雪白的戒刀架在自己脖子，才镇住了这个可怜的乡村妇女。

伯母号啕大哭，在母亲的宽慰下下山而去，说："他要这样活，就没办法了！就当我为这座寺庙，生了一个大僧吧！"然后，一路对金鑫母亲郭天美数落她自己家里的道士。而母亲，不知如何规劝，只说："命中注定，我们就不要过分打扰。"

回到家里，伯母还是解不开心结，她便去灵山道观大闹。

她像一个泼妇一样，对道长骂道："你，一个七尺的男儿，竟然躲在这里享清福！儿子被那些和尚掠去了！你有本事把儿子从寺庙里拉出来，别在这里哄骗他人——自家的灾难都化解不了，还替别人化解！"

伯母的句句话都是伤人心的。但这个七尺男儿还有母亲。他的母亲疼爱自己儿子，紧随着儿媳一起过去。奶奶手拿一根竹篾，将门口耍泼的伯母，驱逐出去。

奶奶骂道："有什么事，在家关起门来论理，哪能在这样的地方，破坏天地的清静。你真是想——要了他的命？！"

伯母又被婆婆的怒目镇住了，她简直想跳进水库去死。

她哭诉说："我命苦啊！怎么嫁了这样一个男人，躲在山上享清福！谁不会啊，我也有尼姑庵，我们也可以去庵里做尼姑！"大伯母哭泣着，诉说自己的委屈。

这些都是母亲对他说的，当时一家人很害怕这件事影响他的学习。母亲眼睛里的恐惧，他可是看得出来的。此时，金鑫没有那么脆弱，他的喉结都长出来了，他的个子也高了，他的思想没时间成熟，因为没完没了的作业让他无暇顾及繁杂的社会。

在大伯母看来，很多人家都做假道士，经常回家，大伯却很少回家。寺庙里也有假和尚，还开车，恋爱生子。小县城，没有多大，有人看得见。因此，伯母都希望他们父子是假的道士和假的和尚。但她的这两个家人，都是认真地虔诚地做道士和和尚，一个做到了道长和另一个不久也当上了住持。再后来，道长做了省里的政协委员。自那以后，伯母就不敢乱来了——她便牺牲了自己的小家，贡献给那个大家。

伯母她逐渐信佛，去寺庙更勤了。她要跟儿子一伙。至于道，大家说的，天下到处都是道，也就不受她重视，同时也因为伯父让她苦闷、烦恼和鄙视。

不过，伯母没享清福的命。她要耕种几亩良田，养大几头肥猪，得为另一个争气的大孙子良丰，贡献她的绿色食品。而那个大孙子，是大儿子特意让他在乡下的家里陪着奶奶。但是他高中没毕业却总想着去美国读书。美国有那么好？在她想来，美国没有中国的一半好。

伯母每天晚上也看电视，自认为晓得了天下一半的事。

今年，大孙子良丰还是去美国了，听说是去那里学习。伯母又不开心，说："我们国内没有老师吗？孔子，就是我们中国的。几千年了，还受人称赞和尊敬！"

伯母的话，后辈们总当作笑话。大孙子前来告别，送了很多礼物给她，还与她合影留念。伯母几多欢喜几多愁，她不断地告诫："你是中国人哈！你不能与中国人打仗哈！你要与中国人结婚哈！你要经常回家哈！这里，才是你的根！"一个年近七十岁的伯母，拉住孙子的手热泪涟涟，她的形象，可以与孟母接近吧！

这些，金鑫在家都看见了，觉得伯母很伟大：一个乡下妇女，没有那么多的知识教育后人，只有用爱国、爱家、结婚生子的理念和行为来教育自己的后代。伯母的话，让近五十岁的大儿子金彦教授，立在一边抹泪。

这个大儿子对母亲的感情可不是一般人能体会到的。以前，他甚至想一把火把灵山古观烧掉。因为，在他看来，那是一座让他失去父爱、失去家庭支柱的道观。他与弟弟是跟着母亲，在泥土里，像牲畜一样地耕种和劳作，这哥俩是在汗水和着泪水中长大的。而那个躲在山上的“假道士”，只是年节的时候，假惺惺地买了点年货回家。一言不合，当天就回他的道观里。对于子女的教育，竟然只说了一句——顺其自然。没想到他的顺其自然，让两个儿子成了人中龙凤，一个做了大学的教授，一个考上了北大，成了莲花镇议论及羡慕的中心人物。当然，还有二伯、三伯，他们也是静心读书的料。二伯父刘洁众恢复高考时考上了名校，在研究病毒，现在一家人在美国；三伯父刘洁人，也考上了当地的师范学院，成了一个光荣的人民教师。这一大家子是自优村的骄傲、莲花镇的骄傲，也是岭西市的骄傲。

但是，此刻的北大才子金凡，在寺庙普度众生。这事到今天都让全镇人难以理解。乡村大多数家庭及学子，都明白读书能出头的道理。极少的人对佛学有兴趣，去研究或者追随。除非出现了难以承受的大灾大难，生活已经毫无着落，精神已经毫无依靠。但也要有缘才可能给你剃度。要不然看中寺庙商机的人，也想削发为僧。

乡下人闲谈时，讲到明珠村篾匠家的骄子，有的闲人恍然大悟，私下议论开来——那个自优村篾匠刘清明，不简单，一个儿子守住了灵山古观，成了道长；一个孙子住持了云山寺，拿到了功德箱的钥匙。县里的两座名山，都被他的儿孙把控了——真是高啊！眼光万里长啊！

然而，真正的原因，只有他们自己清楚。那时候，大伯大病一场，要不是老道人来救他，早已成了泥土。金凡一定遇到了难以逾越的大事，才会削发为僧。在乡下，人世间的家长里短，好事者会尽量抹黑别人以求慰藉和快乐：“你们看看，初一十五，那功德箱里的人民币，多得都——装不下了！”

“抽一根签，就得出十块的功德费用。理一个发才五块！”那些本地的香客，都以为功德箱里的捐款，是他们个人收取。他们不会想到，道观及寺庙需要人财维持下去。大伯母也因为自己的儿子在寺庙里做和尚，便常年将自己地里的蔬菜瓜果，送到寺庙里。她担心儿子的膳食不好。她不光自己送，在平时，也不由自主地跟他人说因果、讲报应，夸菩萨、布善德，很多与她一样的乡村妇女被她说服了，也跟她一样，常年送些乡下的粮油素食入寺庙。寺庙的主事人，把她们当作贵客施主，总是鞠躬作揖，口念阿弥陀佛。在她听来，就是“菩萨保佑”之语，心情愉悦。有时，看到儿子细皮嫩肉的，就像寺庙里的菩萨时，伯母悲喜交加，全心全意为儿子的佛门招揽香客。

很多次，一有空闲，大伯母看见金鑫一家人都在，她就过来串门，与郭天美一起共享佛事：讲前世，讲因果，讲眼前的苦海及将来的极乐世界。金鑫已经稍谙世事，看见母亲总是飘忽不定、心烦意乱。他知道母亲很想尽早结束与大伯母这样的话题，怕把身边的儿子引入佛界，那就麻烦了——因为这个家，一个男人皈依了佛门，别影响了其他的男人。

这是题外话。

这次，金鑫上山找伯父的目的达到了。

他抽中的签，既出乎意料，又在情理之中。离开的时候，伯父拉着他的手说：“你发迹了，对家族要多关照。将来，如果做生意到了美国，也要去看看你的大侄儿，提醒他学成了，要回国。我们到哪里，都要记住——自己是中国人。辛苦你了！”

看来伯父的“道”，还停留在国内的“道”上，他没有站在全球的视角看世界，显得有些狭隘和偏颇了。这是小企业家金鑫的看法。听大家说，在这一带，灵山古观还是有名声的——这里的山很灵，观很灵，签也很灵。道长的解说，也深得人心。否则，早关门了。再看看，很多以前香火旺盛的道观，如今成了残破的遗迹，有些甚至被植物藤茎覆盖了。但这里，香火传承一千多年了。

金鑫是个高学历的大学生，学的是金融，脑子里全是策划和推行、成本和利润。他不可能步大伯或者堂哥金凡——无染大师的后尘，把一切放下。

他放不下，怎么放得下呢？时下的大好时机，他的双眼被金钱迷惑了，成为在马克思的《资本论》里的每个毛孔都是铜臭味的资本家。环视周边，哪个人不是呢？成功的是，没成功的期望是！每个人，都生活在现实的世俗里，有欲望，为金钱努力奋斗。

“风调雨顺好年景，无限风光在险峰！”今天的签，虽然有一个“险”字，但应该是好的，前提有风调雨顺，上面有“无限风光”！刘金鑫这一趟回来有收获，让他会心、清心也开心。

他开车回到公司，想把公司的账清算一下。说真的，现在公司没什么利润了，个税和奖金都涉及每个业务员的利益。财务报表是公开的，哪怕普通业务员都可以查看。股东们已没有了当初的热情了。

他不忘交代财务，做好台账。他本身学金融的，自己也有会计从业资格证书，公司的账可以经得起任何单位和个人的核查。

没多久，股东们又来开年终会议了。黄鹏的怀里还抱着一个未满周岁的儿子，那是他与周敏总经理生的。张小磊显得很狼狈，父亲的官司越陷越深。当初他提出出售股权，没人接盘了。

与往常一样，会议报表一目了然。

董事长刘金鑫对合伙人说：“在外人看来，我们的公司表面很光鲜，但真正的业务利润，已经接近枯竭了。我想，大家都很清楚。现在公司公示财务状况明细，让大家心里有个底。”于是请财务经理一项一项地向各位股东做报告说明。

“照这样下去，公司尽早清算，关门！”黄鹏中途这样抱怨说，他不在乎眼前这个同学这样看他了。这位同学虽然兑现当初的诺言，但在股东们的心里，利润远远没达到期许。当然，他也是赢家，最少把周总娶到了手，而且还为他生了个胖小子。

“话是这样说，但也要与大家一起来商谈。我们公司目前的财物都在账面上，我们一目了然。如果大家有新的想法，也可以提出来。”金鑫说。

“如果可以，我希望我的股权由公司收回。”张小磊说，他看了金鑫一眼，希望他能帮助他，而不是渐渐把公司做死，最后不值钱了，才把股份收回去。现在很多公司都这样算计合伙人、股东和股民。

“我们的股权，也希望老板收回。或者找评估公司评估一下，看一下有没有人接盘。一些上市公司需要收购一些公司，来做大做强。”周敏的态度很明确，也想出售自己的股权。

这一点倒是提醒了掌舵人刘金鑫，与其让公司这个姑娘慢慢变老，不如包装华丽出嫁，可能还换得一笔不错的彩礼。但在金鑫的心里，还是想原班人马能为以后的新公司服务。转嫁给他人，就会影响新公司的运作。最好考虑清楚。

因此，他还是点头说：“好！周总的想法很好，我们的团队和平台就是无形资产，是值钱的。我去运作一下，看能不能卖一个好价钱！”

这样，注销公司的计划，暂时搁浅。他想，周敏的想法不无道理。至于以后的公司，资源也可以共享。

回到办公室，他打开电脑，对金鑫发展的现状做一番考量。他觉得，自己的公司其实还有很大的能量，如果经营得好，也是一张响亮的名片。他一边浏览信息，一边将自己公司的简介做一番修饰，连标点也做了修改，再把各级的荣誉放在了荣誉榜上，把专利证书和科技局的奖励也排列出来。

在他看来，时下是个谦虚使人不信，骄傲使人着迷的年代，不能搬书本上的教条来兜售自己的公司了。最后，他将财务报表做得漂亮一些。同样的数据，但是字面上表述就截然不一样了。比如营业额下降了几个百分点，改为“在这么困难的情况下，几经公司全体人员努力，终于把营业额保持在原来的多少个百分点”。这样，从头到尾，把公司简介全盘更新，添加了许多形容词，也优化了界面。

其实，如果公司的品类多一些，公司应该还能做大。母亲甜美时代公司的马丽华，就敢私下这样做——把保健品药品都纳入进去了，钱赚到了，但人也进了监狱。如果金鑫发展开始就把合格的保健品纳入进来，也会有不一样的效果，甚至立即膨胀到现在的几倍。但是，也可能失败，因为大美公司做的就是保健品。

现在，凡是保健品都被人怀疑了。有些倒闭的公司，竟然把当初吹上天的、包治百病的保健品的配方抖搂出来——就是鸡蛋壳、牛骨头或贝壳磨成粉做成的补钙品。这还是良心保健品，至少，比用石灰和面粉的保健品更好些。

金鑫发展被他花了几天时间包装好了，又联系了数家风投公司，把简介发给了他们，请他们优先对接。

一些公司看了有回复，而且还派高管来视察。其中湖南一家与他差不多的公司对金鑫发展很有兴趣。他们的实力雄厚，有直接的生产工厂。他们大部分的产品都是自己生产，种类繁多，有十几类，上百种。有牙膏，有洗发水，有洗面奶还有很多种类的保健品。目前，这家公司在做上市的准备。他们看了销售产品和销售团队，对此评价很好。另外，金鑫把甜美时代一起介绍他们，这样的话就多了助力。这正是他们看好的。

当他们了解到马丽华的失误后，叹息连连，他们私下跟金鑫耳语，传授秘诀一样说："这样的事情，就要——用好人，上面有人，才不会有事。"

金鑫先是装傻，后恍然大悟的样子让对方很开怀。当初，想到找后台会牵扯到更多的人。一旦出事，有背景的走远了，没背景的自己就成了替死鬼。届时，钱没赚到，人进了监狱——那才是大难！

不久后，湖南那边的陈总亲自过来这边洽谈收购事宜。

刘金鑫以为陈总是个大叔级的人物，没想到初次见面，感觉像是一个学弟。一问贵庚，才发现人家也是"90后"，才大了自己几个月。但稳重的言谈举止，是他不能比拟的。

"刘总怎么想到把公司卖了呢？"在他的办公室，陈总直接就挑敏感话题切入。

“我，其实另有计划。但，我们金鑫发展也可以不卖。一个平台是不容易搭建的，一个团队也不是容易培养起来的。关于卖公司，那是股东们的建议。”

“你的股权那么多，自己可以做主的啊！”陈总的眼光里，似乎全是剥皮剔骨的刀子，要把他的灵魂都剥出来。

“我们的公司，做大了，但合伙人觉得分红太少了。我想干脆找一个大东家，换一个老板，带领我们发财！说真的，我现在遇到了一个瓶颈，无法突破，已是黔驴技穷了！”金鑫夸着对手，也显示自己的谦虚。

这时，老表吴茂鑫来电了。他说家里套了一只野猪，过来尝尝鲜。金鑫顺便提到眼前的贵宾。那边老表说：“那好！一起来。吃完饭，就在家里住！”

金鑫开的是免提，陈总听到了，客家话易懂，赶紧感谢。

“来的都是客！生意成不成，先吃饭。走，一起去。”

金鑫带着贵宾，一起去了表哥的大山庄。

没想到，那边山庄还有另外的贵宾。

一进会客室，老表跟他的贵宾介绍：“这是我舅舅的孩子，别看他年纪比森森小，可森森喊他表叔。这是我们的金大哥！你呢，也应叫大哥。”

金鑫打量客人，那人的长相像《闯关东》里的潘五爷，眉间的“川”字纹很明显，让人粗看顿觉威严。他身穿苎麻休闲衣裤，左手把玩着一对光滑、肉红、透亮的核桃，看见这么小的老弟哈哈笑起来。他对身边的一个小伙子说：“真是英雄出少年！小金子，过来认个脸熟。他，也是你的叔。今后，他的事也是你的事！”

那人鞠了一个躬，喊一句：“叔，多关照！”

金鑫赶紧回了一个躬，说：“大哥，要不得！”

他的话引起大家一阵大笑。

金大哥说："别乱了辈分。你可直接使唤他小金子！我们都是为金子而活着。你看，我们姓金，你哥——茂鑫，你——金鑫，一个比一个厉害！哈哈哈！"

金鑫赶紧跟大家介绍身边的客人："这是陈总，湖南湘远集团董事长，他才是业界的年轻精英！"大家鼓掌欢迎。

刚才，陈总被眼前的山庄折服了；现在，又被热情的东道主感动了，也被那个金大哥震惊了——这个金融证券界高级别的退休人员，竟然会过来这里度假，可见这个山庄人家的实力。他虔诚地向大家鞠躬说："感谢大家关爱和提携！"之后他紧紧地拉着金鑫的手，生怕被眼前的气场掀翻。

在宴席开始之前，金鑫为了让今天的贵宾了解老表的公司及实力，在多媒体的会议室里，打开投影仪，陪客人观看了表哥的公司及这家公司的发展历程还有社会荣誉。

"真是业界翘楚！"陈总看后感慨赞叹不已，他说，"今天前来不虚此行！不虚此行！让我学习了！好吧，我们今天的谈判，我给兄弟最大的诚意，你报一个价，但必须保留10%的股权。当然我希望的是保留所有的平台和业务，还有人脉！"

金鑫想了一下说："这样的话，金鑫发展出价三个亿，保留一点五亿的股权！甜美时代打包两个亿，不留股权。"

陈总："OK，成交！另外，我会有五个点的内部股给你刚才的那个侄儿小金子！"

这是金鑫没想到的。

"条件是，他要担任我公司的顾问。"金鑫不明白，眼前的陈总踏破铁鞋无觅处，今天终于找到了他苦苦要找的关键人物——金老先生。

"好！这件事情就交给我！"金鑫开心地说，"我们去外面转一转。看一下我们山村的景色！"

他们来到宽敞的阳台上，看着美丽的霞光，山上的植被都披上了一层金色的粉彩，一半明，一半暗，把西山一带高低起伏的山脉映现出来，像极了笔架山。此时，山风习习，鸟鸣啾啾——好一派山里人家宁静祥和的景象！

“这里简直就是世外桃源！以后我要常来，定下这里的总统套间！”陈总此时，快活得像一个不谙世事的少年，肆意流露情感，这也表现了他最大的诚意。

“哈哈哈，这是私人的住宅，不是酒店哦！”刘总笑说。

“那，我也是你老表的老表！”陈总说完，两个小伙子开怀地大笑起来。

在宴会上，金鑫坐在金大哥的边上，他殷勤地给大家端茶倒水，递送餐巾。三句不离“大哥”的尊称，让老表吴茂鑫开怀大笑。

在恰当的时候，金鑫耳语金大哥讲述了今天贵宾前来的目的，以及新公司在做上市的准备，想聘请小金子做集团顾问。金大哥闻言更是开怀，把小金子唤来跟前，吩咐几句。

待到宴会高潮的时候，金鑫起身激动地向大家敬酒。

他说：“感谢我哥让我认识金大哥还有小金子。今天，我们两个‘90后’，趁着湘远集团收购金鑫发展和甜美时代的时机，我，承蒙陈总抬爱，担任公司CEO，同时聘请小金子，担任集团运营部首席顾问！”

大家热烈鼓掌。潘五爷一样的金大哥向他伸出了大拇指，点着头，微笑着赞叹说：“自古英雄出少年！你们，好样的！小金子，你可要好好跟他们学习！”

小金子端起酒杯说：“好！为祝我们湘远集团早日上市，我先干一杯！”小金子仰起脖子干了一杯。虽然满面红光，但酒量是不错的。他再举杯说：“这是敬我们陈总一杯！”又一杯。

“这是敬我弟的一杯！不不不，我叔一杯！”

大家又大笑，笑声洪亮、放纵、豪爽，久久在宴会厅里回荡。

那是开怀的笑声，是丰收的笑声，是暴富的笑声。每个人的笑声就像金子撒落在金缸里，叮叮当当，叮叮当当，清脆悦耳，让人着迷，令人陶醉。

公司收购十分顺利。金鑫发展比原计划多赚了一倍。

黄鹏夫妇拿到钱，简直不敢相信，同时为自己曾经的小肚鸡肠感到羞耻。金鑫开怀并提示说：“别以为就没事了，后面的工作还得请你们倾力帮忙！”

“我们，赴汤蹈火！”黄鹏拍胸脯，仿佛他为公司做出过很大的贡献一样。倒是一旁的周敏，激动的目光中仍饱含一丝的幽怨，但是她依旧信心满满。

张小磊则抓住金鑫的手说：“刘总，你救了我家！你，就是我家的恩人！”说罢，转身哽咽起来。一个大男人，当着大家的面痛哭，内心的酸楚必然很大。

金鑫赶紧搂住他的肩膀，拍着他的后背安慰说：“我会帮你查清楚，到底是谁在鲸吞你家的矿产！多给我一点时间，你要相信我！”

“老同学，谢谢你！我相信！”张小磊这段时期经历的是一场家庭劫难。之后，他花了股权换来的那笔款，把父亲从监狱里捞出来。出来后的父亲神志有些恍惚，但好歹一条性命总算被捡回来了。

接下来的公司运作，让金鑫大受启发。

湘远集团把金鑫发展和甜美时代两家公司的资产，都做了增资的申报。光这两家公司的市值都超过了十亿。新公司将在岭东和岭西买优惠的地皮及厂房，并设立了两家工厂——既解决了当地的就业，又抢占了本省的市场，还做大了公司，可谓一举三得。两个市里的领导因为这家湖南湘远集团公司的兼并、做大、做强，给当地的经济带来了巨大的收益，受到了省里的表彰。这使得湘远集团成了宠儿，各项政策一路绿灯。这又是刘金鑫没想到的。

由于金鑫发展被湘远集团收购，原来的加工厂运营就面临困境，金鑫干脆好事做到底，把原来的工厂重新包装一下，连厂房一起卖给了湘远集团。

这一下，湘远集团就像是国内日用品的航母，大风大浪已经对它没有什么撼动力了。

年轻的陈总十分老练地把舵，通过小金子，他很快拿到了上市的批文。而且，被评为优质公司，获得了两省的表彰和鼓励，同时也通过了证监会的评审。

湘远集团上市指日可待。

金鑫这次算是大开眼界了。从头到尾，他都参与了公司上市的准备工作，因为财务辅导已运作两年，不用从头再来，这让他轻松了许多。内部的一切计划安排都在陈总的家乡湖南进行。

很多次，他和小金子去陈总家的高尔夫球场挥杆。陈总的高尔夫球场建在一个山窝里。他说，这是受你表哥的启发，我租下了一个农场，租期为一百年。这个农场差点倒闭，是我湘远集团救活了这个农场。我也要学习茂鑫大哥，在乡下，总要有一个个人的桃花源。

不多久，财务制度的健全，旗下各个公司的运作都没什么大问题，小金子帮公司拿到了上市公司的金钥匙，就等着敲钟的那一刻了。

金鑫想到自己的山村，父母已经回到老家了。他们也把山脚下的那几块地都买下来了吧？那里零碎的几块地也就五六亩，可以衔接到山脚下自家的果园。把那一片围起来，可以建造像老表哥一样的私人住宅。里边的花园及游泳池他自己都设计好了。但这些，都不是他的人生目标。他的公司，已经在深圳的一栋高楼上建立了，位于能够鸟瞰深圳和香港的前海。同时，海外的公司也已经注册；人员及办公场所都已到位；前期的市场调查工作已经展开。此时，他清楚，目前自己的努力都在为他人作嫁衣。如果湘远集团真的上市，他也才持股十个百分点，就是市值达到两百个亿，他的身价只有二十个亿。

二十个亿，离他的目标有点远。所以，他得另起炉灶。真正赚钱的公司还刚发芽，生长，至于会不会开花结果，那要看自己的努力和造化。

以前，在工作的空余时间，他凭借第一桶金，私下在深圳开了一家网络公司。这家网络公司备用。近年，在国外的几次聚会中，他认识的几个在外工作的博士，都聊得来。其中，一个在澳大利亚做学问的蒋清女士抽空过来参观了他的公司，被他的创业精神以及先进的经营模式和理念所折服。他们细聊时，发现两个人的三观相同，相见恨晚。两人几乎到了谈婚论嫁的地步。金鑫当即想，这个女孩将是自己的终身伴侣吧？她是理想中的海外博士，跨国公司的高管。将来生下的孩子，也一定是高智商的孩子，能够方方面面都出类拔萃，就像大堂哥金博和他儿子一样，留学国外，在某个领域做领头羊。

湘远集团上市很顺利。一上市，股票从十二元，飙升到三十五元，市值一下子达到了三百个亿——

又一个百亿富翁又诞生了！

有几个十亿富翁又跟着诞生了！

又几十个亿元富翁诞生了！

这真是一个充满奇迹的时代，一个蕴财造富的社会！

普通人看到这些数据都目瞪口呆或者感叹唏嘘；天上的神仙也看不懂这人间的聚宝盆、掘金机、造币厂。深圳，二十万一平方米的房子算什么？上海，上亿一套的豪宅算什么？北京，几亿一套的四合院算什么？在这些富豪们看来，买房子就像买白菜一样，轻松随意。

比较起来，街上那些忙忙碌碌，土地上辛辛苦苦的劳作人员，他们真是拮据得可怜。他们的收入也就是一年几万元，除了日常开支及教育开支，积蓄不了多少。如果来一场大病，所有的血汗钱就见底了！所以低收入的百姓，也害怕生病。

刘金鑫现在的身价不一样了，但他没有满足。这点钱，他怎么可能满足呢？不知从何起，他的内心变得膨胀起来了，浩瀚空荡起来了，需要无数的金钱才能填满，让他有吃饱的感觉。他得为自己的未来出谋划策了。

各项工作进展顺利后，他抽空跟陈董事长讲了自己离职的想法。

陈总一听很支持，久久地握着他的手说“我等着你的好消息。到时，我也来投资！”

看起来，天下财富就是他们这些敢于幻想和构想，敢于编造和创造，敢于行动和联动，敢于冲浪和拼搏的年轻人的了！

九

郭天美及刘洁民没有想到，这一辈子能见到这么多的钱。

这一年来，公司的开销大，收支一段时间都是持平。正在她考虑缩小规模的时候，儿子将她的公司打包出去，稍微做大了财务报表，多交了一些税费，让她心痛了一阵子。但她怎么懂得儿子的用心。不久，儿子就陪同外省的一个老板前来考察公司，最终卖了一个天价——两个亿。两个亿是什么概念？2 的后面多少个零？这两个高中生，扳着手指都很难数清楚。如果取出来，得要装多少车？如果用钱币搭一张床，每天睡在钱上，闻着芳香的钱币，两个乡下人，会无法入睡的。

一连数天，这个数字让这对夫妻几夜没睡好觉。

有一天，郭天美说："洁民，有了这些钱，你可以再讨一房黄花闺女了！"

刘洁民说："你是不是想念健身房的教练才说出这样的话！"

之前她与几个姐妹去健身，已经让他郁闷多时。现在，钱刚到账，就开始说这样的话，先把球踢给他。真的，现实生活里，有了钱，思想就会作怪，就会禁不住诱惑。说好听一点就是——提高爱情的质量，幸福的指数。

刘洁民的话伤害了郭天美，她淌着眼泪说："洁民，你怎么可以这样说！你这没良心的，我一辈子跟你受尽了苦。现在日子好了，你却来伤害我！"

女人制胜的法宝往往是眼泪。看到糟糠发妻这个样子，刘洁民竟然害怕了。他赶紧说：“对不起，天美！如果我说错了，你就说我吧，揭我的短吧！”

话这样说。这个人有什么短呢？没有上进心、胆小、怕事、容易满足。那次公司被群众拉条幅声讨时，他害怕得不敢站出来应对，躲得远远的。不过，他也算是机灵，自己没办法，晓得去找人。郭天美从里边出来后，这个人一直要求她尽快关闭这家公司，到乡下去过以前的平静生活。可她怎么可能轻易放弃呢？万事开头难，她都开了一个好头，怎会前功尽弃。而且，通过那一件事，她的胆量更加大了起来——公安局的警察们，都对她客气友好，她觉得儿子的靠山很给力。就是最后的真正罪犯，搭档马丽华，也没有受到虐待。过了两年，也出来了。马丽华照样光鲜，照样地过日子。

马丽华私下告诉她：“我早就留了一手——把财产转移到了其他地方。”她甚至与丈夫暗地里离了婚。她一个人，就剩下一条烂命，没有什么可怕的。所以，她赚的钱，肯定比她供出的还多得多。马丽华的那些假保健品，很好用来哄骗那些老人家。换作她，她可不敢这样做。郭天美看着这个胆大的副总，既好气又好笑。

为了这个家，她已经是不容易了。现在，老公还把她往坏处想，真是没良心！她伸手打了这个负心汉，打在他的肩膀上，出出气。刘洁民咧嘴乐呵呵地傻笑，两口子就算和解了。

他们这一代人，就是这样，床头吵架床尾和。不像现代的年轻人，今天结婚，明天就敢去离婚，全不把爱情、婚姻和家庭当一回事。

不过，面对这样的巨款，两口子还得花心思怎么存怎么用。在市里的别墅区，他们已经买好了一栋精装别墅。当时觉得乡下的楼房太土气了，还是城里的别墅有样子，也就出手买了。但是，儿子希望他们回去跟邻居置换山脚下的几亩田地，想盖一栋像茂鑫外甥家那样的大别墅——那得花多少钱啊？！

他俩犹豫不决。直到儿子说他出钱，两个人便勉强同意了。

然而不久，这对夫妻口袋里的钱还没有焐热，儿子就来拜访父母了。儿子说：“我在深圳的金鑫环华公司已经启动了，目前到处都要花钱。你们的两个亿，先借来用一下。”

就这样，郭天美一家人去了银行，在行长的陪同下，不甘心、不情愿地把款划到了儿子公司的名下。虽然儿子当场拍胸脯对父母说：“你们是投资人，几年后，我给你们的回报最少是十倍。十倍哈！”郭天美夫妇还是心惊胆战，不过，想到这些钱是后面陈总并购获得的，他们的内心就不会那么纠结和心疼。但是，此刻，他们的心情就像年后的孩子，手里的压岁钱都没有摸够，就被父母说了一堆理由，无奈交出来。又得到了另外的承诺——届时会给你更多。

想到儿子的承诺，几倍？十倍的回报！那个巨大的数字，让这对夫妇半天都喘不过气来。再听到儿子窃窃私语对他们摆出的庞大计划，两口子十分震惊——这个计划得花多少钱啊？！

两口子替儿子担心着，但儿子的忙，是一定要帮的。何况，再想想这钱也是儿子帮自己赚来的。

汇走了款，两人似乎一身轻了。

几天前，他们还在讨论放在哪家银行一个月能够拿多少利息，一年能够有多少收入。现在，全被儿子拿走了！

他们在城市里待得无趣，想到家中的老人便赶紧回去。另外，他俩还有一个任务，就是把儿子想要的山脚下那块田地置换下来。

真的，人一旦有钱了，就会有更高的要求。你看，茂鑫的别墅那得花多少钱啊？听说花了几个亿！几个亿，放在银行里，一年利息都六七百万，等于一天两万的收入。要她来选择，她情愿住乡下小楼或者茅棚，又不是没有住过。儿时，家里人多，房子小，有时猪圈里的猪卖了，新的猪仔没买回来，便清洁一下，撒了石灰，放了门板和稻草，照样很好睡。老公一家也好不到哪里，一个大家庭，就两间屋子，一间屋子铺排床。冬天，稻草铺在床板上，就是最好的保暖床了。那时的日子，现在回头来看，怎么也不敢想会有今天的好日子——摩托、小车没地方放了；楼房，家家都有；席梦思、电热毯、空调还有太阳能都普及到乡下了，哪家还用稻草铺床呢？

从岭东的娘家回到岭西的莲花镇，也就是一个半小时的高速公路。现在的交通很方便了。那年出嫁到这里，借来的农用车子，翻山越岭的，从早上八点出门，到下午一点前赶到家。泥巴路、砂石路、柏油路，再到砂石路、泥巴路，弯弯曲曲，沟沟坎坎，摇摇晃晃，就像父辈们的人生一样——崎岖坎坷。现在，国家强大了，人民的日子有了翻天覆地的变化。不要说上一代人，更不用说世纪老人，他们这两口子就是当代社会发展的见证人！

下了高速，便是一条干净的绿化带，两边盛开着各色的花朵。田野还是昔日的田野，但是在新路新房的映衬下，就像手机画面里的瑞士小镇。

天，是蓝色的；云，是白色的；地，是绿色的。到处是鸟语花香，每个人的脸上都是平和及幸福的神色，甚至有的脸色酡红像喝了酒一样。哪像三四十几年前，大家的温饱都没解决。

想到过去，坐在副驾驶室的郭天美，感慨万千。她看着车窗外面的景象，说：“不敢想象啊！当年怎么也不敢想到今天，老百姓的日子会有这么好。你想到了吗？老公。”

刘洁民开着车，说：“我当时在东莞打工，最大的愿望是，买一辆手扶拖拉机——农忙时可以耕田，农闲时可以拉货。那突突突的声音，让我陶醉，也总在我的梦中响着。现在，你看我的车子，一个轮子就可以买一辆拖拉机了。当初我能想到今天能开上小车吗？驾驶自家的小车，行驶在这样的乡村道路上，家里住的是楼房。一千多年前，杜甫的愿望，今天实现了——已得广厦千万间，广大民众俱欢颜！”刘洁民想起了读书时期学的杜甫的诗篇，也感慨起来了。他家的车子已经换上了一辆奥迪 Q7，一百多万，村民们又对他们刮目相看了。

刘洁民不敢想能有今天。就是眼前的郭天美，野心更大的女人，也不敢去想能有今天。她说：“儿时，猪出栏的时候，都是卖了猪，一分钱都不见，猪肉也只能吃到几块。我那时，最大的梦想是在乡下盖起两层的小楼，不再住漏雨的泥砖瓦房。然后，每年能够养大两头肥猪，冬天杀了，卖掉一头，另外一头腌起来。在自家的阳台上，排满一排一排的腌腊肉，让我们的老人和孩子可以从大年初一吃到年终！”

“当然，我还想要围巾和大衣，像城里人一样，把脖子围得严严实实的。冬天下大雪，也不怕冷了。”看来，身边的女孩子在冬天没少挨冻。

刘洁民对眼前的老婆，萌生出了初恋的情感。他当初追求她，是看到了她骨子里那种不畏惧、不退缩的精气神。否则依照家长的嘱咐，与本地女孩子结婚，省下了许多麻烦。但他爱这个女人，他怎么可能舍弃？当初在东莞打工，莲花镇里的许多漂亮姑娘经常在星期天与同乡的男孩子走在一起。一些女孩子的态度，明眼人是看得出来的。他知道有一个自己的同班同学喜欢自己，但是她太优秀了，觉得配不上，就掐灭了内心的火苗。这是他个人心里的秘密，这个秘密对谁都没谈过，包括眼前这个老婆。有时，她总是缠着他，要他坦白心里有没有别的女孩，或者有没有别的女孩子喜欢他。他一直都在否认。他清楚，女人都是爱吃醋的。承认了一个，她会怀疑有第二个，还有第三个，没完没了地追问，会烦死人！况且，当年他就是真的与别的女孩子谈过恋爱，也没什么。他们那一代人谈恋爱，连手都不敢牵，更不用说亲嘴上床了。他们那个年代，每个没结婚的男女，都洁身自好。

这样说来，他今年送给她的礼物就应是一件保温又漂亮的冬天外套，附加一条好看的围巾。外套的颜色得是宝蓝色的，围巾是雪白色的——这是对她爱的表示。

拐上 323 国道，碰见了结婚的车队。

车队浩浩荡荡的，前面是一部红色的法拉利，后面是一排奔驰与宝马。这个金秋十月，是哪家在嫁娶？以前，他们男方的彩礼是一担稻谷、一头肥猪，还有几笼鸡鸭，都涂了红颜色，抬到女方的家里。最大的嫁妆是彩电和三用机。哪像现在，房子（乡下的土楼房除外）、车子、票子十万到二十万不等，都要准备好，最后新娘子浑身是金银珠宝。不要说势利，那是女方看男方家的实力和态度——人家一个女孩子嫁过来，男方当然要有诚意和决心。你看，路过的这一个结婚车队，如果是租赁过来的，光租赁费都要上万一天了。后面还有婚纱摄影队跟着，拍电影一样。眼下结一次婚，真的不是往年可以比的。

想到以前他俩结婚，郭天美说："那时，你可赚了！我家没要你多少彩礼！你家的那礼金九千九百九十块，最后还做了我们的压箱钱！我爸爸妈妈全给了我们！"

刘洁民听了这话，想起曾经的两千五百块是他加入大美业务的资金，花了他半年的工资！如果没有得到她，就亏大了！就笑说："记得吗？你还欠我两千五百块钱呢？"说罢，刘洁民大笑。"但是，也真的应了乡下男子的那句——我的是你的，你的也是我的！你还要包做饭、洗衣和生孩子！"刘洁民坏笑着补充说。

郭天美一听，伸手要打他。要不是他在开车，真的要挨打了。

婚车队通过后，郭天美的心口忽然痛起来——儿子三十出头了，该结婚了！当初说成功了就结婚。现在公司做起来了，还打包卖掉了，又预留了股份，让他成为亿万资产的老板。怎么还不满足呢？还要在深圳开公司，还要把公司开遍全国、全球？！

他的想法是好的——整合百姓的菜篮子，让菜农和牧民都受益，让广大民众都放心！但这样做，投资要多大？而且，无形之下就伤害了现在的许多商贩。

不过，现代的年轻人，不是你可以看透和理解的。他们那身体里的胆子，好像比天还大！什么都敢想，还敢做！

你看，两个亿，轻轻松松就从他们的账上转走了。昨天，那个行长心里难受了一阵子。儿子当时安慰他说：“我会在第一时间把款存入你的银行！”

看到他手机里湘远集团的持股，那个行长紧紧握着他的手说：“刘总，一定要记得哈！我相信你！相信你！”

儿子对于婚姻似乎不急。好在前些日子，他终于把对象带回了家。大家去年见过，一个北京的留洋博士，举止文雅，能说会道。这对夫妻十分满意。这个未来儿媳的智商，怕是儿子比不上她。这样的女孩子，懂得几个国家的语言，去过多个国家，交过各色各样的朋友。现在在澳大利亚担任一家跨国公司的办公室主任，出差坐飞机就像搭的士一样，做的生意都是以几亿几十亿美金来结算。她似乎能玩转地球！但是，这个女强人并非不拿正眼来看人，她眼睛里边隐藏的光芒，既是智慧，也是心机。那张嘴，随随便便就能把你镇住或者把你哄得开心、说得糊涂。

在这对夫妇看来，这个精明的女孩，对于他们一家来说，是个可怕的人精——被她卖了都要帮她数钱。但是儿子已经下了决心要把自家农民的血液及骨髓都彻底更换一下，好让将来的子孙，个个都是这个地球上的龙凤！他们对这样的想法，当然开心接受。但是，过于拔尖往往很难把控。

对于未来的儿媳，郭天美与泥匠都不敢发表意见，只能用做家长的最大热诚来欢迎她接待她尊敬她。但是，转身，郭天美很快从儿子的嘴里得知，未来的儿媳说：“你的妈妈，似乎对我心存芥蒂！”

那是个会读心的女人——多可怕！

其实，在他们两口子看来，儿媳能够生几个孩子，能够教育孩子上大学，懂得忠孝礼义廉耻，就可以了。大富大贵，往往伴生着大灾大难。

儿子喜欢，做父母的谁还会干涉？他们都希望儿子早日结婚，早日生子。他们等着抱孙子。左右看看，与金鑫同年的那些人都已结婚生子，有的孩子都上小学了。现在，金鑫被叫作剩男或钻石王老五了！

有时，村民们的议论，也是尖酸的：“你看，屋里没人，再有钱也没用！”

村子里有几个五保户，没有子孙，一个人住在养老院，像住监狱一样不习惯。回到家，一个人，冷冷清清的、凄凄凉凉的，炊烟很少从屋顶冒出来。大家都看得见。有时候乡下的传统思想观念是没错的——有了人，才有一切。

从县道拐向村道，远远的，北边的山岚是那样地熟悉，莲花状的，一瓣一瓣把蓝天围拢起来，他们驶向莲花瓣的深处。

回到这里，就像进了家院，连空气都感到亲切。

刘洁民心里的感觉就这样，身边的郭天美也应该是这样吧——都说嫁鸡随鸡嫁狗随狗，金窝银窝不如自家的狗窝！

两口子回到村子里，他们的车子在村民的眼光中过滤一下，狐疑良久。待他们来到自家的家院，停车，开门。

有的村民高喊一声：“哎呀，发财了！洁民！”

有的不屑地低声嘟哝：“这一对传销骗子，满载而归了！”

“你也去搞传销啊！乌龟一样缩在洞里！”那个说传销骗子的被他的家人大声训斥。但那训斥的话语，故意说给他们夫妻听的，拐弯伤害着这对夫妇。

人就是这样，在你苦难时，可以伸出手来帮助你；在你失落的时候，可以过来安慰你；当看见你飞黄腾达了，觉得你的命里不该享受那样的荣华富贵，就离你远了，渐然生疏甚至渐生仇恨了！这是当今社会大众的仇富心理吧。也是，你发了财，最好搬得远远的。看不见，心不乱，村民们心里就平衡了。在村民们看来，这个社会，除了实体工厂，其他无非就是垄断、权力交易和传销行骗才可能发财。这对夫妻发的财，肯定归属于不义之财之类！

放在平时，刘洁民夫妇会很愤怒，可自从他们见过了世面，闯荡过江湖，获得了巨大的财富后，已经是波澜不惊了——你不理我，我也不睬你！我不欠你的，与任何人都平起平坐，何必跟你解释我的车子和票子的来源呢。

刚进家门，郭天美马上换上围裙，在自家小楼搞卫生。刘洁民则提了大包小包到隔壁的父母亲家院里，去看看老父老母。

这两个老人，一个还在编竹篮，一个半躺在椅子上打盹。三嫂在厨房里做饭，探头望向橱窗，看见小叔子回来，一脸欢喜地说：“洁民回来了！”

“回来了！嫂子，辛苦你了！”这家四兄弟，一家伺候老人三个月，现在正轮到三嫂。轮到洁民家的时候，他请三嫂过来帮忙。他出钱，私下请三嫂保密，连生活费一起，开到了两万。三嫂十分乐意帮这个忙，直夸这个小叔能干又有孝心。听别人讲，他们这两年在外面发了大财。现在，大老板回家了，哪能不高兴呢？自家的能人！

金鑫有空也回来看望爷爷奶奶，他私下塞给三伯母的钱也多，也叫她保密，有需求就开口。这个三嫂需求多，儿子在单位上做公务员，清汤寡水的。前几年在县城买了房子，欠了一屁股债——三哥三嫂两个人的棺材本都掏干净了。但乡下人有自己的原则，不是救急，一般不会轻易开口的，哪怕是亲兄弟之间。

刘洁民夫妇回到村子里，照旧邀请村民或发小们来喝酒聊天。适当的时候，提到了那山脚下的几块田。依照过去，那是很小的一件事——那不是优质水田，是几块豆腐块一样的瘦田，很容易谈妥的。但让这对夫妇想不到的是，五家人有三家不愿意出售或者置换。那几家人的心里很清楚——买者就是想整合起来做大用！你有钱，就花钱向政府购买吧。这些田地是个人的合法良田旱土，荒废长草都是个人的。因此，这次收购没有得到预想的结果。

刘洁民站在自家的果园里，看见山脚下的那七八块旱地，心里涌起一阵莫名的滋味。扪心自问，自己没有做哪件事对不起村民吧？有两家的楼房，还是他设计和建造的。有的家庭困难，购买材料还是他先垫资的。人心隔肚皮，看不清里边的蛇怪。

“唉，这个金鑫，怎么老是想着新鲜气派，翅膀没硬，就学老表茂鑫的做派？！”刘洁民叹息道。

得空，他也学儿子以前一样，沿着树林中的崎岖小路，爬上村背的山顶。他站在山顶上，放眼四周，前面一片开阔的机场，再往南是莲花底座的镇中心，一条两岸长满浓绿竹丛桃花江，穿镇而过下汇虔江。以前的商贸都在水边，因此每个码头都成了今日的乡镇中心。对面莲花瓣状的山岚，也像这边的山峦一样，像几个莲花花瓣，正南边是莲花镇明珠村。那个村子的人都姓黄，那边的轮值村主任黄才福是与他一起闯广东的好兄弟。现在因为村子里的建设，差点把自家的养猪场都垫了进去。他是一个富有公心的大善人，现在，什么职位也没有了。为了养活自己，在自家水田里饲养中华鲟。

莲花镇三面的山都郁郁葱葱，听说，20世纪“大跃进”炼钢之前，莲花镇的山上，到处都是参天古木，自从炼钢之后，全成了荒山。直到21世纪初，退耕还林的政策出台，荒山才呈现绿色。但是东边的平墩村，因为把自家的山脉租给了村民，结果又成为荒山，村民们连喝水都成了问题——要花钱购买镇上的自来水生活。村民们很无奈，知道这个承包者的心很铁，靠山又很大，大家只在背后发发牢骚，接受了现实。有的人为了钱，已经置亲情于不顾了。这个社会变得很陌生，就像他与村民们一样，变得很陌生。

时值秋高气爽，天空似乎更蓝更高更远，人的胸怀一下子就打开了。他看到了村子里的小学母校，那简陋得只剩下低矮的教室已经成了养牛场。现在村里小学都撤销了，并到了镇上的中心小学。他们曾经在那里奔跑、嬉闹，学习了五年。

想到了童年，想到了他冬天穿着破烂布鞋，一双脚冻得通红，但那时不怕寒冷。只要过年杀猪声响起来，每个儿童的内心的烦恼云消雾散。那时，大家组合成生产队，父母、哥哥姐姐每日在田地里劳作，他们这些孩子放牛积肥，也能够挣工分。另外，他还要赶鸭放鹅，拔猪草，上山砍柴，竭尽全力为家劳作挣工分。每到青黄不接的季节，只能把灰堆里的红薯翻出来，混上米饭过日子。

儿时的老村子，显得格外破旧和低矮。最高的是宗祠，那青砖到顶的祠堂，出挑的屋檐，有两层楼那么高，很远都可以看得见。现在自己成了孤零零的一个小老头子，蜷缩在村民们的高楼之间。幸好，周边的几棵老树还在努力地撑着一片绿冠，展示出一如既往的、顽强的生命力。

他小学毕业，升学到镇上。刘洁民在家没有二哥、三哥有读书的天赋，也通过自己的努力，考上了高中，成了村里老人嘴里的秀才。但在20世纪90年代之前，大学是不容易考取的——那么多的考生，他们普通中学，录取率只有2%，他怎么可能考上？

毕业时，老师对他们说："农村也有广阔的天地！"他便心不甘情不愿地走向了广阔的农村新天地。这个新天地，却并没有给他带来新希望。每日面朝黄土背朝天，换来的只是低廉的几担谷子，合算起来，一天的工钱就几块钱。好在时值国家改革开放，沿海的工厂给了他们这代人一条新路子，他们来到沿海城市，找到了一份工作，还找到了家里那个叫郭天美的妻子、老婆、爱人——当今的岭东市优秀的民营企业家、慈善家。

视野移回跟前，村子周边的田野里，冷冷清清的，看不见几个忙农活的人。三十年前，一分开单干，每块田里都是忙碌的村民，大人小孩都是劳力，全是社员。现在，很多人家都迁到城里去了，有的人家还迁到了加拿大、澳大利亚或美国。村子里的楼房多但是人少了许多。平日里，就剩下孤寡老人和小孩。现在，几乎都成了空心村了。

当年，从校园走向社会的时候，内心也总是想，到哪天我发迹了，我也到城里生活——每天上班八小时；早早吃了晚饭，洗了澡；经常带一家人去电影院看电影。这是他理想的生活状态。只有做了城里人，自己的子孙吃上国家粮，才能摆脱苦难和贫穷。但这个梦想没等实现就废除了国家粮的分配制度。他也依然没有成为城里人，实现自己的理想。眼下，他完全可以成为城里人，甚至一线城市的城里人，但是城里已经没有诱惑力了。他还是觉得自己的故土亲切，自己的父母在哪里，家就在哪里。即使外面有房子，有公司，有事业，年节还得回到父母的身边，家就在这里！这里是他出生长大的地方。根也在这里！每座山、每棵树、每条路都与他的血肉、他的灵魂休戚相关。即使人走得再远，心都离不开这片生他养他的土地。

这样的情感多次出现，让他怀疑自己是不是老了。可是自己才五十出头啊！现时代，还有许多五十多的做新郎。那个香港的明星老汉，七八十岁都带女朋友。真的，男子汉不轻易言老！

当然，他的骨子里还是老实本分的。即使郭天美把一张千万元的卡交给他，他也没有动那喜新厌旧的花花肠子。相反，他也赞同儿子的计划，在村子里建一栋像样的楼房，把自己的根深深扎在故土上。那楼房，就像树立了一面家族的旌旗，迎风飘扬。这是作为一个男人的骄傲。他可不像发小刘洁华，发了财，跑到加拿大去，在别人的家乡工作、生活、老去。

……

现在，他的需求就试出了村民们的心态与胸怀。

老婆是外地的婆娘，那天她听到这样的结果，既悲伤又失望。在任何人看来，用更好的水田置换那几块旱地，应该没问题。但是，竟然有人不愿意。村民们想的是——你家不能处处占风水、放光彩、发财！

刘洁民坐在山顶上，想到旱地的事，心里没有郭天美的不快。他想，办法是有的。而且，好地方有的是。他只是担心目前儿子的计划过于庞大，扔下去的钱，会不会打水漂。他得把建造楼房的钱好好地保留着，万一他失败了，还有生活保障。

他下了山。时间还早，便在村子里闲步四逛。看见以前的老支书青山大伯，拄着拐杖，依旧努力地一步一步挪行，似乎在与死神抗争。

老支书与他父亲同年，九十多岁了，四个儿子，洁富、洁强、洁中、洁华都去了加拿大。请他过去，他死都不肯，说要死在自己祖宗的山上。他经常嘴里叨念着——人有多大胆，地有多大产！听父亲讲，“大跃进”时期，他是大队书记。他“放卫星”，一亩五万斤的产量就是他出的点子：用竹搭隔空，上面倒满金色的谷子，一堆一堆，像一座一座小山一样。来参观的领导十分开心，对这个富有魄力的大队书记竖起大拇指。那个拇指让大队部的粮食都交空了，饿死了村里一半的老人和强劳力者。

他现在精神恍惚，不知是在留念以前的年代，还是在忏悔当年的愚蠢，嘴里不停地唠叨——人有多大胆，地有多大产！

或者，也是在赞扬自己的四个儿子，用男人的智慧和胆气，做生意敢做到国外，把家也安在了国外。在国外，外国人的票子，一张抵得我们的人民币几张。目前，老支书一个人住一栋小楼。这栋小楼是十年前，他儿孙给他建的，屋顶是尖顶，盖了红色的琉璃瓦，几对罗马柱很霸气，也很时尚。这栋洋楼，让老支书再现当年的意气风发。他走路的神态、脸上的神色，依旧像当年一样——无限风光，十足霸气。

他努力地拄着拐杖，艰难地前行，每一天都要在村子里转一圈。或者在留念村子里的每一条道路，每一片房瓦，每一棵大树，每一脉山峰。即使儿孙给他请了护工，他也不需要别人搀扶。遇见村民，努力地呼吸着，眼睛像金鱼一样往外鼓，里边全是骄傲、满足与强悍。

看见他，刘洁民喊他一句：“大叔，你出来走走啊！”

青山大叔听见响声，看见来人，理直气壮地，声音饱满但又含含糊糊地说了一句：“人有多大胆，地有多大产！”

等老人看清楚人，竖起了一个大拇指，向着跟他说话的人。这个动作，是当时领导来参观大队的丰收时期，自己得来的褒奖。他头脑清醒的时候，在村民面前，指着自己的脑袋自嘲笑说：“嗐！那个时候，人，没脑子！里边，就是一坨狗屎！”

不过，老人后来总结出来一个道理：一个人来到世上，就要胆大——敢做敢闯，就有发财之日。他的儿子、孙子就是最好的证明。

每日，这个青山老人就这样在与死神搏斗着，耗尽最后一滴血。正如他自己说的——过一日就赚着一日。

以前，刘洁民对这些老人熟视无睹，现在看见了内心感叹万分。再数一数村子里七十以上的孤寡老人，竟然也有二三十人。他忽然想，如果让老人们不用为一日三餐操劳，也是一件功德事。这样算来，不用花费多少钱。至于吃饭的地方，当然是村中央的大队部。那里宽敞明亮，有一个盖了大棚的娱乐场所，是村子里的活动中心。往日里，全村的老人、闲人全在那里聚会打牌、聊天、晒太阳。

他回到家，顺嘴把这事跟郭天美商量，郭天美说：“罢了！罢了！你现在，就是解放前的地主资本家！大家都希望再来一次土改，把你打翻在地，斗争到底！”

刘洁民听了哈哈大笑，说：“现在开明的人多。我们的国家，不可能走历史的倒路！”

“我不是在跟你说笑，办不得老人食堂。村子里，不是只有你富裕！另外，老人的身体各有不同，吃坏了身体，你就活生生多捡了几十个爹娘。不是我们小气，而是——现在的人心，全变样了！”

郭天美这样一说，吓出他一身冷汗——的确，现在有的人，能讹一次就是一次。就像村子里的懒汉瘟神刘金石一样，经常在镇街上或在国道边行走，抓住时机，忽然倒在路过的车子旁。这个胆大的人，他住过几次医院，为了讹人，差点把命都送了。他那瘟神名声，坏了整个村、整个莲花镇。本地人，不管是邻村还是本村人，认识他的，远远地避开他。实在避让不了，就干脆停下车子，把手机的拍摄功能打开，让他先过。儿子金鑫就上了一次当，花了万元才消灾。刘金石的脸皮已经厚了，韧了，死了，看他那神态，就像丐帮帮主一样，骄傲地、流氓般地看着被吓到的来人哈哈大笑。一个四五十岁的男人，混成这样，还以此为荣，真不受人待见。

所以，仔细一想，人心隔肚皮，还是老成低调一点好。刘洁民打消了这一桩大善功德。再说，自己的老父老母都没有悉心照看，他心里愧疚得很。他想，现在空闲在家，得多陪陪老父老母。

新地基不能置换，刘洁民两口子暂时放下建房子的念想。他们准备把现住的院子和楼房修整一番。大城市的别墅，款式新颖，外观漂亮。庭院的绿化是设计师打造的，泥匠刘洁民自从买了岭东市的别墅，也看出了一些门道。眼前的楼房，层数不多，前院不大，依旧可以修整一番，换个样式。

他打量自家的院子，脑子里一边在计划：先把院门扩大更换，做个造型，两边砌一对罗马柱，顶上安两盏路灯；那不锈钢焕白的门，换成铁艺镀金门，上面焊接缠枝花卉，彰显艺术内涵；院子里的路面，水泥块全部铲除，铺上天然的鹅卵石；院角也像金鑫在爷爷院子里打造的一样，做一个茶棚子，全部用玻璃做顶和墙；里边安装空调，放满花卉，一年四季都是春天；院子的果树，原先用水泥围的护栏，也全部打掉，改用鹅卵石镶嵌再外搭木架子；楼房的外墙瓷砖，已经老化过时，一楼改用仿石砖，二楼用石粉喷涂，做出粗细相间的阴阳立体线条；地面的屋角、墙角安装太阳能的射灯，就是一栋美观的有档次和品位的乡间别墅了！最主要的同时最关键的是把所有的窗子都拓宽，换掉，换成全落地的大窗，再配上高档的窗帘，乡村的小洋楼就脱胎换骨了。

这样的构想设计让泥匠夫妇自我陶醉。两口子一时兴起，趁热打铁，便择日重操旧业。

两个人重操旧业，干得热火朝天、不亦乐乎。以前是为了挣钱而劳，现在是为了美巢而做，目的不一样，心境也不一样。因此，做起来没有之前那么劳累。

虽然此时他们放弃了正在经营的公司，但那些跟他们赚钱了的兄弟姐妹及亲戚，电话不断，微信不停。问候的，要来拜访的，让这对夫妻应接不暇。真的应了那句话——“穷在闹市无人问，富在深山有远亲”！

现在，湘远集团已经接管了全部，中层以上干部也都更换掉了。那些原先的骨干，不免念及以前的东家，一如既往地关心和牵挂他们，这也让郭天美深受感动。有时，郭天美一边帮泥匠打下手，一边不停地接电话、回微信。她不厌其烦地夸奖与鼓励电话那边的人，仿佛她依旧是他们的总经理。当然，这一对夫妇清楚，自己的团队不要轻易放弃，而且儿子那边也多次交代他们，团队是很难培养的——有时，老板换了，团队还能让你东山再起。

这样的活计，停停顿顿，很不顺利。泥匠干脆停下手里的活说：“我们还是雇别人来做吧。这样下去，猴年马月才可以整修完？”

郭天美发愣地站在原地，手里还拿着砖块。电话里的人，在她的帮助下，又一次解决了碰到的难题。

“也是。包给别人来做吧！”郭天美同意了。但两个人想不到包给哪个师傅来做。乡下搞装修的师傅见识少，很难领会他们的意图。

就这样，做做停停，光是做一个院门就花了一个礼拜。当他们看到了效果，就又兴味盎然、信心百倍。

大门刚改好，深圳那边的儿子就打电话来了，说未过门的儿媳妇在国庆节要回家举办婚礼。这对夫妇接到电话，高兴之余又有些担心——她是不是分家产来了？儿子拿走的可是两个亿，他自己手里就不止两个亿！多精明的女人，好像闻到了他家的钱香。

但是，不管怎么样，儿子的婚是要结的。只要能生育自己的亲骨肉，都欢迎！所以，第一件重要的事，就是赶紧整理院子，再把二楼装修一下，给儿子当作婚房用。在乡下，儿媳结婚不进家门是不算数的。

这对夫妇要精心操办一场。于是拿出纸和笔，好好地计划一下。

做工作计划，已经成为这对夫妇的好习惯了。

所有的家电，全换新的；连地板都用最好的实木地板——高档地板人走在上面舒适，冬天也暖和；窗子，换了双层隔音防爆大玻璃到地面的；窗帘也老土了，当初都是买的便宜货；家具，也全换成高档实木的——黑酸枝或者越南黄花梨的；吊灯，也换成水晶加翡翠的；卧室或厨房里的家具，均换成台升集团的高档家具系列。这个家具界的航母，生产的餐桌、碗碟柜、橱柜、雪橇床、宫廷床都富丽堂皇、美观典雅。前些日子，岭东市的别墅放满了那样的家具，他们置换起来就得心应手了。

以前，看到家具城里的高档家具，想都不敢想；现在，口袋里有了钱，想法就不一样。而且，毫不犹豫，出手就买台升家具国际大品牌。

楼房的装修，还是花钱，请工！

刘洁民给儿子拨打电话，问他有没有搞装修的熟人。儿子说稍等一下。没几分钟，手机又来一个电话，是当地号码。他一接听，就明白儿子把县城最好的装修师傅请过来了。

一个小时后，城里的工程师开车过来了。

雇主刘洁民将计划一一告诉了工程师。这个总包也是做过大装修的，一听就懂，一点就明。

为了赶工期，刘洁民计划这次大方地实行提前完工的奖励制度。

总工程师听了开怀大笑。他说："刘总家的事，就是我的事！提什么奖金。"

于是，第二天就有一班人马过来，后面的货车装满了各类材料。继而，搅拌机声、锯木声、电钉声，全响了起来。

这对夫妻暂时搬到父母家的院子里，住在了金鑫的玻璃茶室里。

老父亲问儿子："你那边怎么回事？翻新屋子？"

"金鑫要结婚！国庆节回来。"儿子大声地贴着父亲的耳朵说话。

听到孙子要结婚，老篾匠脸上马上露出了笑容，欢喜地说："好，好，好！要抓紧，离国庆节只有一个多月了！”

老父亲每天都在编织他的竹篮子。他能编出各种形状的——蚌状的、鲤鱼形的、南瓜类的、寿桃样的、纺锤体的、海螺样的，活灵活现，而且实用美观。老母亲曾对他说，解放那年，上圩镇买东西，就是看中了父亲的各类花篮子，还有他那个人。往高处看一眼，也是聪明的手艺人。母亲说一个人有手艺，就不会饿死人。

后来在人民公社大集体，父亲为生产队编织了各类箩筐，竹搭、簸箕、簸筛。分开单干后，也能在市场上卖点钱。一辈子就这样，养大了一家子。现在，九十多了，还在编织，享受着他乐观豁达、积极向上的余暮生活。所以，眼前的老父亲能长寿。

城里的师傅有团队，不像乡下的泥匠，可以接几栋农民楼来做——今天这家，明天那家，反正不赶工期，一栋楼房要建两三年。这个包工头，分工明确。各班的师傅手艺都熟练精湛。只用了一周的时间，就把东家的土楼焕然一新。

远观近看，这栋楼房在这个刘家自优村子里，就像嫁进来一个靓丽的城里姑娘一样，怎么看都显华丽及贵气。村民们很难想象，旧式的屋子还可以这样改装包装！但一般村民看不出名堂——其实，那几块落脚玻璃、高档的布料窗帘以及那墙上的仿石砖块一搭配，效果就出来了；加上墙上线条以及壁灯、地上的绿化和花丛，就成了莲花镇自优村漂亮的富有情调的欧美风格的小洋楼了！

十

日子定好了，国庆节结婚。

刘洁民夫妇清理了刘氏大宗祠，把门口积水的地方，铺上水泥；又把里边的灰尘和青苔都清理干净；还把祖宗的牌位一一擦拭。最显眼的是，经过冲洗，宗祠前面的黑白鹅卵石图案，那个阴阳太极八卦图，显现出昔日家族的风光和富贵。

婚礼大事，不能出纰漏，得请一个德高望重且办事能力强的人来主持。往日的婚姻大庆，很多人会请他家的老三人民教师刘洁人回来主办。这一次也少不了他。

老弟的一个电话，退休在家的三哥很快就过来了。

刘洁民铺开几张白纸，把结婚要用的物品，一一开了草拟清单，递给从县城回来的退休教师三哥参考增补。三哥与他们几兄弟的脸庞差不多，五官周正，眉目清秀。只是个人的生活经历不一样，造成了气质上的不同。三哥怎么看都是人民教师，怎么穿也是教师的形象：一身干净整洁，不说话时，就好像在思考学生的难题。而他，刘洁民的眼神很浅，做体力活的经历让他更贴近农民。他们身材都差不多，但他就随便惯了。虽然他的服装是郭天美在品牌店花高价买的，但是，这段时间因劳作而不常换洗衣物，服装被他穿得打皱起卷，一看就是不修边幅的乡下出大力的汉子。

三哥接下单子，对弟弟说：“你别急，先把场地布置好。”

两兄弟在祠堂大厅，摆开八仙桌。三哥从他提包里，端出墨水及毛笔。他的毛笔字是村里数一数二的好。

坐定，一边交代去买多少红纸，一边打量四弟的清单，拿出上衣口袋别的钢笔，戴上老花镜，像批改学生作业一样，认真仔细地一一修改。

等红纸买回来，三哥把改好的清单递给四弟说："基本就这些。人家女方家没来几个人。再说，大酒店那边有人家安排，我们就入乡随俗，简单热闹就可。"

三哥一边说，一边摊开红纸，信手写对联——

良辰美酒金玉满堂，花好月圆喜结良缘；

百合香车迎淑女，中秋圆月照贵宾；

吉日花开梅并蒂，良宵家庆月双圆；

……

三哥一边写，一边与小弟谈家事。他说他那个孙子良明，明年高考，学习不太好，儿媳又花大钱请老师了。

"你说，一个月一两万的辅导费，我没见过！我的教学水平有限，教不了高中，那个庙里的金凡哥哥，却不愿过问人间的凡事——他是真的出家了！"三哥叹息，有些抱怨地说。

"所以，我说，哥，每个人都有每个人的活法，不一定要花费那么多的精力和钱财放在辅导上。当年二哥与你，哪有什么补课，还不是自觉自学，上课用心听讲就可！说金凡，那是百里挑一的天才，北大生，到头来，还是皈依佛门，老婆都不讨，你会气得吐血！"洁民感慨地说。

"你说得也有道理，就是金学那个老婆，总在他面前唠叨——不要输在起跑线上。我都不知道他们的起跑线在哪里？跑向哪里？社会上，各行各业都要有人来做。实在不行，就去金鑫的公司上班，做一般的职员也好。还有外甥的集团，不是要人吗？送去培训养猪也好！就是北大毕业生，也有养猪杀猪的！”三哥不满地说。

“你说得对！哥，我算是看明白了：一个人，最起码要结婚生子——繁衍生息，也是尽一份家庭责任和社会责任。你说我们乡下人，没有了后代，这一辈子，白忙了！大家都这样图清闲，人类都会灭种！我就不懂金凡，他入佛门真要做佛啊！可是佛，我不懂，道家的太极阴阳是我们文化的渊源，略懂一二。金凡不如到大哥那里学道。真正的道，才是我们中国人的真学——不讲究戒律，还可以结婚生子。自然，实用！”

三哥点头，说：“你说，我在城里生活，经常听到他们两口子吵架。金学的老婆，总是抱怨他没本事。做了那么久的科长，还是升不了。升不了，钱也不见涨。不如早日到表哥那里去养猪！”三哥看来在县城过得不开心。

“所以，哥，家和万事兴！我觉得幸福与学历、经济条件一点关系都没有！我当时也怪金鑫，在深圳好好的工作放弃了，在家一待就是半年，成何体统！结果，他翻身了！”刘洁民对儿子十分满意！

继而开怀地说：“我还担心金鑫会打光棍！没想到儿媳还怀上了，就赶紧补办婚礼。”

“哦！那就好！双喜临门啊！”三哥在说话间，笔墨潇洒，蛇走龙游。

一会儿，一排一排的对联及喜帖，摊铺开来，红了刘家祠堂一片。

在间歇的空当，三哥面有难色地对洁民说：“金鑫的公司开起来了。我当时还没退休，现在又搬到了深圳。我听说他在我们市里也有一个分公司。你有空问一下，方不方便给我留一个位置。我的身体状况还好，你说就这样退休，也无聊。再说，那点退休金，还不够孙子的补课费。我做了一辈子教师，送自己的孙子到别人那里补课，你说，是不是很滑稽？”

“好的。我记得了。你也不要太溺爱他们了。自己的日子要紧，一代人有一代人的福气！”洁民开导三哥说。

“晓得哈！我就是很难理解，为什么以前五六十块一个月，我还能养家。现在，一个月六千多块，也很紧张。每日的三餐，有时的人情客往总得精打细算。你不晓得，我这卡上的钱，从来就没有超过一万块钱。金学的房贷，还有几年。我不帮他，他的日子过得更紧张。你说说，这个时代，是属于谁的？是金融寡头的？是央企高管的？两桶油的？阿里巴巴、腾讯、滴滴、美团、海底捞、农夫山泉每天都在造富，每天都有公司在上市——浮夸、圈钱。这个时代，好像不是我们老百姓的新时代！是畸形的时代，是奇葩的时代！”

在村民看来，三哥的一家在县城里，自己是学校的老师，三嫂现在帮他们照顾父母，也相当于在打一份工，加上儿子是公务员，儿媳也是老师，日子应该过得悠然自得，却也有那么多的烦恼。他这个中产阶层家庭，却也在诅咒这个时代了！真是家家都有一本难念的经。

刘洁民理解三哥的心态。说真的，如果自己没有在儿子的引导下走出这一步，他也不可能成功。卡上的百万，买一辆车就用完了。眼下的社会，钱小得很！但是，兄弟之间都是救急不救穷。他虽然口袋有几个钱，可这钱也是要用在刀刃上。说不定哪天金鑫混得不好，还得回来生活。即使，真的很有钱，也不随便乱花。补课这样的事，也就是这几年越来越离谱，好像参加了那些课外辅导，就一定能考上985高校一样。

但是，考上了985又怎么样？考上了清华北大哈佛又怎么样？为人类作出贡献的还是少数人。像有一些学界尖子里的金融寡头，用一生所学，去掠夺他国他乡他人的财富，还合法合理合规，比强盗还坏！所以，再花大钱去课外补课，他，他们这一代人的心里，一万个不赞成。

“哥，有的时候，我想，我们的三观是不是变了？以前，老师总是教导我们，要树立正确的人生观，要做一个品德高尚的、对社会有用的人；父母也总教导我们积德行善。可是，到头来，现在这个社会，为了蝇头小利，都成了人伤人的社会了。你数一数，菜农用激素催熟瓜果，农药超标，养殖专业户的激素猪肉和激素鱼，甲醛家具和装修材料，地沟油，污染布和衫，致癌洗发水，勾兑酒和酱油……每一样都发生在我们身边。怎么没有单位去检查？或者检查也只过过场。现在，有些老师在外面补课；有些医院都希望路上行走的人都生病，需要到他们医院来确保健康。你说，这样下去，我们的孩子在读哪门子书？树什么德？育什么人？”

“我也很难解释清楚。可能是贫富差距造成了这些损人利己的道德滑坡。有时不利己也损人！一旦成了陋习，就很难矫正了。我不是社会人类学家，解释不了！只是希望自己能够独善其身，或者像外甥一样，能够养猪也出头！”三哥说。

“他的猪，跟你说，也是激素猪！听说，前几年他把同村举报他饲料有问题的博士，送进了精神病医院，到现在还没有出来！那个博士是研究遗传学的，被这校开除了，妻子也离婚了。他回到村子里，无所事事，搭棚吃斋，嘴里叨念的不是佛经，却是——未来，我们都是猪！这太可怕了！博士都找不到自己的人生方向了！后来，村民介绍这个博士进了外甥的养猪场，结果出了那档子事！”刘洁民感慨地说。

三哥凝视着这个说话的小弟，觉得不可思议。

刘洁民继续说：“听说，外甥的养猪场，还有一个矮子，杀了人，也送进了精神病医院。那人的脖子上挂了精神病人的牌子——他犯法就不上刑了！”

两兄弟说到这里，都一起摇头叹笑起来了。

“我看，这个时代——得病了！”退休的人民教师三哥说，“当然，经济发展到一定阶段，可能就会出现这样那样的问题。我们不能说政府不作为。相反，这场疫情，让我们看到了各级政府的执行力度强和工作高效。其实，经济时代，把市场管好，不要折腾，别朝令夕改，老百姓自己会想法过好自己的生活。高层希望百姓过好日子，但是下面有的人把‘尚方宝剑’，用来致富敛财。那就全乱套了。假药出现了，有害食品、有害家具、有害纺织品也不断出现了！”

两兄弟这样聊着，听见外面有声音，一个老人拼了力气地说：“人有多大胆，地有多大产！”不用看，就知道是老支书撑着拐杖在巡村。

“大叔，你好啊！”洁民高声喊。

“大家好！哪个结婚啊？”

“我家的金鑫！”

“噢，这个爬山的崽，早——就该结婚了！”

“是啊！”刘洁民应道。

“一个大后生，把自己的名字印在卫生巾上，胆大啊！发财啊！哈哈哈！”老支书夸张地说。

大家都笑了。

老支书的脑子还没坏，他没有说出金鑫面皮厚，已经给足了眼下泥匠的面子。

“难得你们把祠堂清扫干净。好！好啊——人有多大胆，地有多大产！”老支书叨念着，拄拐离开，继续过着他每日的艰难生活。

他加拿大的儿孙在屋子四周安装了监控器，随时可以视频聊天。请的护工是邻里的乡亲，知热知冷的。现在，他依旧把自己当作支书，到处宣扬他以往的“大胆”或者当今“大胆”的发财口号。

现任村支书很忙，他得到了很多拨款，他有用来修水渠，把全村的农田灌溉水渠浇筑了水泥，那些鱼虾无处可藏了；还有修村路，现在条条村路都要铺上水泥，哪怕山里只有一户人家，也要修过去；他还要修宗祠，几百年的宗祠是乡村的文化遗产——我们现在富裕了，也要保护祖宗留给我们的宝贵遗产；建蔬菜大棚，科学种菜，发展农业；他还要道路绿化，建乡村娱乐场，把落后乡村变成美丽乡村。

时下，到处是土堆，到处是新泥，到处在施工。外人看来，不久，村子又会大变样。但是，明眼人都看得出来，那些都是乡下的土师傅，修的各个场地，都像农民的水泥院子——光亮，好处是不积水，可以晒谷子，但到夏天，地面会热得难以下脚。所有的工程，俗气低劣。这个无人监管或关心。但是集体的事，没有几个人会去关心。每个人都关心自己口袋里的票子够不够用，怎样才能厚起来，怎样才能经久耐用，其他一切都是虚的，都与自己毫不相干。你就是好心关心了，都会遭到白眼与嘲讽——你没支付一分钱，关你屁事！泥匠吃透了人情世故，也就睁眼闭眼了。

国庆节那日，早上九点开始，刘家自优村的鞭炮声此起彼伏地响起。村委门口，祠堂门口，公共娱乐场，都成了临时停车场。

各地贵宾，陆续而来，车队浩浩荡荡。有宝马奔驰，有法拉利和宾利，有布加迪和劳斯莱斯；有北京牌，有深圳牌，有河南牌，有山西牌。在村民们看来，这个爬了半年山坡的刘金鑫已是县市的头面人物，乡村的骄子了！

本来村支书没打算来帮忙，但一接到县里领导及镇里领导的电话，他赶紧站在村口热情迎接，协助刘洁民安排酒席，成了最忙的人了！

他接待领导时，心里暗想，是不是那个岭西首富杀猪老表吴茂鑫要过来，怎么那么多的贵宾前来祝贺？

客人一拨一拨地来，又一拨一拨地走，村道开始堵塞。原来是刘金石在村口讹人，村支书赶紧报警先把他铐起来；接着，镇领导喊来了交警，帮助指挥，分了进口与出口，摆了路牌指示，才没有继续堵车。

在家的村民们出来看热闹，或出来帮忙，或者来到祠堂的宴会厅里准备占住自己的一席。大家看见这样浩浩荡荡、络绎不绝的车流人流场面，感觉只有以前的皇亲国戚才能有这样热闹与隆重的场面。

看样子，这个爬山的本科生，卖洗洁精及护垫的刘金鑫，的确成为刘家自优村的头面人物了。不，他已经成了岭西市的风云人物！

各类鲜花，应该是从全县、全市的花店订了花，才够摆齐从村口，一直到院门口，并且绕祠堂一圈，足足有两公里长。

这个盛大的婚礼，应是自优村刘氏自宋代开基以来场面最大、档次最高的一次。如果放在村史展览馆里，可以排在第一。

因为防疫的需要，每一个地方来的贵客，都要扫健康码。宾客们都很自觉，扫完后送上礼金和祝福便离开了。否则，村子就要被客人挤得水泄不通。

不久，婚车一到，摄影队一直跟着新郎和新娘拍摄，或趴在地上，或快速奔跑抓镜头，或用高高的梯子，从高处取镜——仿佛在拍电影。

刘洁人与儿子金学在祠堂门口有条不紊地收着礼金，登记在礼簿上。

在一阵一阵烟花爆竹声里，在刘氏宗祠的里里外外，一身米黄西装的金鑫与皇冠白裙的新娘子完成了祭拜的仪式，跟家族的亲人及舅舅家的亲戚行礼后，转移到岭西市豪华大酒店里——那里是一些商业贵宾及政要在等候，老表吴茂鑫主席在接待与陪同。

刘洁民夫妇已经忙得不可开交，其实很多事情都被三哥和村支书安排好了，他们两口子就只需接待自家的亲戚朋友。

最后，等到新娘与儿子一起坐上车子去市里的另外一个宴会场地时，两口子总算松了一口气。不过，这时刘洁民看着车子载走了儿子，心里觉得儿子会走得远远的，仿佛他去了女方家倒插户，心里很不是滋味。刘洁民当即认为，这个安排很不合理，怎么回来了又出去呢？最少要住上一个晚上。他跑上前提醒儿子。

儿子赶紧安慰说："等一下，在那边敬酒完毕后，我们两个人会赶回来，在新房过夜。你和妈妈代我向乡亲们敬酒。"

这样一说，刘洁民夫妇的心放下来了，只是心里总觉得别扭。这里是主会场，新郎新娘得先向村民们敬酒才对。

午时一到，老支书和现任支书坐在上席。全村在家的老人和孩子，都来参加宴席。

一挂长长的鞭炮响起，老支书用那竭尽全力的声音在高喊：“人有多大胆，地有多大产。来，大家干——”

“干——！”

“干——！”

“干——！”

宴席开始了。大家忙碌起来，热闹起来了。刘洁民夫妇一桌一桌向村民们致歉敬酒。大家不拘小节，纷纷祝贺。

上菜的，吃饭的，喝汤的，划拳斗酒的，赶狗和跌跤的，呼声不断，叫声不止。祠堂的里里外外，上百桌的宴席上，嘈嘈杂杂，一片热闹。

刘洁民的头嗡嗡地响，他应付着各家的亲人与亲戚，还有一些远方的客人，会场上也出现临时增加桌椅，以及紧急添置餐食。

一些人刚来道喜，一些人已酒足饭饱道别。郭天美回家里招待着她的几个兄弟姐妹们。他们从岭东市过来，是今天的首席贵宾。

公公婆婆年岁大了，禁不住吵闹，也在自家院子里专门摆上了一桌。这一桌是大伯道长及三伯二姐一家陪同。

老二刘洁众一家在美国，用视频表示祝贺。看到自己的老父老母，那边的老二，背过身子，良久才转身喊了爸妈，他是病毒专家，出境受控。刘洁众儿子金远忙着给各位亲人打招呼。

老人看着远方子孙，颤抖着嘴唇说：“金远啊，有空，你们就回来！那边，不安全！”

老母亲跟老三说：“你问一下，连花清瘟胶囊有没有收到？别信那些西药。”

老三把话问了过去，转身对母亲大声说：“他们说收到了。”

老母亲自语说：“那边有什么好！太自由了，散漫了！谁都不负责任。”

老三的儿媳说：“奶奶，那边的工资高！环境好！”

老母亲看着孙媳妇说：“很高吗？一个月，可有一万？”

“五万，是美金！”孙媳妇说，声音很大，很有针对性。边上是高三的儿子良明，她要求很严，时刻注意对儿子的教育。

“五万，很多啊！我家金鑫，现在，都，发大财了！还有那个，外甥茂鑫，都几百个亿！是亿大还是万大？”老奶奶用牙床磨着嘴里的食物，嘴一抿一抿的，她说的话以及说话时看着人的样子，逗笑了大家。

远方的孙子金远要跟奶奶说话。

奶奶对手机里的孙子金远说：“远啊，你想奶奶，就回来！外国有什么好！我们，平平安安，过日子。自己是棵草，就不与树——比高！”奶奶一句话，说得电话里的孙子直擦眼泪。此时，边上的良明也在跟妈妈急。

良明甚至丢下筷子，转身就蹲在地上。

“干吗？好好的！”老三刘洁人问自己的孙子。儿媳解释说：“他发神经，说什么自己就是草，不想做树！说我平日管得太多了！”

气氛一下子就冷场了。

本来指望在美国的叔叔来个电话，是很好的鼓励士气的时候，结果曾祖母一句话就让这场家教落空了。

道士看着侄媳妇，明白得很，赶紧说：“良明啊，你今年才十六岁，是草是树，还有十年的时间。不能这样没出息！”

曾祖父还没糊涂，倒回来又打气说：“树活一张皮，人活一张脸！活在世上，就是要争一口气！”

大家又笑。气氛好了许多。

“你看看，太公说得多有道理！”侄媳妇被解了围，拉儿子起来，儿子竟然也无言而对。他的脸红白一阵，赶紧拿起桌子上的筷子，一顿猛吃。看来，他想明白了什么！

就在大家吃喝的空隙，良明忽然丢出一句：“大爷爷，既然人要争一口气，你怎么上山做道士呢？”

这话让全家人又都笑了起来。

“我当初就不争气嘛。结果，你看得见。青衣素食的，日子过得——凄凉、孤单。”大爷爷自责地说。

“你看，他后悔了！”曾祖母批评他的大儿子，安慰这个曾孙说。

傍晚，新郎新娘的车子回来了，停在了院门口。刘洁民与郭天美来到门口，看见儿子与儿媳能够及时回来，那颗悬着的心总算放下了。

夜晚，又是一场亲戚和亲人的盛宴。大家闹闹哄哄的，直到清晨鸡啼。

这一次，终于了却了泥匠夫妇的一桩心事。

婚后，金鑫想把新婚妻子留在家里。但，这是不可能的。这个外地的妻子在原来的公司还没辞职。况且，在澳大利亚，她的公司还有很多事情要处理。就这样，怀着身孕的新娘子在刘家自优村就待了一周，后收拾行李要出远门。

儿媳的举动让刘洁民夫妻不知所措。对于他们来说，这个北京的女子是下嫁到乡下的。是不是不习惯南方的天气？还是饮食？

郭天美忐忑地问自己的儿子。金鑫说：“不是。她工作惯了，劝说不了，就顺着她吧。以前的乡下，大肚挺挺都上山砍柴。我们村里的路生，就在路上生的；隔壁村的田生，是在田里生的！”

听到这话，郭天美笑了，说：“你欠打啊！那是上辈子的事。我们都没受这样的罪。我怀你的时候，想吃什么就吃什么，想去哪里玩就去哪里玩。做饭，洗衣，都不用干！你不能让她觉得我们不近人情！”

“不会的！不会的！”儿子安慰母亲说，“我也要回深圳了。我在那边买好房子，到时，你们就过来深圳带孩子。”

有了这样的话，泥匠夫妇便恋恋不舍地让他们两个收拾行李。

一辆超大的、锃亮的大轿车停在了院门口，他们目送着儿子儿媳上车。从莲花镇到深圳，也就是五六个小时的路程。

“开车当心哈！”郭天美跑上前，交代司机。司机换成了刚退伍的本村小伙子金发。金发精神抖擞地说：“伯母，你放心！在部队，坦克我都开得熟练！”

“阿发，这不是坦克啊！”郭天美惊讶地说。

“我晓得，你放一百个心！”司机一手敬礼，庄严地说。郭天美被这个侄儿的举止逗笑了。她递上一个利是说：“多担待哈！金发，回头伯母帮你介绍一个媳妇！”金发接下利是，看着大路，握着方向盘抿嘴笑了。刚刚跑过来送行的金发母亲也笑了，大声告诫儿子说：“伯母的眼光不会错，好好做，金鑫哥哥不会亏待你！”

车子启动了，渐渐地，远了，离开了村子，远离了这对夫妇的视线。

在刘洁民夫妇心里，这个儿子，被一个陌生的、现在喊太太的留洋博士带走了！不知将来他们会相处得怎么样？这些天的表现还好，最基本的礼节还是有的。听说皇城脚下的北京姑娘眼界很高，往往瞧不上外地人，特别是小地方的乡村人。但愿这个姑娘会与儿子好好相处，子孙满堂，白头偕老。

姑娘的父母在婚礼当天也见过，都是见过世面的人。亲家母刚来这个村子，她的眉头紧紧锁住。如果没有带她到茂鑫外甥的豪宅里转一圈，她还是把女婿当作是乡间的平常人家，一辈子就窝在山沟里不见世面的乡村野夫。当他们一家来到茂鑫的山庄后，郭天美抓住时机，巧妙地透露出儿子要建自家山庄的计划，这个亲家母的眉头，总算舒展开了。

十一

婚后，金鑫为了自己的事业，退出了湘远集团的董事会。他回到自己的金鑫环华公司（深圳）——为自己大干一场了。

在他的计划中，首先，他借助大表哥养殖业的影响力，在全国人口稠密的各个地级市做好销售平台，紧跟农业新政策，决心做大做强。

他的企划书做得非常高大上：绿色，环保，惠民。这些理想与目标很能吸引当地政府。只有政府感兴趣，才有可能欢迎他的企业入驻。最好能让当地政府出地加盟。如果当地政府建好标准的食品批发基地，以租赁的方式承租给他也可。这样，可以减少前期的投入。

金鑫拿着企划书，在老表哥的陪同下，在本省跑了几个地级市。几个市的市领导很欢迎，但真正要落到实处时，有的市就出现了各种意想不到的障碍。这样的结果让他始料不及——光一个市论证期就花了几个月。到后来，原来的蔬菜批发基地的老板及后台老板也在使绊子。

有的市帮忙把菜市场的老板都召集过来，由金鑫的团队去做工作。金鑫拿到那些人的电话，邀请大家一起来讨论如何整合运作。他反复强调，这样做可以双方受益，而且可以做大做强做上市。

当地一个老板说："你来了，分我一杯羹，怎么我就做大做强了？这个市场消费者只有这么多！"

金鑫说："袁总，听我解释，原来这个市场也就值两千万，但经过我的整合，结合现代科技手段来整顿管理，就可以值两个亿！你的价值翻倍了！我们难道被钱吓跑吗？"

有的老板动心了，双方签订了合作意向。有的牢骚满腹，犹豫不决。一些人猜疑这个小伙子，是不是想鲸吞他们的产业。总之，什么想法的人都有。

金鑫不能说服全部的老总，只有一一击破。有合作意向的，金鑫马上投入资金，把蔬菜批发基地，依照规划蓝图，打造得美观又实用。再导入自动监控系统，建立科学的实验室、化验室，制订食品准入标准。一个小组三个成员就可以管理一个县级市场了。

一个市场拿下来，做成了蓝本，第二个市场有了实体可以参考，就更顺利些。

但是，计划的预算与实际的成本相差太大了。一些城市，政府不参股，需要购置的地皮费用，依照工业用地的标准来支付。政府承诺的农业反哺，也迟迟不到位。到位的，也被啃掉了一大块。这与他计划进度相差甚远。

忙碌了八九个月，金鑫的业务在本省十几个地级市铺展开来，资金上已经让他捉襟见肘了。

这个结婚不久的乡村骄子，此刻意识到理想与现实的差距，额前的头发都掉了一大块。不光自己的本钱已花光，连父母的两个亿也搭进去了。当然，借助他的网站运作，一些风投公司像鬣狗一样嗅觉灵敏，前来与他洽谈。但开出的条件，就像他当初说服蔬菜批发中心原来的老板一样，总觉得自己吃了大亏。

因为市场是一块大蛋糕，在业内，每个老板都想独大。所以，每个老板都有自己的人脉或后台。一些见过世面，或者被他调教出来的人，竟然自己也做出了样子，不跟他合作了，还把本市的这块蛋糕分去了一大块。结果，造成原来的收成大大打了折扣。这也造成一些合伙人不高兴，因为他们目前的收入比原先的市场收益还差，要求退伙。

金鑫赶紧安抚，说："要看三年！三年后，上市了，大家的股票就是这几年的积累。阿里巴巴，你们知道的，当年几万元都难倒了。我们，我们现在就处于那个阶段！”

有的老板逼急了，硬要拆伙。金鑫咬了牙，筹款买断。不久，他在茂鑫老表这里也挪过去几个亿。如果这次倒了，造成资金链断了，那么，就真的倒回到解放前，一无所有了！金鑫心里暗暗着急。

原计划先在本省试点，然后快速在华南华东各省铺开，没想到本省的市场开发，已经让金鑫焦头烂额了。他想招投，却招来了一些吃肉不吐骨头的公司。这些公司像非洲草原上的鬣狗一样，蜂拥而来，开出的价格及条件，只剩下一点渣渣给你。

金鑫咬牙硬扛下来，希望资金赶紧回笼。而之前与合伙人的协议，也考虑得太简单了。比如“先填补对方的投资成本”，就这一句话，让他投出的很多资金不能及时回笼。

在深圳的办公室里，金鑫的办公室经常亮灯到天亮。他要处理各种邮件，解决各项难题。妻子蒋清的肚子越来越大了，但她还是坚持在原来的公司上班。她觉得金鑫或者在博一场没有结果的赌局——风险极大！她得为肚子里的孩子着想。一个月飞回来相处一周。金鑫害怕妻子询问公司的运作情况，但这是不可避免的。妻子每次过问，他都得先深呼吸一口，然后轻描淡写地说：“一切都在掌控之中。”

背后，他总在自责自己——怎么就错估了预期，还是高估了自己的能力呢？现在，为了发放那几百人的工资，深圳的这套房子已经抵押给银行了。这让他感觉到了从未有过的压力。也是他第一次，感觉到了创业的艰辛；第一次感觉到了钱不是那么容易就能赚到的，那是要——智慧、机会、命运、胆识、眼光，还有圈子、人脉，最主要还是靠山，稳固得可以信赖的靠山。然而，除了大表哥，他没有其他的靠山。况且，大表哥因为他的食品转运基地不接受茂鑫集团的猪肉，对他的作为不理解，甚至不悦，几次暗示要他把借款还回去。

如果要扩大影响，金鑫必须在邻省推广金鑫环华。他找到陈总，希望他能够帮忙或者加盟。陈总沉思地说：“刘总啊，我们商人都做熟不做生！我也不熟悉这块业务啊！”

陈总是一个实在的人，说的是大实话。目前，他与某个明星结了婚，在周游世界，享受生活，没有了之前的激情或者热心。去年，他似乎被酒精害苦了，在高尔夫的会馆里养生。几次会晤，会客室里都弥漫着中草药的味道，也有艾灸的气味。

“我终于明白了身体的重要性。如果我明天就死了，这一切，都可能是隔壁老王的，或者是我司机的。这样谁甘心啊！公司起来了，命却耗损了一大半。刘总，你可要适可而止啊！”陈总说得悲悲切切的，好像真的明天就会死去一样。但让他晓得了陈总的态度。

也是，陈总已经是成功人士了，不必像金鑫一样，还得去苦心经营、应对一切困难及风险。

没有拉到这个合伙人，金鑫只能自己去跑业务。

以前，各地政府的招商引资力度很大，现在，听到是整合当地的菜市场，是小农经济的一部分，不是深圳的高科技或者制造业，便没有之前的热情甚至兴趣了。

“大疆无人机，蓝思科技，三一重工，你看，我们需要这样的企业入驻！”湘南一个地级招商部门的领导这样对他说，“你帮我们引进几家这样的企业，就是对我们当地政府招商工作的最大支持！”

金鑫谦笑着，继续恳切地说：“老百姓吃饭，也是个大项目、大工程，而且是惠民项目！”然而对方却摊开手耸耸肩，十分抱歉地辞客。

那次金鑫回到车上，竟然有些虚脱的感觉，觉得拉完了肚子里的东西，还有一股气在泄漏，他感觉到肚子的空虚及四肢的无力，甚至心悸心慌。这是他人生第一次感觉到失望、失落、失意。

“哥，去哪里？”司机金发问他。

“去吃饭！今天要吃一只鸡，一篮子蛋！”老板躺在车上，像刚生完孩子的产妇，耗尽了心血一样，他交代金发司机。

“好嘞！也别太累了！身体，是革命的本钱！”因为是本家，司机就多了这一嘴。

几个月的折腾，蒋清把孩子都生下来了，可他的金鑫环华还没有走入正轨。

不过,蒋清给他生了个胖小子,他的心底顿时涌起一股莫名的硬气。他的决心再次复活——要努力，为老婆和孩子。目标十分直接、简单、明了，目的是不能让老婆孩子跟着他受苦吃亏。

在给孩子取名字时,金鑫毫不犹豫地把名字发给了老婆——良运，刘良运。他是良字辈，希望他能够带好运回家。

可是过了一段时期，金鑫环华的好运却迟迟没有到来。

金鑫环华几百号人，光工资就一个月上百万。他思前想后，还是找以前联系过的风投，希望能够好好来再谈一下。但是，这次是自己约对方的，不光没有以前的优惠，对方提出的股权分配要的比以前还多。这家风投公司是跨国的，金鑫暗示了成交之后的个人回报，对方却摊开双手。“NO!NO!NO!”对他连说几声，“我们看好你的公司，不用你们中国式的桌子底下的那一套！如果谈得成，我们在二十四小时内，把资金打到你的账上！”

此刻的刘金鑫有些犹豫不决。他想，今天把这母鸡卖了，以后它就不是国人的了。他想不能步某些国内大公司的后尘，最后大股东都是日本人或美国人。这样做，既对不起自己也对不起国民。

这一次自然又没有谈成。金鑫只有放弃，继续寻找其他的合伙人。他想到了老表哥吴茂鑫。当然，他心里也没底。毕竟不是一个小数目的融资。这样想，立即行动。他电话联系好，就请司机做好回家的准备。

老表哥热情地接待了这个小表弟。当切入正题时，老表哥面有难色地说：“我对这块外行啊！我不能做外行的事啊！”说的话与湘远集团的陈总一样。

也是，说白了是对自己的不信任，但是怎会相信你呢？如果好，还来找我？你都缺那么多的资金！

金鑫有些绝望了。他没想到的是，自己的表哥，也对他不看好。

“那就借款吧！哥！”

“我的余款也不多。公司运转需要那么多的资金，都是拆东墙补西墙，不是你想象得那么好！”

“三分的利息。借两个亿给我。”金鑫有些慌乱，觉得给亲戚谈利息，等于把内裤都剥掉了。

“不是利息的事。你这样跟别人开口，十有八九会谈崩。一个企业，靠高利贷过日子，就是有问题了！这个时候，你再难，都要咬碎牙齿吞进自己的肚子里。”

金鑫没有得到老表哥的投资却得到了老表哥的心灵毒汤，便回去了。不是回家，而是直接回深圳。

他这些天，心很浮躁，头脑有些模糊混乱了。

他站在百层的楼顶上，看着繁华的、璀璨的、充满希望与机会的城市夜景，真想呐喊几句宣泄几声。这个晚上，他终于理解了一些曾经风光无限的人会绝望到跳楼自杀。

但是，现在的他，是不可能跳楼的。每次看见手机里的孩子与妻子，他内心都涌现出一股一股的暖流、希望以及力量，让他停靠、依赖和眷恋。

夜晚的风，让他头脑清醒过来——只有把当前的事情做得完美，才有吸引力。他回到办公室，重新盘点梳理了一下公司的运营状况。还好，是有盈利的。只是目前的难处是，有的市场，很多股东的本金在优先支付。他得内部审视，摸清楚瓶颈在哪里，怎样去突破。清楚了这些，再去做那些合伙人或者股东们的工作。

于是，他喊来企划主管，交代一些企划方案的数据修改，透露一些上市的信息及今后可能的股价。反正是画饼，不如画得漂亮和硕大一些。这样，才能吸引自己的合伙人，才有可能把目前的公司救活，才有可能做到行业的翘楚。

接下来，金鑫迈开双脚，放低身段，拿出态度，来到本省各地市已经铺开的批发中心，拜访当地的合伙人。与他们畅谈，展望未来公司的前景，也谈目前遇到的发展瓶颈。有的股东很快被说服了，支持公司做大做强，当即更改之前的协议——本金可以延后支付，让公司朝好的方面发展。另外，金鑫为了感谢这些合伙人，在内部持股方面做了保证说明书：承诺将来公司上市，这些股东可以优先持有公司股份。这样的一番运作，在五个地级市里取得了成效。

他再择日邀请所有的合伙人前来总部开会及观光。另外，请了国内顶尖的老师授课，把公司的最新蓝图做了一场详细的说明会。这一次，真的如老话说的，外来的和尚好念经。那老师的口才及魅力，引起一阵一阵的掌声。

演讲老师说："目前，纵观全国甚至全球，哪家公司有这样的远见——记住，菜篮子工程是政府的惠民工程！食品安全永远是百姓最关注的问题！现在，金鑫环华公司把我们深圳先进的管理理念和科学技术引入，就是新时代的行业先驱！我们的思想要与时俱进，不能总是看着自己的一亩三分地！（接着富有激情地说）我敢预判，若干年后，我们的金鑫环华就是酒类的茅台，市值甚至超过茅台！水类的农夫山泉！你们记住，人可以不喝酒，但——你，不可能不吃饭吃菜！"

当天，本金抵股的合同签了九成。

这让金鑫终于松了一口气，但同时感到肩上的担子很重。既然做了承诺，就要负责把自己的金鑫环华做大做强。

最后，金鑫以饱满的热情感谢各位合伙人、股东，他几乎是掉眼泪地说："为了公司的迅速发展，抢占先机，还请各位齐心协力，利用各自的人脉，把公司发展起来。年内争取在华东、华南甚至全国各地开花结果！届时，你们都是公司的功臣！公司会给予各位最高的回报！我在这里，敢向各位承诺，我们金鑫环华的市值不会低于万亿！再次感谢大家！"说罢向在座的合伙人、股东们深深鞠躬。

合伙人及股东们欢欣鼓舞，掌声雷鸣。

送走各位合伙人，金鑫赶紧召见财务总监，统计出的结果，除去本省正常运作外，每月可以有两千万的资金调配。这一下，他心里松了一口气。最少深圳的这套两百平方米的房子得以保住。

当然，他得重整旗鼓，继续外出拓展市场。

几天后的深夜，他们刚刚回来。金鑫的电话响了，是邻省的一个市领导来电，说看好金鑫环华的菜篮子工程，希望前来详谈。这个市领导说是前些天来深圳招商时，看到了他公司的简介，觉得是一个很好的惠民工程，而且科技前沿，理念前瞻。目前由于新农村建设，都在大兴环境改造，但是，多数是村主任文化不高、眼界不高，却敢自己做设计师。钱花掉了，做出来的效果惨不忍睹。市县各级食品批发中心也一样，私访时，到处脏、乱、差。而且，眼下的科技发达，农药低毒，造成菜农们不按要求打药采摘；一些肉类食品，激素超标，也没有监督到位。上面一来检查，都是标准到位；上级监管人员前脚刚走，下级工作人员后脚也跟着离开。这家公司金鑫环华就不一样，高大上的外观，二十四小时自动监控及车辆导航，完整的检验流程，严格的检验标准，既是对市场负责的体现，也是对老百姓健康负责的体现。这样的企业不引进，难道让那些菜市场继续混乱下去？这个市长当即拍下了金鑫环华的联系方式。

金鑫第一次获得了政府的盛邀，激动地握紧了拳头，连连砸在面前的办公桌上。吓得一边的金发以为发生了什么不好的大事，看着这个自己崇拜的兄长。没想到老板激动地大声说道："老弟，你赶紧去吃饭，收拾一下行李。我们半小时后出发。"

"我们去哪里？"

"湖南！湖南一个地市的政府发来了邀请！"金鑫开怀地笑着说。几个月来，他脸上第一次露出了笑容。这让金发老弟放下心来，赶紧去做出差准备。

金鑫带领企划团队连夜出发，他们赶到市政府的时候，太阳刚好悬在了头顶上。这是一个好兆头。

金鑫被引导到市政府的会议室，接待他们的吴市长热情地对他们说：“昨晚，我让秘书给你们打电话，今天一早，你们就来了！可见你们深圳企业的办事速度及效率！”

金鑫激动并诚恳地说：“感谢市长！您的盛邀是对我们最大的支持。我们不能让客人等！再说，吴市长看重我们的惠民工程，我们找到了知音，怎敢怠慢，便连夜赶来了！”

“好，长话短说，我们直接进入正题。”市长说。看样子他也是高效实干的人。

大家在会议室坐好，市长也是个讲究高效的人。他直奔主题说：

“我市城区常住人口接近三百万，目前零零散散的批发部有几十个，不瞒你们说，我私下考察过，都是脏、乱、差。这让我们时常感到头痛，决心整改一下。如果让你们来整合，你们怎样布局？有什么样的要求？看，这是我们的市区，分五个区，基本上是一个圆形的盆地。”大家随着视频观看。五分钟后，观看完毕。

金鑫起身，说：“感谢吴市长对我们的信任。我们的原则是五十万人口一个批发中心。这就很好布置，东南西北中各一个。东南西北的配送基地占地在一百亩左右，中心区占地五千平方米就足够。我们在市区会多配一些小吨位的货车，往各地小区输送新鲜蔬菜。”

“目前你们在其他市的合作模式是怎样的？”市长问。

“与政府合作，政府只出地，我们经营，是二八开。有的地方，与原市场老板合作，为四六开。”

市长点头，说：“那好！我还担心你们会要政府无偿的土地支持！这让我们可以实现三赢。我们就以第一种模式合作！”吴市长是个干脆的人，当即拍板，并请来相关的部门主管前来对接，马上去落实配送中心的位置。

金鑫看着这个城市地图，心头涌起感恩与感动。他当即命令企划部门在一周内完成所有前期的工作。工程建设主管也紧跟设计与筹备。

两个月后，金鑫环华作为一个新的惠民工程在邻省展开，经吴市长的大力支持，起到了典型标榜的效果。各大电视台和重要媒体紧跟着报道了金鑫环华（深圳）与市政府的合作项目，并提升至惠民的格局与科技的高度——既整合了散乱无章的市场，又让百姓吃到了放心菜和放心肉。另外，顺便还清除了一直以来改不了的污水横流的“旧疾”，真正美化了市容市貌。同时，金鑫环华直接对接菜农，也给当地菜农及批发商、广大市民都带来了前所未有的实惠。市政府把金鑫环华作为一家优质企业、富有责任心以及高科技含量的企业来点赞推广，达到了事半功倍的宣传效果。

不多久，又有几个地级市发来邀请。这样，金鑫环华把业务迅速拓展开来。

在这样的推广扩张下，东南部各省很多地市政府直接过来对接。金鑫环华一下子成了业内的龙头企业，名气大增。

但是，项目的增加，再一次造成了资金紧缺。金鑫的心里既欢喜又紧张，他回到老家，跟大表哥吴茂鑫谈起自己的愿景，希望说服他投入资金加盟。老表哥似乎有些心动，最后犹豫一下还是说：“你问一下老金哥，看他有没有兴趣吧？”

“你帮我联系，邀请他来洽谈。真的，如果这个项目能上，老表哥，你还能再上一个台阶。在国内，你的资产可以排进前二十。”

这句话让大表哥足足看了这个小老弟几分钟，他说：“老弟，做事要踏实！你这句话，让我怀疑、担忧。”

“这样的项目，这样的规模，难道抵不上一个阿里巴巴，抵不上一个腾讯，抵不上一个农夫山泉？”

“呵呵，人家的是科技，是网络，是游戏。你的，是菜篮子，涉及千家万户，一件食品安全的问题就会让你束手无策。况且，这个菜篮子，那么大的市场，多少人盯着，不可能你一个人提着！”

“我们的是菜篮子，是十四亿人的菜篮子。就是做好百分之一，也是个庞大的数据！况且，还是高科技管理的政府惠民工程！”

“话是这样说。我的集团也是新农业项目，政府补贴项目。但是，真正到你口袋里，就不多了！你得扎扎实实地把企业做好，而不是光想着政府的补贴。靠政府输血的企业不是好企业，也容易出问题。”老表哥告诫这个小表弟说。

“晓得。我的网络平台也搭建起来了，现在运作得很好。你就不想再前进一步？”金鑫补充说。

“人，有的时候要像大舅舅一样——知足。我都五十多岁了，我没有那么多的激情来拼搏！”

“你就做投资人就好！一切不用你来操心。就像张老板、马先生、雷大咖他们，你以为他只有腾讯和小米？他们是很多上市公司的大股东。你就坐着收钱就好了！”

“哈哈哈，坐着收钱？没有那么好的事，大多数人的投资都打了水漂。那些成功的投资，都被他们大肆宣扬。像极了赌场上的人——如果赢了，到处宣扬；输得倾家荡产的，没有一个人去提起。能做到一定的规模，就可以了！做大了，你想掉头都难！”

“哥……哎！也是，你的年岁大了，还是早一点把董事长的位置让给森森！”

“哈哈哈！你这个小毛弟！小看我这个屠夫了。说真的，我没有你们那么多的想法，但我的经历告诉我，满足与稳健最重要！其他都不想了！”

“可是，哥，我还得努力！可能只有到了你的年纪，才有你这样的心境！”

金鑫没有说服大表哥。大表哥却愿意为他牵线搭桥。

老金哥很快就过来了，带着小金子，在吴茂鑫的聚贤山庄，听取了金鑫的汇报。

听完报告，老金哥没有了笑脸，而是沉思良久，抬头看着眼前的年轻人说："老弟，你想怎么做？资金缺口多大？这个资金能够占股多少？"

金鑫说："依照我们华东华南各省的预算，资金缺口两百个亿，占股 20%。"老金哥沉默着点头，金鑫看得出来，老金哥眼睛里的光黯淡下去了。

"我的市值是万亿！最多三年内能上市。"金鑫看着老金哥说，他希望这个能量大的老哥感兴趣。

老金哥看着这个毛头小弟，心里五味杂陈。他用手撑着额头沉默了。他不急于表态，不肯定也不否定。

"当然，我们的公司目前还在成长。要不，张总就会来找我。他在格力都出四百多个亿，买那 15% 的股份。我的公司，不会差到哪里！"

"问题是你的还没成熟，果子还没结出来。"对方说。

"所以我的定价也不高！如果上市了，那又不一样。不瞒你们说，有国外的风投来洽谈。但我考虑的是，我们一定要做民族企业，只能让国内资本惠及我们的国人。"

这句话让老金哥很不高兴，他觉得有威逼的成分。老表哥看出了端倪，赶紧说："饭菜好了，大家去吃饭！生意可以不做，但饭，一定要吃！"

饭桌上永远是最好的生意场所。酒过三巡，大家的话题就又打开了。老金哥在金鑫不断地敬酒下，心中的阴霾被酒精化掉了。他指着金鑫，暴露出满口金牙说："你这个小滑头，狡猾的！依照我的想法，我出三百个亿！但，要持股 51%。"

大家听了，都大笑起来。

每个人的笑有个人的意味。老金借酒兴说出了自己的想法，金鑫探到了对方的底线。他的心，十分震惊——他要控股，要鸠占鹊巢。

这是个可怕的投资人，不能惹。

金鑫以公司业务繁忙为由，离开了老表哥的山庄。老表哥吴茂鑫来电咨询他的融资意向，金鑫说："老哥，算了，现在的资金不是很紧张。我顶多再熬一两年。"

茂鑫表哥说："小老弟，不要说51%，就是全部，100%，我也卖了！我一辈子也没有赚那么多钱！"

金鑫说："老哥，感谢了！个人的想法不一样。我自己养的猪，晓得能长到多大！"

茂鑫说："老弟，养猪就怕发猪瘟！别光看着没卖出的活猪有多重，还要看市场行情！"

金鑫说："你说得有道理。所以，猪瘟也要做好预防工作。"

金鑫的猪瘟预防还没有开展，邻省的一个地方的市场就有监管部门去检查工作了，并且问题出了不少。要求整改，而且开了罚款单。

同样，不到一周，第二家批发中心也被勒令整改。监管部门不是当地的，而是省里直接下来的。

金鑫面临这些问题，脑子里嗡嗡地乱响。依照目前的运作状况，一切都没问题。但是，监察部门的整改意见及罚款，不能不执行。

金鑫意识到了"猪瘟"在萌芽，可能与老金哥有关。如果不杜绝这样的事发生，今后会有没完没了的麻烦。

一个合伙人的亲戚在省城，他的亲戚与领导的关系非常密切，金鑫通过他，了解到背后的真人，大家默不作声了。

有了合伙人的帮助，暂且避免了那些麻烦。不久，对方的人也知道了各自的分量，不敢再次贸然行动。

通过这件事，合伙人觉得应该给那边的人一个教训，出口恶气。金鑫阻挡下来。这件事情最好就自然消散，如果非得你死我活，也是自损八百。

"猪瘟"的事没有蔓延开来，这是大幸！金鑫通过这件事情，也重新认识了一些人。从表面到内心，他再也不敢轻易相信亲戚或者嘴上的兄弟。他赶紧给自己及公司立下一条规矩，不能与场面上的人走得太近——既要洁身自好，又要加强管理，经得起政府部门考验、监督与检查，绝对不能出现消防、卫生等方面的细节缺失。同时，他要求每个中心的垃圾都要做到分类及标示，而且必须定时清洗清扫清理；垃圾不隔夜，这是最基本的标准；化验室严格把关，如发现农药或其他超标，一律不能通过，所有报告都必须多方签名核准入档，档案一直保留密存。这些举措，减少了一些菜农与化验员勾结，造成危害。同时，公司内部也成立稽查小组，随时奔赴各地区去稽查。只要发现违规的，一律依照严格的奖惩制度办理，违法乱纪的交由公安机关依法处理。绝不手软！

这一套的办法颁布下去，每一个批发中心的主任和下属都领命签名，并张贴于办公室看板上。

通过整改，从严管理，金鑫环华在业内提高了一个档次，并制定出了行业标准。

上次老金哥对金鑫环华下手，让金鑫的背脊都发凉。他想，一个那么高大上的退休干部，为了进驻他的巢穴，使出这样下三滥的手段，让他感到震惊及心寒。数次的交往，老金口头上称之为小弟，比他年岁还大的小金，还叫他叔叔。态度这是多么诚恳，情感多么真挚，话语多么亲和，结果因为融资入股之事，使出了这种手段，恶意伤害他的金鑫环华。细思极恐啊！

金鑫一边防守，一边小心提防着这对父子。

之后，令他震惊的是后面调查发现，同学张小磊家的矿产被一个姓韩的北京人把控。这个姓韩的就是小金的马仔，在老表哥的庄园里见过一面。另外，张小磊家的矿产过户之后，一家新的公司正在酝酿上市，如果不出意外，这家稀有金属上市，又将成为稀有金属行业的翘楚，赚得满盆满钵。

在夜深人静的时候，金鑫想到自己的老表哥，如果他是这家上市公司的合伙人，那么鲸吞张小磊家矿产的幕后主使就是这个屠夫表哥吴主席。联想到这里，他忽然大气都不敢出——老表哥？他，不会对自己下手吧？！

在私下的来往闲聊中，他知道表哥与许多高层人物走在一起，他们或是茂鑫集团的投资人，或是茂鑫集团的顾问。老表哥真正的目的是在帮助那些人洗钱，把那些人不敢用的钱，经过茂鑫集团洗出来，就可以放心大胆地使用了。难怪老表哥的聚贤山庄总是高朋满座。

为了以防万一，金鑫还是对自己的老表哥做了一番调查。现在，能做到今天的成绩，金鑫也有了自己的一点人脉。暗地里的侦探，也是能够进入核心利益集团，搜出一些机密。结果，数周后的调查表明，自己的老表哥正是那家稀有金属的最大股东。

金鑫感觉到浑身冰凉，从头凉到了脚指头。

他愁苦了一夜，觉得没办法去帮张小磊一把。

他的父亲已经从监狱里出来了，用张小磊卖出去的股份以及矿山的代价换来了一身自由。但出来的人，一身都是病，心伤和财伤，什么都有。这个年届花甲的人看起来老了十岁：满脸的皱纹，眼睛再也没有灵光；原来走路昂首阔步的张总，已经背驼了，再也站不直了，成了一个病恹恹、低眉顺眼的普通小民；蜡黄的脸，看得出他的肺部坏了，以致每天早上都会剧烈地咳嗽。从此，他的家里洋溢出来的不是欢声笑语，而是咳嗽声以及中草药的气味。现在，看来是彻底认命了。好在张小磊还持有一点湘远集团的股份，身家也有千万，不提东山再起，却也能够过正常的日子。

目前，张小磊在金鑫环华工作，做了本省的市场部总监，负责一个省基地运作。张小磊的家事虽然已托付了他，但最后查出的结果是这样，金鑫不敢面对这个老同学了，他也不敢出卖自己的老表哥。而且，那只是推想，没有任何直接的证据证明鲸吞他家矿产的人就是茂鑫集团的董事局主席吴茂鑫。或者，老表哥只是一个最大的投资者，看好稀有金属前景。

整改后金鑫环华的名气渐渐地升起来，许多风投公司又过来对接洽谈合作了。

金鑫热情招待并逐一甄选。他不直接答复但又给人希望。所有的风投公司给出的条件他都请助理做了一个表单。他要查清风投公司的信誉及投资人的为人。不要招徕一些信誉不佳的人，自找麻烦。

为了不得罪老金哥，他把风投公司的统计表发给了表哥及老金，至少表示他还是尊敬了他们。至于出价，里边的信息可以做参考。只是，暂时给了他们优先选择权。当然，到了真正要融资的时候，他还真不敢给他们。

由于金鑫环华集团华南事业部发展不是很顺利，另外刚刚兴起的几家公司有点喧宾夺主的态势。比如鑫源农业，打了一个擦边球，让很多人误解是金鑫环华的一家子公司，发展迅猛，已经有两个省的农贸市场被这家公司覆盖了。还有一家绿色“舌尖”公司，也像金鑫环华一样，几乎是一样的管理模式。金鑫暗查那几家的区域总监，竟然是自己公司流失过去的。他赶紧想对策，发现人力资源这块的人才防范及职业限制合约竟然没有签订。

他当即传来人力资源副总，两人探讨了怎样留住人才、捆绑人才的方针及方案。他要求在一周内与所有中层以上干部签约。凡是自愿与公司签订职业道德合约的，公司将予以内部若干股份的奖励。那些不签或观望的，做好备案工作，作为轮调到次要岗位的对象。

亡羊补牢！金鑫环华这个举措让同行再也挖不动墙脚——内患终于解除。

但真正的最大隐患是大表哥及老金哥。他们现在对金鑫环华集团有了浓厚的兴趣，并多次邀请他回来商谈具体的细节。当然还有持股比例。

为了满足国内的优质肉类需求，金鑫环华国外的子公司已经运作开来了。因此，他还有很多商务活动在国外进行。

金鑫为了避开这两个危险人物，多次借故外出参加商务活动。他一边考察外面的市场，一边想着应对他们的策略。真的惹上他们，有点骑虎难下了。不对他们招标，这两个人可能还会有更多的想法及行动。

在外面走了一圈，看到国外的先进技术及对工作认真负责的态度，以及对食品安全的严格制度，让金鑫感触至深。在征得对方的同意下，他的团队拍下视频，带回国内作为学习教材。

金鑫回到国内，给各个网点开视频会议，强调制度的完善和执行的力度。同时，让大家学习国外先进的管理理念和科学技术。

“好的东西一定要学习。不好的东西也要清楚和杜绝。”他指示，他强调，他期望，他也警告。

“总之，时刻铭记祖宗的教导——人在做天在看！己所不欲，勿施于人！不能为了小恩小惠忘记了做人的本分。”

他这样告诫下属们。

回到国内，处理好大事， 金鑫觉得老表哥和老金哥还是要面对的，不能总躲着。

金鑫想好了对策，交代董办的几个合伙人，怎样面对那两个投资客，一行人便回到了家乡岭西市，在大表哥的山庄住下来。老金哥也从北京飞回来。

这次，大家都准备很充分，连认购协议都打印出来了，公章也携带过来了。

金鑫看着这两个老哥，面上谦笑，心底却在叫苦。幸好，在公司已经交代了这几个合伙人，他可以坐在一旁，作为旁听。

很快，谈判就进入了状态。对方开出的价格是两百亿，持有30%的股权。金鑫的合伙人听到这样的数据，他伸出两根手指。这个数字让老金和老表哥的脸色都难看，两个人的眼光同时落在了金鑫的脸上。

金鑫坦诚地说：“大表哥，大金哥，这段时间，经过几轮融资，我个人的持股比例已经落在了第三位，其他股东更有话语权。”

这次谈判不欢而散。

金鑫连饭都没吃，因为接了公司的电话，立马带队离开。他想象老表哥与老金哥一定在会客室里既叹气又无奈，而且还会咬牙说要背地里使绊子。

金鑫想到这些，心里很是难受。他在无意间树了两个敌人：一个是自己的亲表哥，一个是退休高干老江湖金哥。这两个都不是省油的灯。

为了缓和矛盾，金鑫委托父亲去姑姑家做客。

然而，几天后，父母回电，他们只见到了姑姑、姑父，这个吴茂鑫外甥，一直很忙。

麻烦还是来了，一个进口货柜的冻肉被海关控制住了，那是美国二战时期的食物储备，至今已经有八十多年了。金鑫环华负责人被海关传唤调查。

金鑫没想到自己的公司会出现这样的事。立马通知在美国的妻子，让她查清楚到底是怎么回事。

在警察进入公司，没收他的手机之前，他已经交代了所有部门应对的措施。

接下来的一周调查，最后得出的结果是，同行的绿色舌尖集团，把我们在美国购买的冻肉换成了他们买的二战时期的储备肉。

这一顿操作，如果美国公司没有跟进，那么金鑫就要栽大跟头了。

绿色舌尖集团赶紧出来澄清事实，把责任归结于采购的个人行为，与公司无关，立马找了一个国外采购做替罪羊，公告开除，缴了相关的罚款了事。

经过一番调查，绿色舌尖的几个合伙人，一个是大表哥吴茂鑫，一个是小金“侄儿”。听到这样的信息，金鑫五雷轰顶、呆若木鸡。

人，一有欲望，就会六亲不认。当初的老表哥，让金鑫不敢细想。

也许，这个世界是他们在主宰。这时，混进来一个毛头小子，让他们觉得是中了豪猪的箭镞一样，浑身不自在。

金鑫身边的高参跟他透露了不少的内幕，包括老表哥给一些人洗钱的丑事。可以反击。但是，在金鑫看来，他们流淌着一样的血液，他不可能对老表哥他们使绊子。

绿色舌尖因为那件小事，在业内让人鄙视，但丝毫没有影响他们上市的进度与融资。

国内上市目前需要三年的审查期，他们已经吹响了上市的号角。不过，金鑫想得更远，他不想走国内这条线，与绿色舌尖在国内打得你死我活。金鑫环华在美国的影响力很好，不出现意外的话，可以上纳斯达克。

由于业内的口碑以及几个退休高参的加入，金鑫环华在数月内连克数城，全国占比达到七成以上。这样的业绩，已经是很好的。

依照策略，金鑫也在国内的证券市场试一试水，上报相关的材料。但是，几个月内，一点消息都没有。

高参反馈回来的信息，原因是业内有绿色舌尖公司先申报，总得排队等候。

这个消息，对于大表哥及老金哥来说喜上眉梢。金鑫环华的老总，表面上垂头丧气，实际上暗暗欢喜——让他们沉醉于国内的市场。这样的话，他们就不会对他再使什么手段了。

另一路，金鑫环华的上市团队已经在上市方面做足了功课，就等金鑫去大伯道士那讨来一个黄道吉日。这样，金鑫环华的董事长将在大伯看好的那一天，敲响纳斯达克的钟声。

一个周末，金鑫一个人开车回家。他没有回到村子里，而是到灵岩古观去拜访伯父。他要向伯父求教一个金鑫环华上市的好日子。

大伯看见来访的侄儿满面春光，额头豪光闪闪，像是头罩金光一般，十分震惊，继而开怀地迎接这位贵客的到来。

金鑫从头到尾讲述了公司的发展历程及未来的期许，也把不尽如人意的地方，特别是老表哥与老金哥的绿色舌尖集团给他造成的困惑，一一讲述给大伯听。

老道士在张天师的神像跟前焚香敬拜，闭眼掐手计算。

一炷香的工夫后，他睁开双眼，带侄儿回到自己的密室中饮茶。

大伯说："刚才我问了天神，得到的是上上道。你上市的日子，就在冬至日。这个节气很好，一年的收获都在这天储藏待发。只是，你始终要记住'无限风光在险峰'这句话。另外，你劝告那外甥，你的大表哥，最好离老金哥远一点。我见过那个金老板，一脸的戾气，迟早会有牢狱之灾。他们走得太近了，恐怕他也会被牵连进去了。况且，依照茂鑫命里的气运，他能藏住以前的福分就很不错了。他如不及时退出江湖，将不能善终。"大伯担忧恳切地说。

"这话，你跟他说吧。你是他的舅舅。舅舅就是天上的雷公，他怎敢不听？我去说，等于找他的茬子。"金鑫提出他的顾虑。

"我已经暗示过他。一些话，我们道家不会点明，要看他自己领悟能力。唉——各人有各人的造化，自求多福了！"大伯说。

讲到个人的福分，大伯竟然黯然伤神，几乎泪下。他说："'文革'时期，我点火烧了寺庙，犯下罪孽，把你哥也搭进去了。如果他真的有佛缘，我也没话可说。今天，你长大了，成熟了，历经了风雨，我跟你说实话——你哥是没有佛缘的。他是为情所困，被情迷惑双眼及心智，犯了不该犯的罪孽。以后，你要帮他走出困境。"

听到这话，金鑫惊诧不已。他问："大伯，你了解内情？我，又怎样能帮他呢？他是那么沉迷于佛家。"

"那是假象。这个不用你担心。他有牢狱之灾。早一点进去，早一点出来。我算到他四十五岁才结婚。今后你得多帮他。"

"他有五年的牢狱？"

大伯点头，良久感叹说："报应！我的报应！他的报应！"

金鑫试探着问：“他做了什么害人的事呢？”

大伯说：“谁晓得！他被情感迷惑了。被人利用了后，那人与他一刀两断，远走美国。他躲避到寺院里吃斋念佛，一辈子也难洗脱身上的罪孽！”

金鑫：“大伯，你是猜测吧！”

大伯轻声说：“我前几天在家里，不小心看到了他一本没烧完的日记，断断续续知道了一些事。在学校，他提供了化验室的东西，毒害了一个同学。虽然他不知情，但后来知道了，没有揭发那个远走美国的罪犯，等于自己也是从犯。”

金鑫听了愕然，良久没说一句话。

他离开古观时，向伯父保证，他今后会尽力帮助这个寺庙里的堂哥，早日助他摆脱罪孽的困惑。这个糊涂的金凡哥，怎么会为情做了不该做的事？

金鑫想不明白，却也无可奈何。

“如果哪天他进了监狱，那就是大伯大义灭亲。”他想。也许，大伯真敢做这事。要是那样，通过劳改，把他身上的污垢祛除，还一个俗人出来，也开心。

十二

冬至是中国的传统节日。这一天，乡村的习俗很多。用新谷和美酒还有鸡鸭鱼肉，祭祀天、地和太阳、月亮以及祖宗。以前的乡民还会唱起民歌，来歌颂风调雨顺、歌颂劳动和收成。现在，老百姓的日子好了，不再翻晒那些收成，也不再为各类食品来细加工。孩子们的年糕和零食都在商场可以买到。很多村民们连糯米酒也懒得去酿了。冬至日没有以往热闹了。

但是这一日，对于金鑫来说，是极其重要且隆重的一天。

这一天，在华尔街，金鑫携带团队敲响了纳斯达克的钟声。

金鑫环球（上市名）终于上市了!

全世界股市里的资本家们都在关注这颗股市的新星。发行量达五亿股。股价一路飙升，从三十升到五十美金，又一个急上升，一下子拉升到了八十美金。在这个价位盘整了一个小时，再一个拉升，冲破了百元美金。这还没完，在一百美金左右维持两个小时后，一个神秘的大客户进来，拉升到了一百八十美金！全场一片欢腾，就在快停市的时候，突然冲上了两百美金的高位。

在一旁观盘的刘金鑫，简直不敢相信自己的眼睛。真的，他没有想到，他的金鑫环球能够受到全球那么多的股民认可。也许，是旗下的诸多跨国公司的理念让投资者有认同感；也许，在国内，能够让食品安全送到千家万户，唯有金鑫环华（国内集团名）做得最好。

与此同时，各大媒体对这个年轻的掌舵人进行了跟踪报道。很多媒体都宣扬他的市值、财富以及公司先进的经营理念和远大利民的战略目标。这家公司是美团的上端，能提供健康的绿色食品。这对于当今中国大陆的食品安全，起到了一个示范带头作用，真正体现了金鑫这个年轻企业家的社会责任感。刘金鑫，这个岭西市莲花镇自优村的小伙子，构建培育了这样一个旷世的金鑫环球集团，可谓功德无量，誉满全球。

但此刻，金鑫的头脑没有发热发昏。在他心里，想得最多的是行业规则和社会责任。

这次上市成功，在他的脑子里，下一步的计划是创办农场，在各省及国外建立巨型养殖基地，甚至可以对沙漠稻田投资，实现养种一体化及科技化。他相信，经过一系列的科学规划，也能创造出像欧美一样大的农场及功效。何况，国内的国民有十四亿，这个庞大的市场，是欧美其他农业公司无法企及的。

几天后，金鑫环球的股票直线冲破四百美元！

——新的万亿元股票诞生了！

——又一个新富豪巨星诞生了！

当下，刘金鑫走到哪里都人群蜂拥，鲜花锦簇。他几乎成了一个娱乐界巨星。办公室主任很有远见，早早地聘请了保安团队，让他能够自由脱身；也给他聘请了专业的新闻发言人，代替他向全球发布金鑫环球的重大消息及未来规划。

一切都在自己的预料及掌控之中。

刘金鑫始终没有忘乎所以，这时的头脑倒是十分清醒。接下来的很多麻烦都要自己面对。国际的，国内的；公家的，私人的。许多顾问不是自己请来的，而是毛遂自荐的，一些人还是权力部门的要人，金鑫必须接待，认真面对。

他有时忙碌得无法脱身，秘书处的微信提示一个接着一个。这些重要人物，有些难以对付。

在某些方面，他请教自己身边的高参团队。他们当中，有的曾经是一些退休领导或领导的老师，他们清楚地知道如何面对这些问题及难题——既要做到不违法，又要做到不得罪人。

金鑫的谦虚谨慎，让这些高参刮目相看——这个年轻人不是毛毛躁躁的不谙世事的热血青年，也不是得意忘形的毛头小子。

一个高参给他的建议是，看人说话，有时可以搪塞——这个集团公司，是合伙人的，不是私人的！要拒绝一些不法分子的资金进出。再说，现在是法治时期，对于高层们的腐败惩治深得人心。一些人也不敢明目张胆，强买强卖。

每天，他工作到深夜。他在深圳的办公室里，拉开窗帘，看到了一片炫目辉煌。

深圳真是个美丽且充满活力的城市，是个无限可能的城市！

这里，到处都是梦想，到处都是机会，到处都是财富！只要你有智慧，只要你执着，只要你努力，成功的概率就很大。当然，也需要命运！那么多的创业者，成功的屈指可数。他这个世界巨富、乡村骄子，就是这个时代的幸运儿。

他还始终认为，他的好运是妻儿给他带来的。儿子良运的出生，给他带来了巨大的好运、红运。

只是，目前遗憾的是，在这个特大的一线城市里，那么多的高楼大厦，没有一栋是属于自己的。现在的办公室是租赁的。他清楚每月的租金是一笔很大的开销。他得拍来一个地皮，自己建一栋大厦，楼面上彰显“金鑫环球”几个大字。大楼的顶上还得建一个直升机坪，省去堵车的麻烦。

这次的上市，让两部手机上收到了许多的微信祝贺。特别是那些合伙人，他终于可以面对他们了。现在，他们每个人都可以睡一个好觉，做一个美梦了。

老表哥也发来贺电——热烈祝贺金鑫环球顺利上市！同时为他竖

起了几个大拇指。但在他看来，这几个大拇指就像几把对准他的手枪，随时会把他枪毙了。

择日，金鑫在深圳举办了庆功会，结束后回到了家乡。

此时的刘金鑫，这个在家待业半年，半年里每日早上爬山的年轻人，恍如一个世界巨星回家。市、县领导早早地在他家院门口等候了。

大家在家院没聊上几句，又被邀请到了市里，希望他能够为家乡做些什么。

金鑫在市政府招商局里，把他的农场兴建计划做了一个简单的说明。市招商局当场与他签了一个万亩的农业蔬菜基地的意向。媒体介绍这次金鑫环球将在岭西市投资两百亿建设新型农业养殖基地。这对家乡的经济，将起到一个飞跃的连带效益。

“家乡人民感谢金鑫环球！”

“金鑫环球布局岭西市！”

当地的媒体把这条振奋人心的消息放在了报纸的头版。

次日，金鑫看到媒体的报道，有些惊讶和焦虑——原计划也就是十个亿的投入，现在成了几百亿。新闻媒体的水分太大了！很快他想通了，媒体的报道，为家乡经济增长鼓舞士气。刘金鑫也就释然了，理解了。

在他的计划里，中部的河南、西北部的新疆投入养殖场，在珠三角地区投入一个大型的蔬菜基地。华东、华南的公司规模大，投资也大。人多的地方才是重点。现在，岭西市把他的投资有些夸大了。金鑫有些不自在。特别是莲花镇的乡亲们，都希望金鑫能够在莲花镇投资，甚至有人认为，金鑫应该为自优村的每一个家庭赠送一套楼房，才对得起父老乡亲。如此搞得金鑫都不知如何回复这样的信息，甚至连家都不敢回，生怕被乡亲们围着，不答应不放过。

但是，集团不是他个人的，是合伙人及股民们的。他得为他们负责。

得空金鑫是一定要去拜访老表哥的。他先去看望老姑姑。姑姑姑父像原来一样热情招待他。只是，老表哥吴茂鑫迟迟没有来；森森与他年龄相仿，此时，森森没有回家与他会面说是在应对集团的各项事务。

上次在姑姑的餐厅里吃饭，转眼已经是六年前的事了。

那时，姑父还特意为他杀了一头农家猪，做出的农家风味，让金鑫找到了童年的味道，回味无穷。今天，姑姑及老姑父一样在招待他，但是猪肉的味道却与普通的那种饲料猪没有区别了。

姑姑招呼他吃这吃那。老姑父也吃，刘金鑫总觉得哪里有些不对。话语间没有了之前的亮堂。等到大家吃完饭，老姑姑忽然记起了什么一样，问金鑫："鑫啊，听说你都成为大富翁了？"

金鑫说："没有！还差得远！"

老姑姑好像知道首富的身价一样，她问："那差多少？"

金鑫说："几十亿美金！"

老姑姑说："你和茂鑫加起来，可不可以算首富？"

金鑫说："老表哥比我做得更好！"

老姑姑叹息地对他说："鑫啊，听说你的菜市场在全国那么多，怎么不卖他的猪？"

金鑫解释说："姑姑，不是不给他卖！是因为化验过表哥家的猪，不符合我们的要求。"

老姑姑惊讶地看着侄儿，说："哎呀，你的要求那么高？全国那么多人吃他养的猪，也不是，好好的吗？"

金鑫解释说："收不收，不是我说了算，是政府说了算，是那里的技术人员说了算。"

老表哥的饲料及养出来的猪，几个批次的检测结果都是激素超标，公司无法接受。因此在金鑫环华的批发中心，的确没有茂鑫集团的猪肉。这一点，早先金鑫就跟大表哥做了说明。这在他的集团市场里，是原则问题，而不是人情能解决的。菜篮子工程直接关系到人民生命安全。这个底线谁都不可以越过！

金鑫在内部会议上多次强调，谁违规，谁出局，甚至坐牢！他宁愿不做生意，也不能赚这样的钱。

大家都清楚，现在的孩子比以前早熟了几年；现在的医院，各种怪病、癌症都出现了；现在的生育率极低，有一个重要的问题是出在食品安全上。这些都是非常可怕的事。他创立这家公司，搭建这个食品交易平台，就是要确保百姓的饮食健康。

金鑫知道，大表哥自己不吃养殖场的肉猪，而是吃另外原生态养殖的猪。他知道激素对人身体的伤害。但是，大表哥为了利益，还是没有守住道德的底线，一如既往地对外输送激素猪。激素猪能够在很多市场流通，那是他的能耐。只是，不能进入金鑫的市场。

虽然如此，金鑫也没有公开他送来的猪的检测数据，也没有在外面抨击他的激素猪。这已经是给足了大表哥的面子。

老姑姑沉默了一会儿，说："亲戚之间，能帮还是要帮一下。"

金鑫说："姑姑，会的！只要不违法，肯定要帮的！"

这句话吓了姑姑一跳，轻声问："你这样说，好像茂鑫做了违法的事？"

金鑫赶紧说："没有！不是说他做了违法的事！"

老姑姑说："我听他们说，你长大了，看不上他们！是这样吗？"

老姑这样说，让金鑫不好回答。

他犹豫一下说："没有的事！我今日，不是过来看你们了吗？他们那么忙？还不回来？"

金鑫看看时间，已经是下午三点了。老表哥可能不回来了。他们心里怎么想的，金鑫不想知道。但是，这次在他们的心里，好像已经结上梁子了。如果当初他们购买了内部股份，那么那两百个亿，已经是两千个亿了！换作谁，都会不痛快。他还是自己的亲戚，亲表弟。老表哥帮助了他很多，但他一点面子都没给他。当然，老金哥他们没想到他会走国外的上市之路，如果在国内上市，可能现在还在排队。

并且，上市的钥匙，永远拿不到！

茂鑫表哥没回来，可能乡下人就是这样的直肠子。不假装不做作，得罪了，就是要这样对待你！或者，他真的在忙他的事。

其实，他也不应该存在那些芥蒂。一个成功人士，几个上市公司的大股东，已经是非常辉煌与满足了。难道还真想做全球的首富不成？

现在，姑姑一家的老少都认为他金鑫已经没把亲情当亲情了。

他离开姑姑家时，深情地喊了一声："姑姑！你多保重身体。老表哥的猪，合不合格只有他自己晓得。"

听了这话，老姑姑有些懵懂及哀伤，看着这个侄儿说："鑫啊，我们这个地方，吃了他养的猪，都差不多二十年了，如果有问题，早就瞒不住了！"

看来，老姑姑还是不相信他的话。觉得自己的儿子、孙子养的猪是合格的。不合格的话，也早就被政府关掉了。有一年发猪瘟，那几千上万头的猪，都活埋在了一个山窝里。如果换成别人，也就私自卖掉了。那些没发瘟的猪，一些都还在蹦跶还在喘气，也埋掉了。这是她时常对外讲述的故事。

的确，对于发瘟猪，政府会来跟踪处理，也有处理的补贴。另外，保险公司也要理赔的。还有一些在漆黑的夜里处理了。这些姑姑当然不知情。

老姑姑送这个侄儿出门，金鑫觉得自己的脊背好像被姑姑看得冰凉凉的。

诚如道士大伯父说的那样，一个人的福气是有限的，如果做了不该做的歹事，会把祖宗的福分、父母的福分或者自己的福分，逐渐稀释、淡化甚至抹杀掉。

果然，不久后，老金哥就出事了。

十三

虽然他已经退休了七八年，但是中央的反腐决心很大，反腐可以倒查到几十年。老金哥曾经担任过国家金融监督管理总局主管，利用职权受贿及操弄股票，非法所得惊人。

得到这个消息，吴森森总经理一家已到了国外；老表哥又重新担起了茂鑫集团的董事长兼总经理。虽然法人代表变更了，但是，一些事情还得配合调查。

接下来绿色舌尖集团崩盘，股票跌停了数天，最后停盘。他们的金海矿业也被证监会盯上了。

老表哥一家，已经是热锅上的蚂蚁了。

老姑姑抽空回到了自己的父母家，看见两个老人躺在院子里的葡萄架下晒太阳。他们就像深秋的一棵老葡萄树，叶子都掉光了，只剩下光溜溜的、枯老的、没有生机的葡萄茎秆了。

老姑姑特意请人打电话，请金鑫回村子里，说她有急事，有火烧房的急事——要问!

老姑姑的电话里显露出悲哀与怨恨，好像今天茂鑫的困难就是这个金鑫在背后捣的鬼、使的坏造成的。

几个小时后，当金鑫回到家里，看到老姑姑与父母在一起，爷爷奶奶也在，大家脸上都阴沉着，一句话都没有，都拿眼睛看着这个在全球能排上名次的大富豪。

“老姑姑，什么事呢？”金鑫紧急又诧异地问。

“什么事？刘金鑫，你能不能放过你大表哥？”姑姑直接开门见山，那老眼里已经储满了泪水，准备开门泄闸，而且把侄儿的姓氏都喊出来了，可见事情到了何种程度。

金鑫皱起眉头，叹了一口气说：“老姑姑，你怎么还不相信我呢？我与大表哥有什么冤仇？我怎会去害他？再说，我也不知他出了什么状况。他一直没有打电话给我啊！”

老姑姑生气地说：“我发现你们今天有了几个钱，就一定分个你死我活。怎么，现代的人就是这样的心？”

金鑫说：“老姑姑，我没有卖表哥的猪肉，也没有去举报他。我每天一大堆的事要处理，怎么去管他的事？他还帮过我很多忙呢！”

老姑姑似乎没听他的话，继续说：“你们之间没有仇，怎么他花钱都买不到你的股份？”

金鑫说：“公司是大家的，不是我一个人的。况且，他与老金合伙，单看那个人的为人，我就不敢与他们打交道。大伯早就告诫了老表哥。不信，你可以去灵岩古观问大伯！”

老姑姑说：“老金是一个外人，怎么就和他有关系？”

金鑫说：“外人就一定没有关系？那个人，到处去投资，说不定与大表哥合伙做了其他的生意！大表哥是大场面上的人。姑姑，你怎么这样看我呢？”

“大姐，我去接大哥回来。他或许晓得一些事情。别看他在古观里闭关，他晓得的事比我们还多。”在一旁的刘洁民看着儿子，他相信儿子没有也不会对大表哥使绊子。他这样对大姐说。

“赶紧叫他们全回来！全回来！我们，要去了！”老爷爷哀哀地说，话语断断续续的，用拐杖指着幺儿说。

此刻，老爷爷脸色很难看。奶奶似乎睡着了，或者断了气，一动不动地躺在竹椅子上。

等到一大家子回到老人的屋子，爷爷眼睁睁地看着跟前的那些子孙，一句话都说不出来，最后抬了抬手，指了指大姑和金鑫。

大家明白过来，老人就走了。而奶奶，可能刚才早没了气。

一大家子跪在两个老人跟前，号啕大哭起来了。

很明显，在他们看来，爷爷和奶奶就是因为茂鑫表哥与金鑫的矛盾而引发过世的。老人心里一定认为，两个亲人为了金钱而斗争起来是愚蠢的无知的！更是无法原谅的！苦时能相互照应，发财了却相互算计！外人都能够团结，亲戚之间还水火不相容，这是怎么一回事呢？！

一大家子赶紧报丧，通知家人及亲戚们，能够回来的尽快回来送老人上山；不能回来的也要电话吊唁或者拿出孝心来协助办理葬礼。

老人的次子刘洁众，在视频里痛哭。由于工作高度涉密，他受到了回国的限制没办法回来。老人的三子刘洁人已赶到，携带儿孙在过世的老人跟前磕头长跪。

在刘家宗祠里，老姑姑在哀声哭诉说："哦呵呵，要那么多钱干什么啊？！不够吃吗？不够穿吗？当年那么困难，我们都熬过来了！都熬过来了。"

老姑姑的话，让一家人似乎都回到了那个凄苦年月。当初老姑姑出嫁，就是为了换回一担救命的谷子。

老人的长子刘洁群，一个有修为的道士，这时忘记了道士的身份，竟然也潸然泪下，几度哽咽，他拉起老姑的手说："姐，姐。不怪你，也不要怪金鑫。是外甥——跟错了人！跟错了人！"

刘金鑫的泪水流淌下来，他不想跟姑姑辩白。在爷爷奶奶的亡灵前面，再多的解释也是多余的。他哽咽着，哭得天昏地暗，喘气不顺。

邻里的族亲过来，把几兄弟拢在一块，商量怎样妥善办理两个老人的丧葬。前几年县里执行一律火葬，老人的棺木都收走焚烧了。现在，政策开明了，允许土葬，一家人赶紧分工——购买棺材，聘请风水先生，选穴造坟。另外聘用村里的先生，主持祭奠仪式。

大伯请来同行道士，准备做两天一夜的法事，又派人请寺庙里的儿子，如果方便，也来为爷爷奶奶超度魂灵。

有族亲们的帮助，丧葬的大事就办得有了头绪。兄弟几个一下子就轻松起来了。

主事拿来一个本子，写着丧葬的仪式和各类物品的采购和费用。最后，主事看着三兄弟，还有金学与金鑫。金鑫赶紧对父亲说："我转十万给你，你去银行取钱。"

刘洁民赶紧起身去取钱。主事放心了，在乡下，最难办的是家庭不和，老人走了，要出办理丧葬的费用时就你看我，我看你，没一个人先出手。

金鑫不能让大家出这份钱，但是主事到最后还是对各家说明："分摊费用也是分摊福分，至于要不要老人的福分，那要看个人的肚量。往往，肚量越大福分越大！"这样的话让这四兄弟（包含在海外的老二）心平气和地平摊费用。

因为是冬天，气温不高，出殡的日子可以往好的选。道士翻了万年历，对了父母的八字，把日子定在三天以后。

道士们带着响器过来了。大伯此时是以儿子的身份，换上了俗人的衣裳，与家人一起跪拜守灵。因儿子一个在国外，一个还在寺庙，他作为长子，带着老三家的金学，请求各家强劳力的人家在丧葬上伸出援手。一般的乡下，都是这样相互帮助的。现在村子里全是些孤寡老人在家，要是大家不帮，老人走了，抬棺送灵上山入土都难。

棺材买回来了，村委来人通知，尽量送去火化。

道士此刻满脸怒容。金鑫看见，晓得大伯的想法，他不愿自己的父母在火中受煎熬。至于阴阳两界是否存在，他可是道家的信徒，与常人不一样的信仰和思想。

金鑫赶紧往通知的人说了几句好话，递了两条烟、一箱酒，那几个村干部就满意地走了。也是，国人几千年都入土为安，这里不是坟地紧张的城市，没有必要较真。

“入土吧，每个逝者都有灵魂，火烧火燎，灵魂都受不了。”道士说。

长明灯燃起来，香烛也点起来，唢呐及锪锣也响起来。道士们手持拂尘，点燃三色道符，在灵堂前挥舞超度亡灵，嘴里含糊地吟唱，偶尔听得几句“刘青源老大人——永垂不朽！”那是对亡灵生前功德的颂扬。

金鑫与家族成员一起，还有结拜的兄弟、公司的高管、集团的代表等都戴上了白花和黑袖章，内亲都戴孝帽及孝带，在主事的指引下，配合道士的响器，或跪或拜或起身绕着爷爷和奶奶的棺木游走。

唢呐极具魔力和穿透力，嘀嘀嗒嗒的高亢声悲天悯地，直穿人的心肺，能把人带到一个极度悲伤的境地，让人回到了过去，看到了辽远的世界；又能把人带到陌生的世界，那个世界无声无息，暂且忘记人间的杂事。唢呐的声调时而高亢，高到心都吊到嗓子眼；忽而又低沉起来，低到草丛里、泥土里、坟墓里甚至十八层的地狱里。在快要让人窒息的时候，又回到人间，长叹一口气，重见光明。忽而唢呐声让你找到了宣泄情感的窗口，让人回想起过去的点点滴滴，萌发思念及感恩的情怀，直至呜呜咽咽或者号啕大哭。一大家人跟随着唢呐的吹奏，不由自主地哭成一片。道士挥舞着拂尘，嘴里念叨着天书道经，向天上的神灵述说着逝者的丰功伟绩和谦和德善的品性。

乡下老姑和二姑不断地哭唱起来，把往日的悲苦一一诉说，把老人的恩典一一倾诉，大到生儿育女，小到针头线脑。

金鑫虽然是孙辈，但他从上学起就跟着爷爷奶奶生活，情感很深。往事历历在目，他的泪水像滔滔洪水，汪洋恣肆。但男人的悲伤与哀思，不会像乡下妇女一样对外倾诉，就让泪水汪洋般地冲洗一切悲伤的情愫吧！

爷爷奶奶的死，的确与前来兴师问罪的老姑姑有关。她怨恨的质问，是对老人的最后一击。奶奶先在无声中走了，爷爷也是耗尽了最后一口气。他最后的叮嘱一定是——现在的好日子，大家应该更加和睦与珍惜，怎么会出现这样的表兄弟争斗呢？金鑫懂得，希望姑姑懂得，也希望老表哥懂得。

如果为了金钱可以一切不顾，那么这些不肖子孙就让老人心彻底碎了，心死了。心死了，人也就亡了。

在老人们朴素的乡愁情怀之中，一个人可以没有钱，但是一定要与人和睦互助。何况都是自己的亲骨肉。

可是这个时代，似乎一切都变了，包括友情、亲情、爱情。

法事让这一大家子围着两个已逝的老人下跪、起身，下跪、再起身，反反复复让这些骨肉哀伤、忏悔与醒悟。身体的疲倦减轻了心头的伤痛，加上响器的指引，这些跪拜的后人，竟然看到了未来的光明，得到了亡灵的原谅或者安抚——逝者如斯，一切都回归自然。

法事过后，悲伤渐然减轻了。金鑫感觉到心里一片宁静，内心有一片金色的光芒：那里一片欢乐及祥和，就是大家说的天堂吧。看见这般，活着的后人，内心也得到了抚慰。

故乡下人在为逝世的老人做了法事后，心灵也似受到了祖先恩泽的洗涤。

道家的法事完成了，接下来便是佛家的法事。

无染和尚带领寺庙的高僧，亲自为两位老人超度。

他们围绕死者的灵堂点燃了九百九十九朵莲花灯烛。高僧敲起了木鱼，焚起了香烛，口里念起了《大悲咒》。一片喃喃嗡嗡的声音响起，似乎他们与佛祖对上了密经，走进了法门。

高僧的念经与道士的不一样，那胸腔里共鸣的声音忽高忽低：高到天穹之顶的时候，又缓缓降落；降到地底将要消失的时候，又像春草一样发芽生长，听起来让人伤感、寂灭，重生、豁达。

虽然法师口念的经书十分奇特难懂，但无须听懂，一切都在诵经里升腾超度，让人似乎能看见佛光在普照一切。

这样的场面，吸引了四面八方的村民，他们共同见证了两个老人葬礼的热闹、神秘与奢华。

一些人感动得直流眼泪，也有一些人在议论——

有钱就是好啊！可以请来那么好的高僧做法事！

有钱就是好啊，能够把葬礼办得气派隆重，通宵都灯火通明！

有钱人就是好啊，可以让逝去的人再一次获得无上的荣光！

一些村子里的老人看到这样的场面，也在计划自己百年之后，子孙能够像今天一样为自己举办一场这样的葬礼，来这一世也知足了！

老支书刘青山去年走了，从此村子里没有了他游荡的身影，以及他倔强地反复念着的教条——“人有多大胆，地有多大产”。他死在了自己的客厅里，子女们在遥远的加拿大、美国、澳大利亚和新西兰，四个儿子——刘洁富、刘洁强、刘洁中、刘洁华都因为疫情赶不回来。村民们自发地把他埋葬了。他们没有请道佛做法事，埋得很潦草。虽然那座坟墓外表很光鲜，但听说里边的骨灰盒不是很好，只是随便放置在内穴里。那是村主任帮做的，老支书的子孙在万里之外把款转给了他。对比起来，青山老支书的葬礼让很多村民心寒。

这就是生老病死中的死。活着的人看见了别人死后隆重的葬礼，感觉到死后的无限可能性。但是依照无神论者的说法是，死去的肉体，最后一步都归于尘土。

在葬礼的最后一天，要送两个老人上山，老表哥及二表哥带着儿子林林过来了。森森在国外，回不来，也不回。几个便衣警察私下来到现场，刘家人毫不知情，他们不是来看葬礼的热闹的，而是来看茂鑫集团的法人代表有没有回来，还有那个绿色舌尖的法人代表有没有在现场。凡是与老金有关的企业和个人，都被盯上了。

那天，吴茂鑫董事局主席没有发觉哪里不对劲。

在出殡的时候，送葬的人浩浩荡荡，内亲戴着孝帽腰系孝带，手里持着孝棍，外亲胸戴洁白的花朵及黑色的孝章。一路上，送葬的人在唢呐声里，走走停停，跪跪拜拜，排场让人羡慕。后面外请的帮工举着一个一个的花圈，排成了一条几公里的长龙。远远看去，蔚为壮观。

送葬的亲人们，每个人都哭累了，麻木了，只剩下道士的响器在前面引路。这时，道路上悲恸的哭声稀少了，但有高亢悲壮的唢呐开路，也是极具感染力。

这两个老人也都九十多岁了，属于白喜事。因此，送葬的后人渐然没有了泪水，村民们也是谅解的。

抬棺的分了两组，村子里的年轻人不够，村民调侃地说："要死也不能一块死！"现今能在村里找出八个抬棺强劳力，就是算上那些六十岁的老头子也很难凑齐。好在金鑫花钱在外面请来了殡葬公司的人，一下子请了十六个强劳力。殡葬公司的人统一着黑色中山装，精神抖擞。如此抬棺送两位老人上山，就容易得多了。

金鑫一家比较低调，没有把岭西市殡仪馆的礼仪队请来。在乡下，还是保留了朴素的风俗，不掺杂太多的外来的时尚元素。否则，有些做过了，会影响村民们的心情。

两位老人的新坟就坐落在村后的老鹰山上，在金鑫原来跑步上山顶的一个突兀的山丘下。道路有些崎岖，抬棺人做了数次的停顿，喊了几次的号子，终于把两副棺木送上了新坟的跟前。

当即，唢呐声，直冲云霄。如果拿所有响器来评比的话，村民们会把唢呐排在第一。因为它的欢乐能动天，它的悲伤能撼地。一把唢呐，十几里都能听得见——呜呜哇哇的，听来全是胸腔里的感情在宣泄！全是浑身的热血在翻腾！全是深远的怀念和深切的感恩之情！全是震天动地的送别绝唱！

这个时候的鸟雀都是噤声的。这个时候亲人的悲哭也是多余的。逝者的亡灵仿佛就在四周缭绕，就在头顶的云朵上久久不散。

看到最后一个人上了山放下了孝棍及孝章，唢呐手便换了一个明快的调子，一路欢送前来送葬的人回去，直到回到家门口才会结束。

这时，天空好像清朗了起来，每个人的心里也都亮堂起来了。大家才醒悟——刚才原来是唢呐控制了大家的心，让大家送老人最后一程。棺木入洞，后人祭拜，剩下的工作就是交给造坟的泥匠们了。

大家拿到红伞，分批次下山回家。

就在这时，一个壮实的矮个子突然向金鑫扑去，手里还拿着一把尖刀。金鑫在坟前鞠躬送别爷爷奶奶最后一程时，抬头瞥见来者不善，赶紧用手里的红伞挡开。可是那个人力大无穷，任是金鑫那么高大的人还是感到了莫大力量在冲来，以致手臂上挨了一刀。

他赶紧奔跑起来。

这座山，他跑了无数次，就像跑在平地上一样。此时的桃树、梨树都已落光叶子，那条羊肠小道隐约可辨，后面的矮子在猛追。一大家人在呐喊，也跟着奔跑。特别是母亲郭天美，看见这样的情况，似乎把恐惧的嗓子都喊破了。刘洁民更是忘记了自己的年龄，像疯了一样跟着跑了过去。

但一会儿，金鑫像野猪一样跑得无影无踪了。这得益于他往年爬山的习惯。狂奔十分钟，他回到了村子里，进了村子的医疗室，反锁了门。

后面，一群人追赶着那个伤了金鑫的人，说一定要惩戒他。

这时，在村子里的那些便衣还没撤走，他们把那个要杀人的矮子抓住了。

金鑫的伤不重，只是划破了一点皮。但是，他已经猜出是谁要他的命。因为这次出殡是私事，他保镖都没带。等司机金发跑来找到他，那个凶手都已经被抓去了派出所。

送葬结束了，亲戚朋友都散了。

金鑫回到家，他心里十分恼恨。其实，对于老表哥做的那些事，他全知道。但是，他不曾也不会去揭发老表哥。可他越是这样，越让老表哥造成了更深的误解。老表哥一直以为是他在使坏，在想方设法搞垮他的茂鑫集团。老表哥心胸太狭隘了！

一家人在院子里紧张地看着金鑫。

母亲郭天美更是眼泪涟涟，她说："你到底得罪谁了？你与哪个有那么大的仇？"

"我也不知道啊！等派出所查清了再说。"金鑫冷静地说。

"查得清吗？那个人是老表村里的疯子，前几年把一个副市长都杀了！"三伯父说。

"这样的人是疯子吗？他为什么不对其他人下刀子，光追我？"金鑫暗示，"我不想说了，明眼人都晓得是谁在指使他！"

"你对老表有没有做什么呢？"刘洁民疑惑地看着儿子问。

儿子无奈苦笑着说："我怎么会对他及他这样的公司感兴趣？我的公司在美国上市，他对我一点妨碍都没有！如果说有利害关系，那就是我们金鑫环华与他们的绿色舌尖有竞争关系。但是，我们的惠民工程，是当地政府的支持项目，是经过反复考核通过的，完全不是靠人际关系做起来！今天的事，我是很难相信！既然都到了这个地步，我也要配合公安，把前因后果说清楚。"

不一会儿，派出所的警员来电说："这个人的来路已查清楚，是山里的吴茂飙，从疯人院里逃出来的！"

金鑫说："你们的意思就是——他不承担法律责任？"

对方说："如果情况核实，他就不用承担任何法律责任！"

金鑫说："我有异议。我认为他这个疯子是假疯子。他凭什么追杀我一个人呢？"

对方听了一会儿说："可能是仇富吧！你，可是我们全国的大富豪。说笑了，啊哈。一个疯子做事，就不用有任何理由！你有空就过来配合调查吧！"

金鑫心底升腾起一股无名的怒火，觉得这样草率下的定论，侮辱了自己。而且，既然老表哥要置他于死地，他自然要反抗。在本县或者本市，饶是老表再有天大的本事，也大不过法律吧。

“我会派我的律师过来！”金鑫又想了一下说，“我们还是申请到更高级别的地方调查吧。”

说真的，假如他们是一伙，说不定他们把人弄疯了，丢进了疯人院。那还查什么？金鑫这样一想，醒悟过来，赶紧设法脱身。

他当即请家人放心，拨打了自己团队的电话，又将今天的事情上报给了本省的相关领导，请上面派人前来调查，而且要查清楚几年前那个副市长被害的案子。

“他完蛋了！一个屠夫，杀猪的屠夫，却对我下起了手！”金鑫这样想，觉得不能再放任这个大表哥。

他对家人说：“既然这样，我们也不能包庇他，原谅他。我已经尊敬了他，他却恩将仇报。难怪爷爷奶奶会被气死。我不做点什么，大家都觉得是俩老表互相残杀。我先走，到省公安厅里去。等一下他们问起来，你们就说我去了县公安局。”

金鑫交代完父母，赶紧与司机金发一起出村。他担心过一会儿就会有麻烦。毕竟老表哥的势力在这里根深蒂固。他这个人，这个时候就是粗鲁的屠夫，而且心胸狭隘、手段残忍。

“你不要怕！我在这里，看他们怎样处理这件事情！”大伯道长气愤地说，如果没忘记的话，他还是本省的政协委员。

“现在不是斗气的时候，先离开这里再说。”母亲郭天美这时的头脑异样清醒，她催儿子赶紧走。

果然，车子走了半个小时后，派出所的同志又开着警车来找金鑫谈话。那样子，似乎要来抓人。

“金鑫去了县公安局，说到你们局里去谈。”几个警员听了立即上车，快速离开了。

后面追来一句老道士的话：“你们冤枉好人，包庇坏人，会——自寻死路！”那歇斯底里愤怒的表情，就像是一个普通人在发怒，毫无道士的修养。

但他的话没人听见，就是听见了，这个时代，对于一些人来说，已经利令智昏了。

与金鑫预料的一样，本地的人都在找他。好在他离开的时间早，金发司机一路高速，出了岭西市，拐上了国道，走了一段乡间小道，后联系上了对接的人，才重新上高速。

三个小时后，在下省城的高速路口，几辆警车在那里等他。

这个案子上面非常重视，立即成立了专案小组。

不久，那个疯子被专案组带到了异地审查。在一个偏僻的山庄，矮子凶手装疯卖傻。但这个矮子没有经验，审查人员把他的老婆带来，让她跟他在那里一起生活了几天，他竟然在老婆跟前，做出了很多正常人的行为。

现代的科技那么发达，一切全在监控之中。

疯子再也无法装下去，他坦白交代了一切。同时，又把疯人院里的一个同村的博士吴茂翰供了出来——那个人根本就没有疯，是吴茂鑫怕他揭发饲料的配方，硬生生把他送进了精神病医院。

接下来，他承认自己杀了原来带队前来稽查养猪场的副市长。这个案子原来就很容易破，但是那时的吴茂鑫，他的靠山是个大人物，灭人等于灭蚂蚁。所以，那起杀人案就被当作是疯子的行为。而且，很快结案。被杀的光荣殉职，成为烈士。凶手便进了精神病医院，成了一桩滑稽的往事。现在，吴茂鑫的那个靠山也倒了，远大的政治前途没了，在监狱里虚度余生。

其实，吴茂鑫早被盯上了。但因为他的关系网复杂，且有些人势力尚在，比如老金哥，所以警方一直未出手。现在，老金哥的贪腐案已经浮出了水面。吴茂鑫名下的那么多的财产，和小金在外国储备的那么多的钱财，都来源于国有资产，可以说他们的行为造成了国有资产重大流失。依照老百姓讲的，这种行为比清朝的和珅的所作所为坏万倍——至少和珅没有把财产转移到国外。

老金的很多财产都经过鑫茂集团洗干净转到国外去了。另外，绿色舌尖也是他们敛财的集团。如果不出事的话，明年就能在国内上市，届时，又是一个造富的公司。现在，绿色舌尖的国内上市计划成了泡影。

专案组避开了本地相关人员，因此案子就有了新的进展。杀人犯吴茂飙的疯人证是无效的，授予他证件的疯人院及专家都不具合法资格。警察顺便把责任单位——岭西市精神病医院的院长及专家全抓了起来。一审中，所有涉案人员都承认背后的指使人是茂鑫集团的主席吴茂鑫。而且，当地的养老院及这家精神病医院的老板实际就是吴茂鑫。

警察来到茂鑫集团抓老板。老板似乎晓得了自己的归宿，他自觉地向警察伸出了双手，戴上了锃亮的手铐。他一身肥肉，就像他养的肥猪一样，肥头大耳，一身膘。依照乡下人的宿命论来看，他的下辈子一定是猪。

但是，经查，此时的茂鑫集团，账面上已经没有了一分钱，背负十几个亿的银行贷款。大部分的钱，已经转移到了海外的信托公司。现在森森在国外过着王子般的生活。至于这个父亲，他怎样去面对他的后半生，那早都计划好了。

案件已经逐渐明朗起来了，吴茂鑫杀了人，还私自设立精神病医院，让很多无辜的人成了精神病人，其中就有举报他的同村发小吴茂翰博士，最终被判处死刑。

这个博士放出来了，但已经成了一个真正的疯子。他不会在意身上的穿着，蓬头垢面的、衣衫褴褛的，他在街上走来走去，对着大路、树木、空气或者对着猪、狗、牛嬉笑着，嘴里不断地叨念：噫嘻——未来，我们都是猪！未来，我们都是猪！

金鑫后来知道了，这个吴博士就是研究遗传学的。如今他研究的结论是对是错都不紧要了。因为他真的疯了。几年前，也就是这个博士，向在政府担任副市长的同学举报饲料激素超标，要求严查茂鑫集团，却也给他的老同学带来了致命的灾难。

这个老表哥，真的是一方地霸啊！

至于当初那些办案的人员，都得了茂鑫集团的好处，违背了为官的初衷，更不用说是维护法律的尊严了。这次拔出萝卜带出泥，全被法办了。

岭西市首富抓走了，很多真相大白了。

但是，此时的老姑对这个金鑫小侄，抱有很大的成见，甚至仇恨。

她与二姑回到娘家，对小弟夫妇指责说："金鑫没来的时候，大家都好好的！他们一搭上，就不停地出事。你们怎么说与他没关系呢？"

刘洁民大声地怒吼说："大姐，金鑫怂恿他去杀副市长吗？那时，他还每天在山上跑，没工作。这个屠夫就敢干这事！他当他是皇帝啊！我都没有责怪他派人杀金鑫！滚吧！大姐，你这样教儿子，难怪没好下场！"

小弟的愤怒镇住了老姐姐和二姐，二姐一家在老表的养猪场上班，自然会站在大姐一边，但看见小弟的表情，自然不敢帮腔了。也许，大姐她昏了头，一直以为金鑫是因钱财害了她这个亿万富翁的儿子。

老姑一下子苍老了许多，白发盖头，原来高大的身材萎缩了许多，背不知什么时候驼起来了。她听到这样的话，就失望又哀怨地转身走了。

从此，两家亲戚就这样没有来往了。反正，老父老母已经送山上了，剩下的日子不多，就看哪一天死去，被后人送上山。反正，人都有一死。她感觉老了，黄土埋到脖子上了，换成以前，七十多岁，已经是高寿了！

后来，金鑫几经调查才发现，就职于集团本省的总监、老同学张小磊私底下一直在调查他家矿山被侵占的始末。张小磊发现了背后侵占他家矿产的竟然是茂鑫集团的老板和绿色舌尖的金老板。张小磊又花了很多精力取得了证据，终于把老金拉下来了。时下，国家反腐决心和力量那么大，举报有凭有据，老金先栽了进去。接下来是茂鑫集团和绿色舌尖集团被盯上。难怪老表哥一直以为是他在使坏。

金鑫终于明白过来了。

他找来张小磊，哀叹着对他说：“你赢了！但是，你差点把我都送往西天了！”

张小磊这时不把他当同学了，而是当作亲兄弟。他愧疚地说：“哥，我是没办法啊！我想跟你说，又怕你阻拦我！我的家仇怎样报啊？”

金鑫说：“现在，我大姑已经不把我当亲戚了。我无法去跟她老人家解释！”

张小磊看着眼前的商业骄子，说：“你表哥——罪有应得！根本不用去解释。”

刘金鑫想了良久，说：“也是，我们不能纵容犯法者！这样吧，你对外就放风，说——你的家仇已经报了，当年侵占你家矿产的是他们。我不想我老姑一家误解我。我的爷爷奶奶已经被他们，被我们气死了！”

张小磊沉默一会儿，抬头望着这个同学，说：“好！我晓得怎样做！”

金鑫说：“另外，我要开除你，而且要对外公告。免得节外生枝。但是，你的股权照样持有。”

张小磊爽快地说：“哥！没关系的！我接受！”

看来，这个张小磊不是个软蛋。他还是一只会咬人的狗，会记仇的狼。也是，当初，他一家多么辉煌：县城里的第一辆小车，虽然是桑塔纳，但也是他父亲率先购买的；县城里的第一栋高楼，也是他父亲建的；在整个岭西市，谁提起张老板，都知道是矿山张老板。但是，他父亲也只是自己有钱而已，没做出让全市人民竖大拇指的大事。也就是说发了财，可没有做出什么功德事绩。所以，钱财也守不住。一旦出事了，没人会关心他一家。相反，商业圈子换了一拨人，看中了他家的产业，心生私念，鸠占鹊巢。现在，是上市公司金海矿业，市值最高时是一百五十多个亿。最大的股东是茂鑫集团的吴主席，还有绿色舌尖的金老总。金海矿业与他张家一点关系都没有了！真是应了妈妈说的脑袋决定口袋；乡村俗语说的功德决定福分。

金鑫手臂上的伤口很快愈合了，但是疤痕还是留下了一点点，留给他做终生纪念。

他忽然记起，妻儿还在国外，那里的治安不会有国内好。他赶紧打电话，通知妻子加强家院的安保措施，同时增加了安保人员及设备，以防万一。

真的，没钱的时候烂命一条，叫化子都不理不睬的；有钱的时候，日子过得提心吊胆，还不如在古观里的大伯，焚香听泉，静心悟道。

想到大伯，他忽然想到了那个堂哥金凡无染和尚。

“他应该没被法办吧？我得抓紧时间，去看望他。”金鑫这样想，看了看手腕上的手表，上面的指针在无声无息地、有节奏地往前挪动，循环往复。

时间是何物？它的终点不知在何处，似乎也永远到不了终点。像太阳、地球等行星在宇宙中旋转，似乎直到能量耗尽，才会停止。

眼下日期是 2023 年 12 月 24 日，圣诞节的前一夜。

国外要过圣诞了，他给国外的公司同事和友人发出了圣诞的贺词。同时，订购了一些圣诞礼物送给远方的爱妻和儿子。

十四

前段日子，公公婆婆出殡那天，郭天美与丈夫都三魂出窍了。那天，在山顶上，将公公婆婆送到墓地，他们正要取下孝章，解下孝带，放下孝棍的时候，发现儿子被一个陌生人追杀。

郭天美吓得魂飞魄散，尖叫着，狂奔上前，差点跌坐在地上；刘洁民没有多想，赶紧冲上去帮自己的儿子。甚好，儿子的伤不重，得益于以前他在这山上跑了半年，熟悉地形。那个杀手追赶着儿子，但距离越追越大。几分钟过后，儿子的身影不见了，那个杀人犯找不到自己的猎物，也顺着山路小跑到了村子里。发生这样的事，村子里的人怎么会放过这个外来人，便手持扁担或者钢叉围住了这个不善之人。刚好便衣警察还在场，就将那个人逮了个正着。

郭天美看见儿子跑走了，才缓过劲来，紧急下山。看到儿子从村里的卫生站出来，手臂已经处理好，那个衣袖上有一个破洞，才显现了刚才的危机。

儿子对他们说："没事！"

这对夫妇不相信，卫生站的医生走出来安慰泥匠说："老弟，就破了一点点皮。没事的！"

此时，警车已经呜呜哇哇地闪着警灯把凶手带走了。大家才安心往家里走。

回到家，儿子对外打了一会儿电话，马上喊来司机要离开这里。依照儿子自己的推理，郭天美听来几乎又要被吓晕过去——原来是吴茂鑫派来的杀手。一个富豪对自己的亲表弟下手！今日，如果抱定了必杀的决心，买来枪支，儿子就没了！

想到这里，郭天美几乎喘不过气来，没心思听大伯对派出所警员的告诫与警示，她拍着自己的胸口，急促地催儿子：“快走！你快走！”

这一大家子都气愤难平，嘈嘈杂杂。郭天美的理智还在，头脑清醒，她只希望儿子赶紧离开。

老姑一家不知什么时候已经离开了。没有告别，也没有留话，只当是送葬的任务已经完成，也漠不关心刚才发生的事。似乎已经得罪了他们；或者，老表哥心里有鬼，才招呼不打一声就走了。

村民们看完热闹也渐然散开了。一些人的脸上泛起笑意，嘲讽说：“有钱，也要有命来享受！你看，老的刚走，小的就出事了！要我说，我们乡下，还是平平安安的好！”这是乡下人找来的内心平衡的理由，来安慰自己一亩三分地上的收成以及平平安安的小日子。

夫妻俩看着儿子离开后，赶紧回家。家里还有来帮忙的村民们，要吃了最后一顿斋饭才回去。来帮忙的乡亲们，喝着茶，吃着瓜果，在主事这里各自领了利是。帮工们喜笑颜开，赞美着两位老人的功德、高寿以及后人们的孝心，宽慰后人们。村子里的丧事，都是这样进行的——送走老人，等于完成了一项使命，都应轻装迎接新生活。

公公婆婆的坟地由专门的人修建，包工包料，只需完工时去祭拜一下即可。

午饭后，一大家子也就各走各的。大哥去灵山古观，大嫂也在收拾东西要去云山寺庙履行她的信徒使命。三哥一家回县城。三嫂陪着郭天美，交代一些物品的储存地方和注意事项。她眼里的泪水时不时地冒出来——睹物思人，眼前的一切都是原样子，仿佛自己的老公公和婆婆还在院子里编花篮、晒太阳，她还得计划一日三餐的饭菜。

郭天美把准备好的钱塞给三嫂，三嫂不要。几经推搡，郭天美还是强行放进了三嫂的菜篮子里——这是公公编织的轻巧竹篮子，用薄薄的竹青皮编织的，像一尾大青鱼，两个手柄也是竹青编织的两条小鱼，轻巧、结实又美观。这个菜篮子陪伴三嫂几年，菜篮的工艺得到了无数人的夸奖。三嫂捂着菜篮子，眼泪又在眼眶里打滚。她缓缓地看了院子一边，恋恋不舍地上了儿子的车，离开了这个乡村的老家。公公婆婆走了，家仿佛就不在这里了。他们没在老家建楼房，只得回县城生活。

今天的葬礼，老二一家远在国外，无法赶回来。在外人看来，又得遭批评。就像老支书离世一样，家人都不在身边，失了礼节——再有钱，也没有一个后代来送终！这在乡下，成何体统！养儿防老，就这样防老?

送走三哥一家，公公婆婆的整个老院子顿时安静下来了，没有了人声，连树上的小鸟也似乎飞走了，安静得有些冷清、孤寂和伤感。这一大家子，就剩他们夫妻俩在家了。几年后，他们或者在深圳生活，或者在美国生活——曾经热闹非凡的乡村就这样逐渐成为空巢村了。

这对夫妻在院子里坐了一会儿，把屋子里的东西整理收拾一番，锁上院门，便回到隔壁的自家宅院，升起了厨房的炊烟。

乡村的炊烟，才是人气，才是希望。

日子是要继续的。他们一边做饭，一边在猜测儿子已经到了哪里。应该出了这个危险的地方吧?

这对夫妻，不希望自己的孩子赚了一点钱，就成了香港警匪影片里黑吃黑的恐怖人物。但是这次，成真了。电影里的主角一个是自己的儿子，一个是儿子的亲表哥。

剩菜剩饭刚刚进锅，碗筷都没收拾，警车就又过来了。

警察在屋子四周探查了一遍，警觉地问他们儿子的去向，郭天美说:“他说去了你们公安局！”

来者相互看了一下，便开车走了。真的，事态如儿子所说的一样，再迟一点出去，都会出现强行羁押的可能。

郭天美发微信问儿子的行程，儿子发来了消息，说："出岭东市一小时了，再往前一百公里就是省城。我约的人在高速路口等我们。放心，应该没事了！"

看到信息，两口子悬着的心，终于放下了。

夫妻俩坐在新整修的院子里，良久没有说话。

在他们的想象里，现在是什么时代？是平安的、和谐的、充满发展机遇的幸福时代！怎么会有这样的事情出现？追杀，收买，大鱼吃小鱼，装疯卖傻，地痞恶霸横行……这些就发生在当下，发生在这个乡村、这个家庭。荒谬啊！怪诞啊！惊悚啊！小说家都没有这样想象的！编剧都编不出这样的电影脚本！

郭天美和她老公的心一时很难平静，焦躁不安，就像儿子的公司在美国成功上市那天一样，看到那么高的股价，大气都不敢出。他们的小心脏，就在嗓子眼蹦跳，久久落不下来。眼下，出现这样的事情，太可怕了！换作在国外，大家不禁枪，随时随地都会发生各类的枪战！他们的孙子良运可是在自由的美国啊！太可怕了。是的，一有机会，就让他们赶紧回国！

"就是做了全球级的大富翁又怎么样呢？儿子借他们的款到现在都没有还！他是不是有钱人，也只有他自己清楚。现在，儿子还在逃命！"郭天美这样想，觉得儿子的事业做大了，是不是徒有虚名？

过了几天，那个外甥吴茂鑫被抓了。各大新闻媒体都在纷纷报道这户全球级的大富翁家的事件。

又过了一些日子，俩老表事件真相大白了。原来那个富翁吴茂鑫竟然是前几年杀害领导干部的幕后指使人，杀人犯正是那个矮子。这个人是他们村的，是一个养猪场的清洁工，持假证的精神病人。另外的传言，更是让大家看清楚了吴茂鑫的居心，伙同他人合谋侵占了岭西市张老板家的矿山。实名举报他们的正是张老板的儿子，而不是金鑫这个亲表弟。

听到这个消息，泥匠夫妻松了一口气，觉得自己的儿子不会为了自己的利益去伤害他的亲表哥。现在真相大白了，老表哥也不会再派杀手追杀儿子或者在国外的孙子吧？两口子的心才算真正放下了。

案子既然明了，这对夫妻胃口有了，口味也挑剔起来了。

因为自家没有种菜，一日三餐的蔬菜要上街购买，但是有时他们上街买来的蔬菜，觉得口味总是差了些。他们打起了父母老院子的主意。那个院子还有两块菜园：一块种了一些葱苗，是三嫂种的；一块种的茄子，现在苗秆都枯萎了。他们赶紧过去翻土，把萝卜和白菜种上，要不然，这个冬天到明年初春的蔬菜，又得去市场买了。乡下人，不是说荷包鼓起来了，就不懂节省，看到荒土，不耕种就会觉得浪费。郭天美与老公找出锄头、镰铲和耙子，在院子里忙碌起来。

刘家自优村算是莲花镇的大村，也有上千户人家，全是姓刘的人家。以前，山背的深坑里，有几个石洞，里边有很多石器。石洞的墙壁上绘有许多狩猎的图画，传说这里是蚩尤居住过的地方，原名应该是蚩尤村。但是，在破四旧的年月里，村里的红卫兵把洞里的壁画全部铲除了。那些石器也砸烂了，丢弃了。后来的考古专家一点线索都没找到。所以蚩尤村再没被提起。这个村子依照谐音取名为自优村，是来鼓励全村的人民一定要人人自信，个个优秀。

新中国成立以来，自优村的确出了很多优秀人物和英勇事迹。抗美援朝的战士，刚正不阿的基层干部，兢兢业业的人民教师。整个村子里，大家和气谦让，互助互敬，民风朴实。但是近年来，大家荷包鼓起来了，人情却像白开水一样清淡寡味了，甚至有的人把外面不好的恶习带回村子里。也不知从哪天起，忽然之间觉得以往的民风像山洞里的石器和壁画，再找不见踪影了。

平日里，大家都各过各的，都削尖脑袋去赚钱。村民们都散在了五湖四海，八仙过海，各显神通。你稍不努力，就跟他人拉开了距离。目前，除了几家伤残的特困户，每户都起了楼房。至于口袋里的钱，大家都无从晓得。只是传言这家发了财，那家成了富豪。也可能是，也可能不是。但是，各自的焦虑，就比以往多得多。比如现在的刘金鑫，他的公司金鑫环球已经登上了纳斯达克，那价格可是真金白银。这又让莲花镇、岭西市甚至全国的很多人焦虑不安，甚至抱怨起来。十几年前，这个篾匠家的外甥，一个万头猪的养殖场和十几家的饲料厂就让一些人奋起直追，到如今都没有看到人家的背影，这家人现又出了一个全球性的大富豪。这让一些人惊叹之余，忽然觉得自己被这个社会抛弃了——发财无路，富贵无亲！看着这方水土，兴旺起来的那些人，有点无所适从。

当然，在村民们的心里，都很会这样自我安慰：不向你开口借钱，没欠你的钱，大家依旧是平起平坐！你董事局主席，你巴菲特或刘金鑫也是一日三餐，肚子里也只能装下几碗饭、几块肉！你再大的板，也不过睡三尺床！平日里，在我们自优村，大家都是依照辈分打招呼——谁的辈分大，谁就是爷！而不是谁的钱多，谁就是爷。所以，在村子里，又有这样一种恬静的平和——这是丰衣足食的平和，这是自在、平等的平和。即使东家有个市长，看到西家的种田的叔，打个招呼，还得喊叔。不打招呼也可，没有道德绑架和法律要求。各人管好自己的一亩三分地，不违法乱纪，就依然可以是当家做主的中国公民了。

十五

时下，努力拼搏、期望发财的人依旧很多。

这天，又有邻居上门推销产品了。

“嫂子，嫂子，在家吗？”听口音是东屋村民的儿媳妇赖明秀。她是从安徽嫁过来的，与郭天美一样，属于外来媳妇。刚来的几年还讲普通话，现在土话说得相当顺溜了，分不清是本地媳妇还是外地媳妇了。

郭天美打开院门，迎接客人。看见客人手里拿着一篮子蔬菜，电动车上还有一个箱子，便知是近期街上卖爆了的艾灸座椅。听说一个要四千块钱。它的功效，卖的人吹嘘能包治百病。乡下人很会调侃，说那是——包“治”百病，不是说包“治好”百病。有用没用，也就看各人了。

上门都是客，何况人家手上还捧着送来的蔬菜。这样的礼物与礼节，让郭天美有些感动。

“嫂子，你们要什么菜，就去我家菜园子摘！我没有别的本事，蔬菜长得特别好，都是农家肥种的！”赖明秀的年纪比她小十岁，但因在乡下劳作，让这个五大三粗的妇女，看起来面相与她年纪相仿。不过，习惯劳作的人说话时中气十足，嗓门粗大，话语热情奔放，不容拒绝。

“好的！”郭天美笑着说，同时接下她手里的蔬菜。明明晓得她是来推销艾灸座椅，可依然假装问她：“这是什么高科技啊？”

“艾灸座椅。很好的东西！我说，你们家金鑫那么会挣钱，日子过得那么好，就要养好自己的身体。这椅子很实用，有很多功能。我的婆婆,前几年腰痛,坐了一个礼拜,就明显好了,都可以下田干活了！”

赖明秀一边说，一边走过去，把电动车上的艾灸座椅端出来。

“又不贵！原先四千，现在才两千。还送一个冬天的艾叶子。”赖明秀推销她的艾灸座椅。那笑脸，那态度，让郭天美没法拒绝，也就顺水做了她的人情说：“好吧，给我一个试试！”

于是两人加了微信。郭天美当即把钱转了过去。

赖明秀达到了目的后便环视这个院子，发现全是花草，没有蔬菜，便说：“这些地方用来做菜很好，光种花，就没菜吃了！”

说罢，两个人都相视笑了。

乡下人喜欢蔬菜胜过花草，城里人喜欢花草，只能花钱买菜。这是乡下人与城里人的一个区别。

“我们在公公的老院子里种了菜。这里,就懒得打理了。”郭天美说。

现在，郭天美打扮入时，很像一个城里人，似乎繁重的农活会毁掉一切美丽容颜。郭天美很开心，虽然花了两千块钱，但是获得了邻舍的尊敬。时下很多邻居，因为她儿子的成功，都疏远及生分了。

“嫂子，这椅子使用起来很简单，依照说明书插上电，艾草放在内部的小碟碗里。你试一下，有很好的效果！”

赖明秀看见刘洁民，大声喊起来：“大哥，你的腰不好，也要多熏一下！”

刘洁民在村子里，大家都喊他泥匠，很少有人喊他大哥。听到这样的称呼，他的心也热起来，笑起来说：“是吗？如果好的话，我再给你买十个。我送人！”

“好的哇！”赖明秀惊喜地说。她以为这个男人会抱怨自己的老婆买了艾灸座椅被人骗了。很多人家都这样，女人的工作好做，而男人，看见什么东西都说是骗人的。没想到，邻家男人的态度，让她还有意外的收获。

“大哥,可以的！有用冇用可以试一下！”赖明秀积极地推销起来。

乡下人做生意，差不多都这样相互帮衬。当初的金鑫发展的护垫及洗洁精，家家户户都储存着，到现在，还在用。

赖明秀这个外来女很有学习的想法，她清楚眼前的嫂子是个能干的女人，不说二十几年前敢一个人在外面闯荡，前几年，都快半百了，也像她儿子一样，开了一家公司，也卖洗洁精和护垫。听说，这一家人都不简单，能把小事干成大事，又能不出事，最后把公司包装转卖给别人。他们，的确是这个时代的优秀人物、骄傲人物、传奇人物！特别是现在，他的儿子，能够把控几亿人饭碗里的蔬菜，脑子就是不一般！金鑫现在不光是我们村里的骄子，还是全国的骄子、全球的骄子！

眼下，机会难得，趁这机会，问一下这个能人的一些经验和技巧。她放下艾灸座椅的时候，坐在了花园的一个藤椅上，微笑着问：“嫂子，你说我们做生意，怎么样才能快进快出？像你们一样，做几年就回家养老了！”

“明秀，你说我们？别说了。养老的钱都被儿子榨干了！”郭天美感叹说。

“别逗了！他现在是全球级的富翁！金鑫就是真花了你们的钱，不叫他还？”

“公司大，花钱的地方多！他表面上是这样，实际上，只有他自己才知道口袋里有多少钱！”

“嫂子，你就别小气了！透露一点生意经嘛！”这个村妇赖明秀装傻及撒娇的神态逗笑了眼前的大能人。

郭天美难得今天有闲情，还有崇拜她的邻舍来送菜、说话、请教，话里撩拨起当年自己的胆识和经历来。她泡上云山绿茶，聊起她的生意经来。

“其实，我们乡下人，多数只适合做小本生意。你看，如果我来卖艾灸座椅，我就自己生产这样的椅子。这个椅子，说实话，成本不会超过五十块钱！我会规定好销售模式和奖金，发动大家一起卖。这样，趁这一波的热潮没退去，在短时间内，就做完它。等这一波热度过去了，我都转移目标了！而不像你们，还在做最基层的零售。”

赖明秀惊讶地看着眼前的前辈，从头发佩服到脚指甲了！

“真的，嫂子，你说得太对了！我们跟别人打工，卖一台，奖励三百！一个月，满打满算，五台都卖不出去！”

“你也只是兼职，又不是专职，也没影响你其他的工作！”郭天美笑吟吟地说。

“也是！难怪我们做不起来，总是前怕狼后怕虎。投资大一点，又不想掏本钱！”

“这就是赚不到大钱的根源，你都不想掏本钱，也没站在顶端。”郭天美点拨说。

赖明秀今天算是明白了老板与打工人的区别。好在今天自己已经卖出了一台，她也高兴。早该来请教她就好，自己就会去找源头。如果真的是几百块的进价，她便发动莲花镇所有的亲戚朋友来做，也就很快能赚回第一桶金。现在，艾灸座椅已经市场饱和了。大多数人已经试出了效果，也只是图一时的新鲜感！眼下，这个市场已经走向疲软了。而上面的经理老板，已经赚得盆满钵满了！

坐在这家院子里，晒着冬天的阳光，看着金灿灿的菊花，心里也是美美的；微风中颤抖的小草，还在努力地变绿。就像她们一样，尽管是乡下的老妇女了，但是心中的赚钱梦一直在坚持着，心中残余的青春韶光也一直在燃烧着。

这时，忽然间，赖明秀发现花草的作用，不光养眼还能——人心。她们这个年龄的人，家庭不是特别困难，都能上学。她在村子里，也算是一个有文化的村妇。只是现实生活磨去了文化里的东西，剩下的全是世俗的油盐柴米和家长里短了。眼下，院子的气息触动了她。

“哎呀！嫂子。我说，你家的房子怎么不一样！像那个外墙和玻璃窗子真是特别啊！我们乡下的窗子都方方正正的，外面还用防盗网网住了，多俗气！现在，家里没有什么值钱的东西，却把屋子封闭牢固，也就相当土了！看看地面，也是光用水泥硬化，想着晒谷子和番薯，就土气了！怪不得你家的楼房像洋楼！”

眼前这个外来媳妇赖明秀的话，让郭天美开怀大笑起来。于她来说很受用，仿佛是倒回到了创业的阶段——下属很多问题需要处理和解决，都要来请示或请教她。她做决断时的决心和气魄，总在心里憋屈着。今日，被赖明秀再一次激发出来了。按原计划，她想去美国带孙子，但儿媳妇说他们之间的文化的差异会影响孩子的成长，不太乐意她去美国。又说，在国内的文化里，都是隔代宠爱孙辈，这样会害了他们。儿媳的一番理论让他们的计划落空，两口子只有回到老家养老了。

客人恭维起这家主人了。郭天美甚是欢喜，她说：“其实，我们乡村，美得很。你看山清水秀的，如果大家都把楼房整修一下。整个村子，就像荷兰或瑞士了！”

她们虽然没去过荷兰或瑞士，但手机的抖音上，可是看得清清楚楚的。那里的山水、花草、云朵和木房子，像另外的一个干净的世界。这个山里乡村，如果稍加整理道路、溪流，也有那么美丽。

“嫂子，你说得对！你说，我们乡下人也不容易满足！现在这样子，已经很不错了。十几年前，大家都住在瓦房里，到处是烂泥路。我嫁过来这里，哭都哭了几天！”说罢，两个妇女又都笑起来了。

“唉，你家孩子在做什么？”郭天美忽然记起她有一儿一女，便关心地问她。

“大的，我那金山，不晓得去了哪里？毕了业，找不到对口的事做。我说去找金鑫哥哥，他又说不好意思去。现在也不说在哪工作。老二，金秀，在读高三，明年毕业。读书不静心，成绩一般般，没办法，我们，只有这样的种子！”

这句话再一次逗笑了郭天美。

“你别先给孩子下定论。谁也算不到哪天孩子就开慧了！”郭天美笑着批评这个泼辣的勤劳的外来媳妇说。

“三岁看到老！我们不敢奢望他们能够成龙成凤，只求平平安安！”赖明秀这样评价自己的孩子。她忽然想到了什么，赶紧起身告辞。

出了大门，不忘回头再说：“嫂子，你要菜，就去我家园子里摘。就是铜钱塘北边的那块。”

郭天美看着时间也不早了，赶紧到厨房里，下米煲饭。那只艾灸座椅，在院子的中央，很显眼，像青花瓷做的一样。刚才用手摸了，发现是塑料做的。不厚，怕是用不了多久。不过，还是买一个人情。

两口子吃过中饭，洗了碗筷，在门口的大沙发上看风景或者是打个盹，睡个午觉。

在这安静的乡村，没有了昔日劳作的响声，也没有了以往村妇喊儿的大嗓门，连鸡啼狗吠都少有了，寂静得可以听见院子里的花开。一对麻雀在门前的荆棘丛里建窝，叽叽喳喳的声音像两口子意见不合在吵架。这时，村子里传来警车的呼啸声，给这村子里增添了好奇、不安或者意外的气氛——或者警察又在某个小卖部抓打麻将赌博的。现在的辅警多了，到处巡逻。

眼下，网络诈骗的，买六合彩的，炒各种虚拟钱币的，打牌赌博的，甚至吸毒贩毒的都在山村的角落里躲藏。这样看来，好像每一块土地上都充满赌博！金钱无时无刻不在刺激人的神经，让人紧张、亢奋，给人希望又使人绝望。

刘洁民没有经历过那些赌博，但前几年在岭东市，老婆的甜美时代公司就让他心惊肉跳。如果当时没做起来，就得背负上千万的债务！背债上千万，几辈子都别想抬头了。儿子的金鑫环华集团也是，他如果不成功，就是背债几亿几十亿的债务，几十辈子都别想翻身了！

这样想，老百姓是小赌，他们是大赌，都是暂时赌赢了而已。怪不得有人说，人生就是一场赌局——从出生到死，都在赌输赢。

这个半百的男人近来很喜欢去琢磨问题、思考人生了。这次创业的经历，让他成熟起来，智慧起来了。

现在，儿子让他们在家养老。深圳那边的公司，连保安的职位都没有给他。儿子说："公司要避开裙带关系，以免管理混乱，让合伙人忌讳。"

养老就养老吧，却不让他们这些做父母的省心。你说，在当今平安的国家，在这个祥和的社会，在家乡这片安宁的土地上，被人追杀，被自己的亲老表派人追杀，简直就成了岭西市一桩骇人听闻的奇谈笑料。

这场追杀，也让很多村民们找到了平衡点，有人笑谈说：越有钱过得越是不平安！还是草根百姓好！

他们夫妇也这样认为。

在几次的电话里，他们都建议儿子把公司转给别人，自己过自己的小日子。现在家里的钱，几代人都用不完！

可是儿子却说："你们懂什么！我是掌舵人，中途撂挑子，对得起那些合伙人、那些股民、那些员工吗？况且，金鑫环华和金鑫环球还要做大！真正让老百姓吃上放心菜、健康肉！"

听到儿子那样底气十足的话，夫妻俩也就不多嘴了，觉得儿子说得有道理。他办企业的初衷也是为了让老百姓放心，是在做功德无量的事情。这与外甥养激素猪有本质的区别。他们也就释然与放心了。

"但是，你要注意安全。有时，你要多想想，有没有无意中侵犯了别人的利益。你得把握好尺度！"郭天美再次提示儿子。

"我晓得！我会注意的。"儿子为了让他们放心，这样应付父母。

现在，没有工作，没有唠叨的对象，他们这一家就这一个独子，闲得有些发慌。当初，赶上计划生育的严厉政策，刘洁民得到一个儿子，对外开心地说："我第一炮就打准了！"既有了香火，又省去了计划生育的各项麻烦。那年，为了安心地在外打工，郭天美自觉地结扎了。要是没结扎，多生一个多好啊！多一个孩子在身边，再怎么样，也没有像现在这样清闲得无聊啊！

真是，家家都有一本难念的经。

就在这时，忽然传来一阵孩子的哭声，又是隔壁家金源两口子在吵架。他们离了几次婚，都没离成。那个金源老侄，成天都在买香港六合彩，每天雷打不动骑着单车上街买"马报"，与一些赌博的人，讨论博彩心得。他总说，给别人的码很准，自己总是买错。老婆在外打工，寄回来的钱，全让他花掉了。每次吵架，他们那个还未上学的孩子就哭闹，一次一次地挽留将要离走的妈妈。金源一次一次地保证不再买码。但是一次一次的保证，却总是一句空话。他在家里养了几头黄牛，自己也过得像牲畜一样，身上的衣服从来没洗过，整个人灰头土脸的，似乎像天生的黑人，与街上捡食的乞丐没什么区别。大家议论，他家或者这个自优村，也没有这样的遗传啊！但他神志清晰，知道干活和养牛。可是还没到年底，他养的牛都不晓得是谁家的了。有几头私底下被人牵走了。他跟老婆说，被人偷了，又不敢去报案。原来七八头，现在才剩下三头了，也不见冰箱里有牛肉。明眼人都晓得，那几头牛全换成了六合彩。警察不是没有管过。一次金源老婆举报他买码，结果，在派出所要罚款，她便说自己撒了谎，找了熟人，金源被警告几句便出来了。

金源出来了，却狗改不了吃屎的恶习。日子这样下去，毫无出头之日！

现在，隔壁孩子的哭声凄厉哀婉，看来妈妈是铁了心要离开这个村子了。这哭声扰了泥匠夫妇俩——真的，人活到这个地步，不如找一根绳子去上吊！

家和万事兴！这句话真是经典。你看，凡是家里吵吵闹闹的，运气就不太好，做什么都不顺心。又因为家运不好，让这家的脾气都不好。恶性循环。

这个时代，每个人的脾气似乎都很大，动不动就张口骂人，说话噎人，眼神杀人！

刘洁民夫妇也不好说什么，那是人家的家事。当下不比以前，以前大家说几句，有道理都会听。现在，你去劝说，可能会招来满眼鄙视或一嘴的怨言。当代人的心，都如针眼一样细小，谁都无法揣摩宽慰了。

不一会儿，忽然听见一阵紧张的尖叫与哭喊声。刘洁民听了怕出事，赶紧跑去救助。结果看见刘金源的一只手在流血，一根手指在他老婆手上，一看就知道是他自己用菜刀剁下的。这个架势吓坏了他身边的老婆，便不再提离婚的事情，害怕地乞求他："你赶紧去医院接上！赶紧去！"

"不管！没钱！"金源愤怒地怒吼道，那张焦黄的脸扭曲着。

"我去借！我去借！"他老婆六神无主地哭诉说。

刘洁民看到这样，赶紧跟金源说："老侄，你加我微信，我先转一万给你！但你要保证，以后不要再赌了！"

刘金源看到救星来了，昂首、闭眼、咬牙地保证说："不赌了！再不赌了！"那咬紧牙关的决心，视死如归，让人信服。

刘金源把微信二维码拿出来，泥匠把钱转过去，交代这对夫妻赶紧去医院。金源六岁的女儿，坐在地上，泪水淌满了一脸。

泥匠看见，顿生怜悯，伸手牵起来，心痛地安慰："阿娇，别哭了！"

阿娇停止了哭泣，起身，一边擦泪一边乖巧懂事地说："娇娇不哭。谢谢四爷爷！"

那句话让泥匠心软软的，他的眼睛也潮湿起来，抬脚离开说："阿娇，你要上学，好好读书，明白事理！"

“我会的！爷爷！”阿娇一边擦泪，一边目送邻家爷爷说。她似乎一下子就长大了。

还没出门，看见刘金源媳妇回来，刘洁民便问：“你没跟去？”

刘金源媳妇说：“他说他自己去！唉！我的命……”话说不出来，眼泪一串一串地掉。她摆开头，赶紧回屋。

刘洁民回到家中，郭天美还没问，他便说：“这个天收的，把自己的手指都剁了。”

郭天美沉下脸说：“你又帮了他？”

刘洁民说：“这个急，还是要救！要不，那根手指就废了！”

郭天美说：“他这样的人，就是剖腹，也不能借钱。你等着看哈——他根本不会去医院接手指！”

刘洁民看着老婆说：“敢砍自己手指的，我们乡下没几个。你，不能这样看人！”

郭天美不屑地说：“砍手指，没本事！我是女的，不会嫁这样的男人。嫁了，也会离！”

果然，第二天，金源手上只包裹一层白纱布，那根手指不见了。开始以为包在里边，后来谁把话传了出去，说那根手指被他丢了。他只是请本村医生止了血，消了毒，包扎了一下就回来了。外人还学他说：“他妈的！要那根手指干什么？我要时刻记得，这根没了的手指，不再想那六合彩，什么猪狗牛马了！”

至于花了多少钱，剩下多少，他回家也没有找债主泥匠叔去说明一下。

郭天美对自家的男人说：“你看，我小看人？你就是借一百万给他，他都不会还！他还会拿你的借款去买码！”

刘洁民苦笑，端详着这个外来的老婆，眼睛里全是惊讶、感叹和赞赏的笑。

“这都是些什么人！”郭天美被老公逗笑了。这一笑给了他一个台阶下。她至少不会向他追问这一万块钱。倒是隔壁邻居又在吵架。但没吵几声，就赶紧停下来了。肯定是金源媳妇在问那借款和医疗费用的事。

邻居之间相隔太近了。以前父辈们为了不浪费良田，把家家户户的宅基地靠得那么近，家家的东西两侧的采光都不好。后来建房的人家就好多了，在山脚下，或者在自家的旱地里，只要顺山临水，都可以造舍建房。后面建的院子宽大，也听不见邻里的咳嗽或者吵闹了。他们建早了，只能勉强住下去了。

金源刀砍手指及借款的事，很快就传了出去。几天后，又一个乡邻清明老叔来借钱。他手里拿着孩子的病历及一堆的医院收据。那脸色和眼神，让富翁的父亲心里很不好受。他的卡里还有一点急用钱可以自己支配，但这也解决不了那么大的困难。看了一下那些收据，有十几万的医疗费用。他想到过去，这个乡邻也帮了自家很多，他在外打工的时候，就是这家帮助父母下田收割稻子的。

刘洁民想到这里，心里想到卡上钱不多，便狠下心说："叔，救人要紧。你拿这张卡去，只有五万！全在这里了。"

邻居叔的泪水淌了下来，说："已经很多了！这辈子做牛马也要感谢你们！"

等邻居走后，郭天美走出来，想说什么，没说，最后叹了一口气，说："你做得——也对！不过，你已经身无分文了！"

刘洁民欣慰地说："没钱也好！省心省事！"

可是，接下来刘洁民并没有省心。过了几天，清明邻居又过来，他说："老侄儿，我，唉！我家山脚那块地，你看一下要不要，卖给你们。之前你父亲几次想跟我置换。我自己想建房子，就没换成。现在，干脆卖给你们。那里靠山，又有两亩水田，三亩旱地，用来建楼房很好。"

泥匠知道那几块地，但他现在没有了话语权。他还是探口风地问："叔，你给一个价吧。我好跟天美商量一下。"

清明叔说："你看着给就好！现在，一天就要三千，换一个腰子就要三十万。我都快顶不住了！我相信老侄，你会帮我！"

这样一说，刘洁民的心又软了。他说："好！我会尽快给你回话。"

乡下，男人们说话，一般女人都会回避。这次一样，郭天美虽然回避了，但也听到了邻居的诉求，也熟悉那块地。邻居他家那块地，的确是好。听说当初分田的时候，抓阄时洁民也在现场，那时公公就很想抓到那块地，但是手气没有他家好。后来，公公想用三亩换他家两亩，他家都不愿。在乡下，谁都会看一点风水。但是，风水再好，也要有缘有命的人才能配对。这次，邻里想通了，既然自家没有这个命，他守不住就得退让。现在，他儿子要换肾保命，一个肾脏就要三十万。这家哪里有这三十万？就是卖掉这几块田土，也不够。现在的田土不能公开卖，就算能卖，也是水田三万一亩，旱地两万一亩。当然，如果眼前的大老板这家，泥匠买下来，就不一样了，他可能会给三十万。

刘洁民夫妇还是幻想自己的家院子能够建得宽大美丽，四周的环境优美，不被左邻右舍打搅。他们虽然在岭东市买了别墅，但是，真要在那里生活，还不如在自家的乡下。乡下可以自己种菜，也可以自己养猪和养鸡。乡村的空气及水土让人一辈子习惯了，依赖了。

刘洁民在这个村子里长大，每次看见村中央的古樟树，就有一股自然而然的亲近感。连黄昏夕阳照耀下的古树模样，都是那么熟悉和温馨。就像老父老母一样，时刻站在自己的身后关注及庇佑他们的子孙后代。再看这莲花状的山脉，似乎是他及村民们的灵魂归宿。白天所见，夜里所梦，都离不开这片土地。

夫妻俩一番商量，觉得还是帮帮这家，就去银行划款。另外，郭天美转了两万给眼前这个善良的老公，说："到此为止哈！好事善事做不完！一个村子那么多人，不是一家两户可以解决实际困难的！就是有困难，还有村委会和各级政府。"

刘洁民十分感谢这个婆娘。真的，在大是大非面前，她还是一个通情达理的大善人，而且与他一样，真正融入了这个村子里。你看，邻里有这样的困难，她也没有乘人之危，占人便宜，两个人一商量，就按一个肾脏的费用三十万，外加五万的价格给邻里。

刘洁民夫妇把拟好的协约，拿到村里，请了几个德高望重的老人签名做证，又去了村委会加盖了村委会的公章。村主任本来是不愿加盖这个公章的，可想到他儿子结婚时县市领导都过来参加婚礼，就盖了上去。

这一下，邻里的儿子就有救了。他们拿到钱，便转去了大医院，只有到大医院，才有换肾的专家。

泥匠买下了那块地，心中的蓝图就展现出来了。在岭东市的别墅群里，泥匠看过建筑队施工，他一看效果图就懂。他内心已经想好了别墅的蓝图。只是，园林设计要有专业的园艺师来设计。绿化用的草皮和道路贴的鹅卵石，都要花钱购买。再挖一口池塘，里边种上莲花，既能养鱼，又能聚财气。如果要建好，起码也要几百万。

他打电话给儿子，告诉儿子，自己已经买好了靠山的五亩地，打算建造一栋像样的楼房。要儿子把之前的两个亿的借款还回来——他已经是全球级的富翁了，这点钱，应该要还的。

这一个催款的电话打过去，儿子及他们夫妻都愣住了。儿子说：“我不是还回了你们吗？我上市不久，还是妈妈打的电话，说要急用！”

“天哪！我没有打电话给你啊！”在一旁的郭天美紧张地说。

“没打电话，怎么声音是你的？”儿子这样说。

郭天美大气不敢出，她几乎是哭着说：“儿子，我没叫你打款。是不是我们——被骗了？！”

“不要着急！没事哈！我先转款给你们。你们赶紧去报案！真有可能我被电信诈骗了！现代的科技，可以模拟你的声音。我这边也去报案。”

这样撂下电话，泥匠夫妻坐在院子的地上，两个人如老父母刚离去的时候那般，六神无主，头脑嗡嗡。

儿子的款虽然打过来了，但是这对夫妇没有心思去建造新楼了。他们想来想去，一定是熟人钻了空子，为什么就知道他们借给儿子两个亿呢？刚好就这个数？

不久，警察也过来调查。泥匠夫妻把所有的嫌疑人都过滤了一遍，邻居和以前的岭东市的发小、合伙人，都一一把名字写给了人民警察。

两个亿被骗，一时间又成了全国最大的电信诈骗案。这一次，莲花镇的刘家自优村再一次出大名了！不，是富翁家刘金鑫家出了大名。

由于涉案金额巨大，警察的办案效率是极高的，很快就侦查到了境外的电信诈骗团伙。

在国际警察的协助下，在印尼的电信诈骗团伙被抓了。这伙电信诈骗人大部分是岭西市的年轻人，为头的竟然是莲花镇刘家自优村，刘大嘴与赖明秀的儿子刘金山。那个大专生一毕业就失去了踪影，原来是跑到了国外去“发财”了，而且这次发财成功。卖给她艾灸座椅的赖明秀是这个犯罪嫌疑人的妈妈。不知是真不知还是假不知，她儿子在外面发了大财，她一点都没有表露出来，或者她压根就不知情。但是，听说他诈骗得来的那个财，抓到他时，已经花得没有了踪影。等待他的，只有把牢底坐穿了。

真是的，现代科技越来越发达了。手机里声控系统可以模拟出郭天美的声音，加上一个圈外的熟人，提供了借款的信息，就让村民刘金山钻了空子。这个“90 末”的后生，好好的学不上，去印尼学电信诈骗。

两个亿，可不是小数！郭天美两口子几天都没有睡着觉——这真是无巧不成书，自家的村民诈骗了自家的人。这又成了莲花镇，不，整个岭西市的一大笑话。

早知道会有这样的结果，这钱用来帮助村子里的孤寡老人都足够了。多好啊！

现在，村里的扶贫工作正在推行，那些低矮的泥砖土房子早被拆除了。五保户被送进了养老院。村子里的特困户，就剩下几家没有外出务工的人家——都是脑子出了问题，或者手脚有了残缺的。也有懒惰的人，可也受到了政府的关怀与帮扶。但是这样的懒惰人家，越帮越穷。即使送给他们谷种，花生种，山羊种都会被吃掉。现实社会里，一些人是没法去帮的。印证了乡村的俗语——烂泥扶不上墙。

刘洁民夫妻每次想到那两个亿，胸口都痛。儿子的开导虽然有道理——命里属于自己的，就跑不掉；不属于自己的，抱得金子都会化成水，可心里还是很难过。

“没关系的！想开一点。”儿子这样安慰说。只要他的公司能够顺顺利利，就能够成大气候。这两个亿就当一次教训！

但是，这个教训像两座大山，时常把他们压得喘不过气来。

可叹的是，出了这样的大事，这个后生非但没有得到村民的谴责，倒是得到赞赏——能骗到全球级的富翁家的钱，能干啊！高明啊！似乎他们这家就该被骗。

后来听说他承认他诈骗的钱，除了得到绩效提成两千万，剩下的全部给印尼的老板转走了。这样说来，躲在背后的老板才是真骗子，大骗子——躲在更远的地方，操纵这些电信诈骗的徒子徒孙，收益最大又没有坐牢的风险。

人家才是真正的国际顶级骗子！

虽然儿子把款给他们转过来了，但是，吃一堑长一智，泥匠夫妇不敢露富了。后来村民前来借款，这两口子都以被电信诈骗为理由拒绝了。渐渐地，大家也都不把他们当作有钱人来看待了。在乡村的闲话里，大家的心里都找到了平衡。

一有空闲，刘洁民夫妻便换上农民的服装，去新买的那几块地里劳作。村民看见了，又对他们打趣说：“越有越贪，越穷越懒！”

他们先是把草除去，然后花钱到桃花江边，挑鹅卵石块。大大小小、各种类型的石头都可以，用大卡车运回，把田坎用石块镶嵌起来。过了一个冬天，竟然有些景观旅游区的模样了。

等到把旱地的杂树清除，种上一些桃李、杨梅和翠竹，那片山脚下的风景便亮起来了。一些村民看着这对夫妻的设计，心里暗暗佩服。这真又应了他们销售团队的口头禅——脑袋决定口袋！

不久，邻居的孩子出院了。孩子换了一个肾脏，脸色红润起来了，可以在村子里散步。

一日，清明带着全家前来地里帮忙。这很让刘洁民夫妻为难。想到出了劳力，不支付报酬，不是乡下人的做派。再说，这地原来就是属于他们的。虽然土地证件已经在他们手里，但是，上面还是他们的名字。如果他们不认，去补办，也可以补办出来。刘洁民很尴尬，郭天美的脸色难看起来了。

目前，这一家人没有劳动力，家里原来的顶梁柱已经是一个换了肾脏的病号。那卖地所得的三十万，应该没剩多少了。

刘洁民直接说："老叔，你们眼下还是把老弟的身体养好！没有钱，我这里再借几万给你们。以后，有就还，没有，也没关系。你们在这里劳作，让我们心里不踏实，很怕你会反悔这桩交易。"

邻居叔听到这话，赶紧上前作揖说："好的！老侄，这样说我们就不来帮忙了！但恩情，我们一家几辈子都不会忘！"

"老叔客气了！"刘洁民赶紧回礼说。

为了以防万一，这个乡村泥匠索性买来红砖，把这一片水田连旱地用围墙围起来。

但是，围墙围到一半，镇里和村干部就来人了，说是良田砌墙违法，赶紧停止。

刘洁民反应快，他急忙说："我准备搞农业养殖业，不围起来怎么养猪，养牛。"

这样一说，村干部就笑，赶紧应和说：“这是我村的新农业创业典型，希望能得到镇里或县里农业部门的批准帮助。”

镇里的领导说：“他家都是大富翁，还要县里的帮助？确保耕地红线，是我们的国策，不能违规啊！”

大家便笑。走时，镇领导干部说：“你要起房子，先到镇里的国土资源管理所申报批复。符合规定，再来规划。不能在良田里建房哈！”

刘洁民马上应答，想从口袋里掏烟，但是烟已经戒了几年了，他什么也没掏出来。倒是村干部看出苗头，帮他递烟给镇领导。

镇领导看着这块地及山梁说：“这真是个乡村旅游胜地，沿着山梁，建造一条木栈走廊，装上太空舱，接上路灯，也十分好看！”

这样的话，让刘洁民听来，浑身冒汗，生怕这个领导看出了他的意图。

他赶紧顺嘴打哈哈：“我们乡下，都没剩下几个人了。哪有这闲情。还是种上果树好！发展新农业，才符合当今政策。”

这句话让在场的领导们高看他一眼了，不再有其他的说辞。

村干部晓得刘洁民这个人不谙世事，不会搞人际关系，便对领导说：“走，我们到农庄去喝茶，那里的泉水，煮出来的茶味道不一样。”

一行人便往内坑的山庄去了。这一下，才算是给刘洁民救了场。

在旱地里干活的郭天美看见干部们走了，她下到底下的水田，问刘洁民：“他们怎么说，不会说我们非法建筑吧？”

刘洁民说：“良田里是不能建房的。在旱地里做可以，就是要走审批流程。”

郭天美说：“那你买到这块地有什么用？”

“有用！可去申报。”

“你只有一块宅基地，哪有资格申报？”看来这个老婆是有见识的，还晓得宅基地一户只有一块。

“我家金鑫不是可以单独立户吗？”刘洁民提示眼前这个聪明又

糊涂的婆娘。

“哦！这样就好。那就赶紧办。”郭天美这才放下了心。

这时，大路上过来一个闲人，这个人邋遢得很。那人看着泥匠的大院子，良久一动不动，就像一根木桩。

“洁年，你看什么啊？”刘洁民大声喊道，测试他是真疯还是假傻。

这个疯子，家喻户晓。以前与他一起读书到了初中、高中。他被父母宠坏了，因为有六个姐姐，他不用干农活。大学没有考上，姐姐们全部出嫁了，他出去一次失败了，便哪里都不去——不去打工，也不去务农，终日游手好闲，最后把家里的两个老骨头都耗死了。几年了，他就这样一个人，十天半月不换衣洗澡，走到哪发呆看到哪。长发飘飘，胡须草草，面黄肌瘦，眉头紧锁，若有所思，似乎一直在思考如何走出人生的迷途，却一直没有思考出结果。

几个姐姐每周轮流送粮油过来。大多数送来的是做好的饼干、米糕、南瓜糕、番薯干，保质期长久的，反正只要他会吃，就饿不死。以他的条件，可以评上特困户。不过，他从来就不配合村干部，拒绝签名，还咒骂村干部，弄虚作假。时间久了，对于这个真假疯子，村干部也就不理他了。

他就是仇富。二十年前开第一辆车进村的，是老支书的小儿子刘洁华。他把他的丰田车停放在村中央晒谷场上，人刚走开，这个疯子刘洁年就拿石头砸了车玻璃。当时把刘洁华气得差点吐血——你让他赔，他家只有两个生病的老人。况且，他们还是一起长大的发小。

现在，这个刘洁年看了洁民的半个大院子，良久。忽然，他伸手指着刘洁民，激愤地说：“打倒地主！打倒你这个大地主！坏地主！万恶的大地主！”喊后忽然转身，雄赳赳气昂昂地走开了。

刘洁民懒得理会这样的懒人，假疯子。

这个懒人，走着走着，以为对方无言理亏，便迈着豪迈激昂的步子走路，嘴里唱着：“起来！不愿做奴隶的人们！把我们的血肉，筑成我们新的长城……”

他还记得我们的国歌，却没有用在对的地方。可能在他的脑子里，是在找他的“革命”队伍。他相信，终有一天可以找到他的队伍，再来一场“革命”，把现在的“地富反坏右资”抓起来，批一批，斗一斗，以泄心中不满或仇恨。这是他一个人的斗争与战斗。

刘洁民夫妇坐在那些大石块上，听到这样的警告及歌声，哭笑不得。

这个懒人，是不是真疯，还是有待考究。他是跟不上时代的步伐，也懒得跟上，又想得到实惠，这是不可能的。到头来装疯卖傻，害了自己一生。这样看来就没疯——他是因为自己落伍，对现实社会的不满而深感无奈。

现在，都过了五十了，熬死了父母，自己还赖活着。他就像那部电影《活着》里的福贵，厚颜无耻地活着。

自优村的疯子刘洁年走远了，他的歌声在这山脚下久久回荡。在这个当年的革命老区，大家都过上了从来没有的好日子，剩下几个懒汉光棍。他们，早应该用吃苦耐劳、积极进取的态度来改变观念，改变自己的命运了！

真的，在乡村，一个人如果勤劳，在当前这么安宁祥和的、机会多多的年代，怎么样都会过得不错。村子里很多夫妻，两口子带着儿子儿媳，光打工，一个月就有一两万的进账，一年就是二十万，十年就是两百万——怎么会过得窝囊、憋屈？人，只要一懒，那就完了。金源为了赌博把手指都剁了，但他不懒，还养了几头牛，耕了几亩田。比起假疯子刘洁年和讹人的刘金石来，就强多了。

刘洁民看着与自己一起长大的刘洁年，想起鲁迅说的——哀其不幸，怒其不争！

“你这个兄弟，牛高马大的，长得也不差。如果当初你们一起出去打工，他也很容易成家立业。”郭天美惋惜地说。

“他去过一次，没找到厂，饿得捡别人的剩饭吃。失败一次，就再也不敢出来了！”刘洁民说。

这对夫妇又想到了三十几年前的在广东打工的岁月。那时候，在工厂上班，一天十二小时，劳动强度很大。但是，那个时候年轻，身体仿佛不知疲倦，永远开心快乐。有时候，他领完物料，躲在角落里，抱住郭天美亲嘴。那滋味，那情景，一辈子都回味无穷。

刘洁民说到那事，郭天美竟然脸上泛起了绯红。她甜蜜地笑骂眼前的泥匠一句：“你这个人，真是坏蛋！流氓！”

刘洁民听了老婆的嗔骂，开怀大笑。在他心里，高声感慨——青春啊青春！爱情啊爱情！多么美丽，多么迷人！

可是，青春韶光一去不复返了。转眼，两个人的鬓边都现出了白发。

刘洁民感慨过后，多么希望时光可以倒流，回到以前的青春岁月。那时，没有现在有钱，每天心里却美滋滋的，不会有现在的焦虑、不安，甚至恐惧。就说眼下的山地，如果没有更多的欲望和想法，就不会有建豪宅的主意。真正打造起来，那工程劳心劳神的，又得掉一身肉，脱一层皮。

现在，总结一下，归根结底，还是人心的不满在作怪。

人的欲望，真的无穷无尽！太不可取了！太可怕可恨可憎了！

刘洁民又想到了那个比他大一两岁的外甥吴茂鑫，明明已经坐稳了岭西市首富的位置，还是要不断地、不择手段地，甚至践踏法律，侵占他人的财富，伤害他人的生命，获取更大的财富。一个人，到底要多少钱才能满足？他们，这简直是另一类疯子！

想到外甥，又想到自己的儿子。他得提醒儿子，适当的时候还是要从商场退出来，够儿孙学习生活的钱就可以了。眼下自己口袋里的钱足够，只要他不背外债就行。

这样想来，他与老婆商量了一会儿，两个人达成了一致的意见，便拨打儿子的电话，再次提醒儿子。

“喂，老爸，你们，还有什么事啊？”电话那端金鑫在问。

“什么事？没事就不能打电话？我们想——你在深圳起早贪黑，公司做大了风险也大。如果能够脱身，还是卖了自己的股权，回家过自己的小日子！”母亲郭天美恳切地说。

“妈妈，你们懂什么？没事去旅游！我很忙，别烦我！说了多少次，大海航行靠舵手。中途我就撂挑子？我才三十几岁，我还想拼搏！”

“你想买下整个地球啊！我跟你说，一个人有一个人的福分。我们乡下人，有现在的生活和积蓄已经不错了！……你不是乡下人？你要站在曼哈顿的最高楼层上，傲视全球？我看你有些迷糊，别高看了自己！”

这边，泥匠父亲焦急地说。

那边，儿子听到父亲跟他谈人生及处世哲学，便挂了他们的电话。

刘洁民两口子坐在那些被河水冲刷几千年几万年或者几亿年的石头上，无语、茫然、发呆良久。

“人家要在美国占一席之地！他好像不是我们中国人，不是我们莲花镇自优村的人了！”这个乡村的泥匠感叹说。

“当初，我们违反计划生育多生一个就好！现在，生孩子还有奖励。我们的孙子，却在国外，想抱都抱不到！”听到儿子的话语，郭天美伤感地说。

“我们现在再做计划生一个吧！”刘洁民调侃眼前的老婆说。

“嘁——扯啊你！我都快要绝经了。哪能生出孩子来呢？”

“你不是还在用护垫吗？没事的，去医院检查下，说不定还可以生一个！”泥匠坏笑着说。

“有生也不生。又不是你怀孩子！”郭天美已经没有生孩子的想法了。也是，如果年轻十岁，那就有可能。现在，还是过好自己的小日子吧！再生一个，一切都得重来，喂奶，看护，上学，然后催促他们结婚生子。又一个重复十八年的劳累，心累了——她承受不了。

春节又快到了。村子里的车子忽然多了起来。家家在外务工做生意的陆续回来了，大家大包小包地往家里搬。有的带回了媳妇，有的带回了在外生养的孩子。家家户户的厨房都飘出了年果的味道，老人不再站在村口发呆或者在村里的娱乐室里打牌，已经进入新年繁忙快乐的时刻。

村子里的孩子也多了起来，欢声笑语也不时地传送开来，回荡在莲花镇的上空。这时节的云朵，也显示出大年平安祥瑞的景象。

整个村子、镇子，及至全市、全省、全国都弥漫出丰衣足食、幸福安康生活气息。这是历代以来，中国人最幸福的时代！试想，有哪个朝代人民的生活水准有现在那么高？哪个年代，人民能够成为真正的主人？唯有当代！当代！

当代就是个传奇的时代！

你只要勤劳，只要智慧，一切都有可能。就是失败了，生活的成本也不是很大。在广大乡村，只要还有一点信心，一切都会有转机。

刘洁民看着窗外山岚、田野以及村庄，听到那些人声狗吠，心里涌起一阵礼赞般的感慨——是啊，现在的小康生活，以前做梦也没有想到过。

只是，今年的年，让他们夫妻俩过得有些凄寒。

公公婆婆已经不在了，兄弟妯娌们也不回家过年了。人家说，父母在哪里，年就在哪里。儿子却去美国跟儿媳和孙子过年。金鑫这个儿子，世界级富豪，已经把这新年回家的乡俗忘在脑后了。

郭天美在厨房做年糕，她请老公上楼舀油，刘洁民竟然把正事都忘记了。

“刘洁民，你去上街买油啊！还没舀好？”听到老婆的催喊，发呆的刘洁民赶紧拿了油瓶，到储藏室里舀油。

乡下说的，叫化子都要过年。这夫妻俩的年，也要过得热热闹闹、红红火火！

但是公公婆婆今年去世，只能贴白对联，也就罢了。今年过年，他们打扫了每个大门与小门，什么都不贴。只点起高烛台，燃起香火，祭父母祭祖宗祭天祭地。

大年三十，他们做了一桌子菜，猪牛羊三牲各一盘、鸡鸭鹅三禽各一道，大鱼大菜各一盆，一锅羊头羊排羊蹄汤，蒸的煮的焖的炒的煸的炸的，夫妻俩像酒店的大厨一样，精心制作——子孙们不回家过年，他们也得过得温馨像样。

除夕夜，在院门口，点燃起一条长长的鞭炮，响彻云霄。

然后，这对夫妇也端起热好的米酒，夫妻对饮，欢度春节。

“天美，祝你新年幸福！”丈夫对妻子说。

“洁民，祝你新春快乐！”妻子对丈夫说。

说罢，两人大笑起来，仰起脖子就干了杯中的酒。刘洁民被酒呛了一口；郭天美的眼角闪现出了一丝亮光，很快被她的衣袖揩去了。

十六

金鑫环球集团的运作进入正轨，业务逐渐扩大，在华东华南的各省乃至全国，已开拓并占据七成的市场。金鑫环球的股票一直坚挺。依照他的持股市值，他已经坐上了全球大富豪的位置了。

这样一颗富豪新星，被全球的各大媒体追捧。但是，金鑫很少对外露面，他委托公司的副董事蒋清女士或者高层与媒体见面。他清楚大富豪不是那么好当的——不光要面对各国机构的审查，还要提防利益集团的陷阱或者暗杀，老表哥都敢对他下手，何况其他人！

自从送走了爷爷奶奶，他很少回家。那个追杀他的案子，警方已经侦破。老表哥及连带渎职的相关人员全部被抓。茂鑫集团被查封关停，饲料公司的激素严重超标被查封；上万头猪因为不合格被活埋。这个集团大厦已经轰然倒塌，曾经的岭西市首富锒铛入狱。老表哥的这个结局，让他感慨良多，又无可奈何。

目前金鑫环球的发展形势，对金鑫来说，正是如日中天。但是，他依旧心存芥蒂或者戒备，觉得一切仿佛是在梦里。在他想来，他的成功，虽然是努力的结果，但是，很多时候，他觉得是上天对他格外恩顾。他生怕在哪一天梦醒来，自己一无所有。

这也许是他乡下小农思想在作怪，是他农民眼界在作怪。但是，王侯将相宁有种乎？任何时代，英雄不问出处。他这样对自己打气。

这样过了一年半载，在外人看来，金鑫环球的老板不是刘金鑫，而是他的得力助手蒋清女士，甚至是公司的其他总裁，所以对他的追寻热度就逐渐降低了。

自从出了被刺的那件事，为了自身的安全，刘金鑫配备了几个贴身保镖。这些保镖可是业界以一抵十的顶尖人物。每次的行程，都有秘书处的人专门安排。他要求不散布消息，不对外公布自己行程，俨然是一个国家政要。即使这样，所到之处，前呼后拥，让刘金鑫感觉自己就像末代皇帝一样，受人摆布。这是我们国民的劣根性吧。像人家马斯克，多随意，儿子骑在他肩膀上会见各国政要。各国政要也随意。大家都是来工作的，务实高效最重要。

但是，国内就不行。他似乎被大家绑架了做了业界王子一般。其实，在他的内心，完全没有业界王子的骄傲和自由。或许，公司高层认为他，已经不是他个人，而是金鑫环球的今天和明天，关系到公司的正常运营以及十几万员工家庭收入，也关系到全国甚至国外众多百姓的食品安全。目前，金鑫环华的国内卫生检疫标准，已经成了全国的食品标准，得到各省市的认可、嘉奖及推广。

他的公司，已经是食品加工、配送中心的领头企业、标杆企业。

公司做大了，就会有垄断的嫌疑。这一点，刘金鑫董事局主席看出了苗头。他为了避嫌，在后来的业务开展中，注册新的公司，均与金鑫环华平行运营。另外，在足够的资金支配的情形下，他计划把资金投入到中医药的领域里。

人类战胜疫情，他很清楚最大的功劳当属中医药。中医学的经络与气血，至今没有仪器可以检测。几千年的老祖宗的中医方剂，救了无数人的生命，即便很多人还是抱有怀疑及抵制的态度。

刘金鑫记得小时候，他得了疝气，县里的西医说要开刀做手术，他父亲把他带回家，交给一个乡下的游医，几服中草药就治好了。其实，中医治病，是看重整体的身体状况来治疗的，成本低廉亲民，效果却显著。

时下，是发扬光大中医的时候了！ 金鑫觉得自己要做这件利国利民的大事。

想到这些，刘金鑫召集公司高层，讨论进军中医药的计划。虽然公司的话语权是在他个人这里，但他还是希望听到不同的声音。

会议上，有的人同意，有的人反对。同意的人说，发展中医药是件利国利民的大事，符合当下的政策，只要投资得好，一定可以成功；不同意的人说，中医药对本公司来说是个陌生的行业，做熟不做生。每个企业家投资人，都是希望利润可观，回报满满。

最后金鑫说："我了解了一下，现在欧美发达国家，越来越认可中医药，越来越欢迎中医药。而我们，还是傻傻地去吃阿司匹林，吃阿奇霉素等西药。这些西药长期使用有副作用。我们确保了我们的食品安全，却没有更好地去保障我们国人的身体。我们有义务重振中医药！我们中医药，其实可以治疗很多的疾病，像中医说的痰湿形成的结节、毒疽肿块等，只是暂时没有仪器来分析中医药对疾病治疗的数据。中医近来受到那么大的冲击，那是因为侵犯了西医西药集团的利益。还有一点，就是现在的中药来源有问题，很多不是野生的，不是有机肥种植的，不是成年药用的，不是原产地的，不是原来的方法炮制的，这些因素造成了中药的疗效大大减退，也造成了病人不信任中医。现在，我们来投资中医药，为中医正本清源，提高知名度，挽救中医，迫在眉睫。

"当然，在投资之前，我们会派团队去中医药的科研单位学习，了解中医药目前的困境及哪些是真正与中医药相关的企业。在我看来，未来中医药养生养老会成为主流。我们可以努力打造中医药康养基地和中医药研究机构合作研发中医药。这里，我再次强调一下，这是件利国利民功德无量的事业，与金鑫环华的菜篮子工程一样！

"当然，我们的投资不是盲目地投资，也不是一味奔着资本最大化去投资。一个企业能做到利国利民，又能赚钱，那就是健康的有前程的企业。"

他说完，反对方不发声了。

刘金鑫高兴地说："我们集团将增加一个中医药事业部。这个事业部将聘任中医药界权威人士做顾问。大家以后身体出了问题就不用跑到外面去被别人做实验品了！希望我们的国民平均寿命能够走在世界前列。目前日本人的平均寿命是全球最高的，他们都很重视食品安全及中医药。他们都把我们的经典方子称为汉方！何况我们这些中华儿女，为什么不重视不作为呢？！"

话到这里，与会者脸上都显出了笑容，掌声响起。

就这样，中医药事业部的第一个康养中心，设想在母亲家乡岭东市的大山里孵化。那里原来就是全国中草药的培育基地和交易市场。

依照设计蓝图：康养基地占地只有百十万平方米，而且是依照山势与大自然密切融合，在外面看不出有损山林的痕迹。康养基地的客房，在树林里，做成胶囊一样的半透明的屋子，木地板的栈道连到各山各岭，既采光又能够呼吸到大自然的富氧。喜欢阳光的有山顶山腰的阳光房：喜欢安静的，有溪谷的安静房。

基地配有高级中医及药师，全方位服务客人。另外，基地建设科研室，拿出可观的奖金，鼓励出成果的科研人员。

岭东市政府看到金鑫环华集团的金鑫康养企划书，十分看好，很快就划了一块万亩的山林给他们。

金鑫康养基地很快成立。

紧接着，金鑫康养基地与各地中医药大学联合，成立孵化基地。这些好消息接连报道，让全球华人欢欣鼓舞。相信在不久的将来，一般的小病就是一杯中医药饮料，几块钱便能解决，而且没有副作用。

金鑫环球的股票再一次往上冲，到达五百元美金。这是意外的收获。股东、股民们一片欢呼。

不过，这样高调的宣传及扩张方式，肯定会让西医界的利益集团对他的康养基地抱有成见。这一块巨大的蛋糕被金鑫康养拿走一大半，很多人是不愿意的。即使那些反对的人跑到他的康养基地去吃中医药，也相信中医药，但，就是不想让全国人民享用廉价的、有效的中医药。

果然，不久，国内很快就出现了不同的声音。有一些议论针对金鑫环华和金鑫康养，说他这个人像以前的某氏，控制了菜篮子又想控制百姓的健康。而且，批评的网站来头不小。

刘金鑫看到批评，沉默了。他想，对他的批判来得太快了！

因为被点名，金鑫好像就是万恶的资本家般名声败坏了。他走到哪就有人抗议，有人朝他扔鸡蛋或者石头，甚至把他祖宗十八代也扒出来，让世人看清楚这一家人的本性——母亲三十年前就是大美公司的一个传销人员；父亲是一个民间的半桶水的泥匠，竟然敢为村民建起一栋又一栋的农民楼。又因为利益冲突，把自己的亲表哥，茂鑫集团的董事长打翻在地，还断送了人家性命！他的老姑姑为了这一家，嫁到了山沟里换了一担谷子救了一家人，他这一家却恩将仇报……

批评他的、举报他的似乎有理有据，他一百张嘴都说不清。他选择沉默，请高参们去回应。

高参们经过调查，发现栽赃陷害者来头不小，还是小心应对为上，不宜用过激的言论来反驳。至于金鑫环华的菜篮子工程，那是民生工程，我们可以长期公示我们的一切营运状况及各项制度和标准，甚至可以接受民意调查。金鑫康养也可以参照金鑫环华，由第三方做一个民意调查。

刘董听了这话，说：“民意调查不太妥。不仅花钱，而且在专业度上也有所欠缺，我看还是先由金鑫康养的专家发文阐述中医养生对人体的好处。至于这个项目能不能做大，我们就——静观其变。”

不久，相关部门对金鑫康养进行了突击审查。不光对专家的资质，还对财务挖了个底朝天。最后，金鑫康养虽然没事，可似乎挨了一记鞭子。这一鞭子打在金鑫的身上，让他浑身很不自在。换作前几年，没结婚没做父亲的时候，他会迎难而上，全力应对。现在，他竟然有些缩手缩脚了，觉得自己的力量及魄力不见了。他意识到，一些事情不是有钱就能解决问题。此时，身边的各路高参似乎也遇到了劲敌，几乎都偃旗息鼓，全退缩回来了。金鑫环球的股票一路狂跌，但是很快就收住了，国外的大财团看好金鑫环球的布局，大肆购入。

但是国内似乎没减轻对他的金鑫康养进行打压——三天一大查，五天一小查。

既然这样，那就做好这一个基地就可以了。依照公司的规划，五年内最少要在各省发展五十个康养基地。金鑫反思自己及自己的公司，赶紧刹车甚至掉头——也许，他这个草根起家的暴发户，没有这个能耐来拓展这样拯救中医的大业。

想到这里，他的心里竟然有些失意甚至伤感。

此时，他想到了灵岩古观的大伯，去请教他，或者能得到解决困惑的办法。

一直以来，每天的会议或行程都是满满的。金鑫忽然觉得，要培养自己的左右手，自己不能活得太累。你看，现在，他想回一趟家去看大伯，还得看一下行程，向秘书处报告或者请假。

在看大伯之前，金鑫先去了一趟岭东监狱，看望无染和尚。不，现在不是无染和尚了，是金凡哥哥。他在监狱里恢复了自己的俗家姓氏。

明年就是他四十二虚岁了，他在监狱度过了两年。因为表现好，原本可以提前出狱的，但是这个哥哥不想提前出狱。这个金凡哥哥自从大伯举报他，让他走出寺庙后，大伯找人查了他的案底——是因为他追求的女同学，要他去拿一种实验品，用来做实验。他在实验室给她找到了。后来，才知道这个同学的心像毒蝎，竟然因为嫉妒另外一个才学出众的同学，用金凡提供的化学品慢性毒害了她。不久，这名女同学去了美国。等他明白过来，他没有信心去面对那名受害的同学——她已经成为植物人，躺在医院里。金凡悲伤不已，便中途退学，削发为僧。他如果去举报那名凶手就不必承担刑事责任，但他没有，被判包庇罪。在审判之后，金鑫在监狱里见了他一面，想法子帮他申请无罪辩护。但是看见金凡的脸上显现出久违的坦然谦笑，看得出他的心已经释然了。后来，探望的时候，这个堂兄对他说："老弟，不必帮我了！我罪孽深重，早该进来这里改造，而不是选择遁入空门。现在，在这里，我才找回我自己的灵魂。虽然是世俗的灵魂，但是有了新的生命。我知足了！"

这正是大伯希望看到的。

很快，两年就过去了。这一次金鑫决定再去看望他。

岭东监狱离金鑫康养基地不远。他让身边的安保人员在金鑫康养基地等他。他只请金发开车送他回家，先到家里看望了一下父母。见到父母在新买的地里忙碌，连茶都没喝，就开车要前往岭东市。

母亲担忧地看他上车，金鑫对她说："我没事！你别担心！我只是，很忙！"

"你再忙也要顾家。你与蒋清多生一个！我们也要带一个！"母亲郭天美提出了她的要求。

"好的！"金鑫痛快地回答，同时，心里觉得好笑——就是多生三个，蒋清也不会让她带。在妻子的心里，这个公公婆婆是乡下人，教育出来的孩子，也会是乡下人。现在岳父岳母已经住在了美国，在那里带外孙。若让母亲知道了，又是一件麻烦事。说他这个儿子已经倒插门了——娶了媳妇，忘了娘！父母只能通过视频看自己的孙子，想抱一抱都很难。

金鑫此刻觉得自己愧对父母。但他找不到更好的方法，来完成父母的心愿。就让他们赶紧把新楼建起来吧，在适当的时候，他们一家一年回来团聚几次，也是好的。

他赶到监狱的时候，监狱长在门口等他。他只是跟市里领导要了那里的电话，没想到市里已经安排好了一切。

他在大门口办好入内手续。很快，在会客区看到了金凡哥哥。他的头发已经长出来了，胡须也长出来了，脸没有在寺庙时那般干净，眼镜都没戴，活脱脱一个种田的乡下汉子。当年的和尚影子一点都不见了。看见他前来，笑逐颜开。

金鑫看到这个哥哥已经变得俗气和滑稽也很真诚，感觉到面前这个哥哥血肉真实，心里很开心。这里真是改造得法——当初一本正经的无染和尚，又返回到了以前乡村年少的时光。

两个兄弟紧紧地搂抱在一起。金鑫记得，小时候总是跟在他的屁股后面，要吃的有吃的，要玩的有玩的，没人敢欺负他。那个时候，金凡哥哥就是他的庇护神。

“你在这里，过得好吗？”金鑫问。

“好！你那么忙，怎么有空过来看我？”金凡的眼神不再空洞，看着他问。

“忙什么？都白忙！你现在缺什么？”金鑫问。

“什么都不缺。这里对我很好！”堂哥的话语间流露出的不再是寺庙里的和气或大学里的书生气，像一个乡下的庄稼汉，谙熟一年四季、二十四个节气，明白地里生长的庄稼，需要怎样施肥和除草，会有多少收获。看来，那颗强大聪明的心已经平庸无奇了。

这样的变化又让金鑫感到喜忧参半：这个学霸的改造，把所有的灵气都改造完了。看他的样子，也许，他出来后的第一件事情，就是——结婚生孩子，回归正常人的生活。这又是人间的喜事！

在他们的谈话期间，一个女民警端茶进来。金凡马上起身立正，向女警官敬礼说：“警官好！感谢警官！”

女警官笑着说：“别闹！这是你的弟弟？”

“对。他就是我的弟弟，现任金鑫环球的董事长！”堂哥金凡认真地回答。

“哦！大富翁啊！刘总，您喝茶！我和您哥是老熟人哈。”女教官和颜悦色地说。

金鑫看见这个女警官，年纪也与哥相仿，那态度和眼神，让人怀疑他们的关系非同一般。

“她，我高中同学！带刺的警花！也是你未来的嫂子！”金凡骄傲地说。看来，进这监狱，也找到了他的另一半。高中时期，金凡的学习成绩那么拔尖，长相那么标准，肯定让许多女生心仪。只是他考上了北大，让许多人望洋兴叹。

听到堂哥的介绍，金鑫十分开怀。他起身鞠躬喊了一句：“嫂子，好！”

他的举止逗得三人都笑了起来。

往宿命里来说，是大伯算出来，他的对象在监狱里，才大义灭亲，将他送了过来，这也是缘分！本省那么多的监狱，就偏偏送到了这里，碰见他的管教员，竟然是自己高中的同学。

后来的谈话，让刘金鑫猜测这个管教员可能因为长相出众，个性太强，又是文武双全的警花，没有人敢与她谈对象，结果一直没有成家。等堂哥进来了，她翻阅了他的犯罪记录，敞开心怀与这位老同学谈过去，谈人生及理想，让他重新点燃了生活的勇气，也让他在这里获得了新生及爱情。

这一次，堂哥得到的是真实的爱情，不是虚幻的、被利用的。难怪他现在一脸幸福。可以看出他再也不会想返回寺庙了。

眼前的高大美女警官，就是他命里让他复活的观世音菩萨。

“嫂子，你放心，我哥的婚车婚房还有他的工作，我都帮他安排好了。现在就等我哥出来。”金鑫在适当时候鼓励说。

“不不不，感谢你的好意！我们这里有房子。我的工作在这里。我，也热爱这份工作。金凡也很支持我做这样的选择！”未来的嫂子坦诚地说。

“那好！金凡哥就到金鑫康养基地去做负责人。离这里才十几里的山路。算是帮我的忙。”金鑫时刻都在为这个堂哥着想。

“我没经验。怎么敢做负责人？”金凡担忧地说。

“我会细化各部门的职责，给你配有助理。没关系的。再说，什么事可以难倒一个名牌大学毕业生？”金鑫恳切地说。

金凡笑了。脸上的笑容是庄稼汉一样的笑容，是淳朴的笑、丰收的笑、满足的笑，也是世俗真诚的笑。

看见这样的笑容，大家都会心笑了。

这次谈话甚欢，这让金鑫可以很好地去面对道观里的大伯了。

结束探望，他立马回到西岭市的古观，找伯父聊天。那些保镖，就让他们享受两天的森林康养吧。

依照导航，司机金发在群山里钻了出来，上了高速，一路向西。

时值七月，正是稻子成熟的季节。车子快速地行驶在高速公路上，有时能看见一片金色的稻田，有时能看见一带绿夹深灰的乡道，有时能看见桃花江淡蓝泛白的身影，隐隐约约地蜷曲在群山脚下。

这是个七彩的世界。森林、河流及田野组成了现代新农村。一切都是整洁的、新鲜的、充满活力的，没有了低矮茅房，没有了决堤的河坝，没有了滑坡的山体，也没有高耸的烟囱。当然，也没有了昔日忙碌的景象——时代进步了，科技普及了，耕种机、收割机把人力代替了，村民们不再面朝黄土背朝天，每日起早贪黑地劳作了。

金鑫看着乡下的景色，心里快活极了。他想到了妻儿，在美国的乡下，也是这样美丽的风景，怎么就没有这种亲和的吸引力呢？那是因为是异国，是他乡。他是在这里长大的，喝这里的水长大的，呼吸这边的空气长大的。如果让他选择，他还是喜欢这片故土。祖宗长眠在这里，父母生活在这里，乡情乡音在这里，家的根在这里，祖国文化在这里。他得想办法说服妻子多生几个。孩子才是未来的希望。这是连水里的鱼和青蛙都明白的自然属性。

再说，各国的国情不一样，制定的国策不一样。国外有国外的风险。前些日子，财务总监给他建议，把一部分资金转入国际信托，这样可以规避政治风险。金鑫想，我们的国家哪里有政治风险？只要正常纳税，正常做合法生意，国家会把你列入优秀企业，在很多方面都反哺企业。所以，他没有听从总监的建议。

来到古观，金鑫急不可待地把金凡哥的状况跟大伯说了。大伯满怀感慨地说：“其实，他终究是没有佛缘。他是感觉到自己的罪孽深重才出家的！希望这次改造，他能够走出那个阴影——幸甚幸甚！”

两个人在古观背后的茶室里闲谈，讲到今后金鑫环球公司的发展，大伯给的建议像父母亲的——见好就收！在大伯看来，天下发财的路子很多。一个人只有一双手，抓不了那么多的鱼。况且，时下众人都在讨论第三次财富分配的事。当然，那时是为了众多的百姓能过上好日子。而，时下的共同富裕，也是金鑫环华的目标和他个人的梦想。

他的公司，可以说是利国利民，不是走歪门邪道获得的成功。他更没有像大表哥一样，与一些贪腐的人走得很近，给那些人洗钱或者转移财产，或者垄断、掠夺他人的财产；他也没有靠政府的补贴过日子。相反，金鑫环华是纳税大户。

金鑫跟大伯阐述公司的经营状况和未来进入中医药的计划目标以及眼下遇到的困境。

刘大道士听了欲言又止，接着连连颔首称赞。

他说：“这样的话，依照我们的道法，你是得道者多助。至于那些反对你的人，就是逆天而行，必遭厄运。只是，如果你没有撇清与那些人的关系，你也会一筹莫展。这个社会上，你要时刻提防小人，做好各方面的准备。像你大表哥，虽然自己进了班房，搭上了性命，但是森森、林林及他的后代都可以平安度日。”

“大伯，怎么可以这样比对呢？他做的什么事？”金鑫不认可大伯的说法。

道士沉默一会儿后说：“也是。但你记住，一定要提防小人！不要全部押注菜篮子或中医药，拿出一部分储存起来。这样，才有退路！

这个时代，最不缺的，就是功利小人！”

大伯虽然没有给他什么好的建议，但是，金鑫把自己想法说出来了，心里亮堂了许多。他想，只要本着惠及国民的事情，就可以大胆地推行。因为，“得道者多助，失道者寡助”这句祖宗留下的话，在哪个时代都灵验，都行得通。

他很快回到金鑫康养基地，看望那些为中医药事业做出巨大贡献的专家，关心当下遇到的最大困难，解决金鑫康养成长的瓶颈。

在普通的座谈会上，金鑫要求大家集思广益，畅所欲言。

院长做了会前汇报概述，把整个康养基地的建设做了说明，既有乐观的社会效果，又有未来发展的担忧。金鑫听后建议所有在座的专家畅所欲言。这个年轻的董事长，满眼的好学和执着以及诚恳的态度，激起了大家的热情。

有的专家建议，中医药的发展不能急功近利，需要着眼长远；有的专家提出，中医药的发展要着重人才的培养，可以申办中医药大学；有的专家提醒，就业问题上，待遇是关键，如何提高中医药行业的待遇，是发展中医药的关键！西医被人推崇，挖根究底，就是职业医生的利益的最大化；也有的专家说，中医康养是未来不久的主流行业，中国老年化越来越严重，这个市场做到了一成都不得了！

他在会上得来的信息，不说一片光明，但比想象中好多了。

为了摸准脉搏，他到康养基地看望了一些康养的顾客。这里有三千个床位，目前入住率极高，达到了九成以上。

山林里，娱乐中心，处处都有康养的老人。有的闭目养神，呼吸着负氧离子；有的在打太极拳；有的昂首对着太阳在深呼吸；有的用身体对树木撞击，或者匍匐在老树的根上，吸收地气……身边的康养技术人员在一旁指导及看护着。这里一片康宁祥和，大家的脸上洋溢着恬淡与幸福。

刘金鑫与养生者打招呼。康养基地的养生者看见这样的阵势，知道来人不是领导就是老板。有的顾客对这个老板竖起大拇指，大赞这边的康养基地和中医药的效果。

“我肺癌晚期，都快被三甲医院判处死刑了！是钟教授给予了我第二次生命。”一个乡村老汉激动地说，“可惜，我们的农保在这里没办法报销！”

“老人家，你的医药费我们给你免费！”刘金鑫对老汉说。老汉狐疑地看着这个人，边上的工作人员说：“这是我们的老板，还不赶紧谢谢！”

“感谢！感谢！”老汉几乎要跪下来感谢，被金鑫搀扶住了。

“不用谢！这件事是我们没做好！”金鑫转身问康养基地的院长，“怎么，还没有与当地社保对接好相关的工作吗？”

院长面有难色地说：“我们不是医院，所以不好申报。”老农看到此情形，赶紧说：“没关系的！费用也不多！才几千块。”

金鑫听了说：“那好！就动用我们的救济基金，给他报销！”

一个人在边上提醒说：“刘总，我们不是慈善机构！这样的话，来康养的人越多，我们亏得越大！”

金鑫顺势赶紧走开，咨询下一个康养顾客。

这个是政府退休人员，他开怀地对年轻的老板说：“好！这里很好！空气、环境、伙食及服务，都让我满意！我去了几家康养基地，就这里好！感谢你们帮了我一家大忙，解决了他们下一代照看老人的问题！”那脸上的笑容是灿烂的，那感谢的话语是真挚的。

第三个受访者是人民教师，她说：“其他没话说，就是费用有些贵，不亲民。如果与其他养老院一样的价格，那么，这里就是最佳的选择！”

刘总转身看了院长一眼，院长脸上的笑容意味深长，刘金鑫看得懂，也就谢了眼前的人民教师，到其他地方考察了。

走了半天，看到中医药康养对国民的帮助，金鑫的信心也逐渐增强了。

他回到集团总部，马上召集高参及合伙人参加会议，把金鑫康养良好的发展景象通过视频展示给大家看，再把之前的计划拿出来，重新讨论。

最后，他要求中医药事业部要依照原计划，到各省招兵买马，拓展业务。

会后，他留下董事会及顾问团。金鑫希望高参们能够通过渠道，送出信息，与对手握手言和。

一周以后，一个高参回来报告说："对方已带来话语，说他能接受，但是与我们相同行业的对家不接受。你发展中医药的势头太猛，那是砸了他们一群人的利益，而不是几个人的利益。再说，中医康养的利润就那么一点，发家致富何日有盼头？"

金鑫环球给他赠送股权，他没接受。高参回话，那人似乎不开心，认为是打发叫化子。

刘总听到这样的讯息，沉默不语了。他想，一个人怎么可以这么贪婪——上亿的股权，竟然说打发叫化子？！这样的人得势，不鱼肉百姓才怪！有些人，身居高管要职，已经是荣誉满满的了，却依旧贪得无厌，欲望无穷。人，唯有百年，食为三餐一口，睡为尺宽一床，难道想着把财物带进棺材里，在阴间继续享受荣华富贵？真是无法想象人的贪欲怎么那么强烈，那么欲壑难填！难怪百姓们会谴责、抱怨——坏事做绝，阎王那边都不会放过。

金鑫想到这些，心底涌起一阵莫名的胆气——他就要做出名堂来，他就要把金鑫康养的旗帜树立起来。

他把重心放在了金鑫康养上。他制订了一些策略：在媒介上，他号召大众热捧中医中药；在实际投资上，在各省加大注资中药研发及中药炮制厂商；他还拿出奖金，举办中医论坛，奖励业界的杰出人物；他甚至鼓励发展民间中医，与他们联合收集民间偏方，公开教学，资源共享。

通过一系列的措施，他让中医药直接惠及百姓。

渐渐地，更多的百姓在中医药中找回信心。

当然，金鑫康养的麻烦也接踵而来。

首先，在公众的媒介上，刘金鑫被贬为新时代的资本家——垄断菜篮子，现在又打着中医的幌子来绑架百姓的健康。刘金鑫俨然成了名副其实的国民血吸虫。他的头上似乎被人洒了一盆狗血，淋得一塌糊涂。

接着，几大配送中心忽然出现了一些农药超标的蔬菜及不合格的肉类。几个市场负责人被抓或涉事企业被关停。

金鑫没想到隐藏在背后的人会像老金哥一样，用这样下三滥的手段嫁祸于金鑫环华。此举像国外的警匪片——把一包白粉放在当事人口袋里，然后拍照，促成了他们的人赃俱获。这真是滑稽可笑，可憎可恨！

这场毫无硝烟的战争似乎已经开始了。

刘金鑫也豁出去了。他旗下的团队也在密切关注，设法进入对方的核心，把他们利益集团的阴暗证据揭示透报给各级纪委监委。

对方震惊了，他们没有想到这个三十几岁的毛头小子会反击——这个乡村暴发户，没有资历，没有背景竟然敢与他们叫板。而且，还找到了相关核心的证据，能量不可小觑。

金鑫使出的招数，让他们始料未及。那个强势的人一下子已经没声音了，深潜了下去。

但是，有一日，在金鑫的老家，父母购买的良田周边砌起的围墙被政府执法部门全部拆除掉了。

接着，在岭西市的本地媒介上大谈特谈——他们的买卖是非法的；这个新时代，已经萌生了仇富的思想；在乡下，一切物产包含宅基地都是属于集体的，不容任何人侵占！舆论的谴责像蝗虫一般又一次向他及他家人飞来。

现在，连乡下的小学生，都知道——原来的这个刘金鑫，岭西市莲花镇的乡村骄子、金鑫环球的董事长、全球级的富翁，就是现代版万恶的地主，是垄断的资本家，是铜臭的金融寡头！

刘金鑫一定知道此刻父母的心情，肯定是伤心和失望及担忧的。幸好，新房子没有做起来，要不，拆除了新楼的损失会让父母承受不了。

他赶紧让人把损失的钱给他父母转过去，并交代父母把田地还回去，就当作是一次好人好事。

这一次交手，双方都试探了一下，各有损失，算打了一个平手。

但是金鑫想得太简单了。想不到的是，他这次树立的敌人不是一两个，而是整个西医群体。他在明处，人家在暗处，而且他以一敌百敌千敌万，甚至都不知眼前的哪个是自己的敌人。邮箱里、手机里的警告铺天盖地，外面的恐吓也肆无忌惮。

金鑫连感冒都不敢去看西医了，生怕在检验室里被人杀了。现在，杀一个人是很简单的，也有人愿意为钱而去杀人。反正，这个时代，各色各样的人都有。一些人愿意为钱财而走极端，出卖身体，出卖灵魂甚至出卖生命。就像老表哥，竟然替杀人犯准备好了精神病证明，简直是为了达到目的，无所不用其极。

这时，一个高参介绍另外一个尹姓朋友过来认识。这个朋友对年轻的刘总极感兴趣，可以说崇敬有加，就像老子过函谷关时的尹关长一样的心态。而且，尹先生有极强的背景。他带来了投名状，就是为了把那个对手彻底打倒。否则，国内的金鑫环华、金鑫康养两家公司就会有没完没了的麻烦。他还把对手核心的更加有力的证据复印件拿给金鑫看。

金鑫不敢怠慢客人，希望坦诚以对，请对方讲明条件。对方开出的条件让他一阵心寒——以目前的半价收购金鑫环华的 20% 的股权。

金鑫笑着对来人说："尹先生，这个条件，我无法向股东们交代。我可赠予我个人三个点的股权作为聘任你来我集团做顾问的报酬。但是，你得为金鑫集团的各项事业保驾护航。”

对方犹豫了一下，笑着说：“好吧！但是我还增加一个条件，就是注资金鑫康养，我们一起同舟共济，继往开来。”

“好！”金鑫爽快地答应。客人伸出了手，两个人的手紧紧地握在了一起。

双方达成这样的协议，半个月后，金鑫环华的所有被查被关的批发中心，都已进入正常运作。那个隐形对手先是调离实权岗位，然后接受调查，不久又成了反腐的典型，被判处无期徒刑及剥夺政治权利终身——又是一个被欲望坑害的老金被抓。这些人都因为欲望自断前程，自食其果。这就真应了儒家说的——失道者寡助；佛家说的——报应！

金鑫康养的拓展也进入了蓬勃发展的阶段。他的个人名声渐然往好的方面扭转。他资助贫困学生，资助扶贫的善举又逐渐被主流媒体频频播报。他还在家乡岭西市成立了教育基金和扶贫基金，孩子们的嘴里不再出现新时代地主的言辞了。他与家人的形象逐渐转成了正面。

他再次成为响当当的岭西市乃至全国全球商业奇才，莲花镇乡村骄子！

当然，刘金鑫也处于危险的境地。几次外出遇险，都是贴身的保镖舍命护驾。那是其他对手再次使出了暗杀的手段。而被抓的杀手，竟然像谍战片剧情演的一样惊悚——凶手当场咬舌服毒自尽。显然，这是收了钱财舍命的交易。

很多时候，他都不敢站在大都市露天的窗台上。有一次，一架微型无人机，像一只蝙蝠一样向他飞来，且向他喷射毒液，他下意识地挥手阻挡了进攻，要不，他就被无人机斩首了。可见，这些躲在背后的对手，手段卑鄙残忍，不得不防。

刘金鑫没有想到，他，一个乡村起来的企业家，竟然无形中得罪了那么多人。难道拯救中华医药，竟然成了一桩罪孽，成了众矢之的？

不不不，是中医药伤害了那些人的利益。一些人只恨没把这个康养基地的刘金鑫抓起来，活活凌迟，当作医学标本。

受到这样的侵害，刘金鑫苦恼了一阵子，深居了一阵子。回到莲花镇回到村子里，看到有的村民对他发展中医药极力夸赞，他备受鼓舞。所以他回到总部，重整旗鼓。越是受阻、被恐吓，刘金鑫越是加大力度，致力于中医药的发展。

他鼓励中医药专家向药监局卫健委要职要位。他认为，只有中医界的话语权多起来，中医药才能自救；否则，光靠企业的资助，见效甚微。

然而，中医药的专家们都似乎学透了中国的中庸之道，他们没有底气和锐气，更不用说用霸气去应对各类困难。他们像河里的水一样，随形而变。现在，唯有金鑫康养在为中医药复活，逆水行舟，力挽狂澜。

但是，这一年来，金鑫康养自己的阵地也都没有防护好，几个中医专家竟然被综合医院以高薪挖走了。他们从事的职业，依然是西医之外的辅助治疗。

金鑫召集人力资源总监，要求拿出引进人才、留住人才的具体方案。

人力资源总监一脸无奈，他说："我们集团的薪资制度限制了我们手脚。他们比对同行的薪资，我们康养基地没有竞争力。"

"制度是死的！我们可以改革薪资制度啊。现在的薪资是以前的制度，你们就不会变动吗？"刘董批评人资总监，"你尽快拿出一个方案来！"

人力资源总监高兴地说："调整薪资，才是留住人才的妙方！好！你放心，一切都会迎刃而解！"

"关键人才还要签订离职协议、保密协议！"金鑫提醒。

"必须的！"人资总监保证地说。

就这样，每天的会议，每天的决策，每天的检讨与整改，金鑫呕心沥血为集团劳神累心。

十七

当金鑫康养走入正轨的时候，自家的后院却起了火。

这个环球的大富豪，拥有自己的私人飞机，与妻儿每半个月会有一次相聚。夫妻的感情，金鑫没有看出来哪里不对。再说，蒋清的肚子又大了起来。如果没有计算错的话，年底就会临产。这样一算，他提前安排好集团的重大事务，坐自己的私人飞机，回到了美国曼哈顿海滨的别墅。

去年过年没回老家，今年，第二个孩子要出生了，距离过年还有几个月。春节到来，孩子也满月了。这一次，一定带一家人回老家过年。

回到家后，看到妻子大肚挺挺的样子，想着第二个孩子即将来临，刘家再添丁，金鑫满心欢喜，简直可以用幸福极了来形容在家的心情。同时，他感觉到了男人的强大。在认识她之前，他虽然自负，但是背后还是有些自卑的，觉得给自己的配偶目标定高了——博士，最好是留洋博士。眼下，这个妻子就是皇城脚下的留洋博士。他的后代也因此彻底褪去了泥土的气味。看到孩子，想到未来，这又让他感慨又感动。

身边，儿子查理（刘良运）已经长到与他齐胯高了，这是他儿时的模样。但面前的儿子与他又不同。他的语言及思维完全西化了。他很少喊他爸爸，却喊他金鑫，与他像兄弟一样，这让他感觉新奇又别扭。

夜晚，不知是不是太累的原因，他很快进入了梦乡。梦里，他在写股权转让书，还在每一份协议中签名盖手印。有一份协议，他一个字都看不清楚，他也签名盖手印。蒙眬中，蒋清在不断地抱怨说："难道你不相信我吗？你——不相信我吗？”

金鑫迷糊间连连地道歉：“我怎么不相信你呢？”一连签下几个字，指纹印盖了许多个。

接着，梦中的情景，让他惊呆了：一个天仙般的美女，楚楚动人，坐在寝宫里，一丝不挂地对着他，风情万种。

他惊慌地看着一旁的妻子。这时，腆着个大肚子的妻子微笑着，用手指轻轻点了一下他的额头说：“傻瓜，今晚，她就是你的！”

说罢，蒋清腆着个大肚子快乐地离开了，还顺手为他们把门关上了。

金鑫懵懂间，不知所措。但是身边的天女一样的人，像藤一样缠住了他。他怎么能把持住。他像是卷入到了仙山佛海之中，云雾缭绕，迷迷糊糊，飘飘荡荡。

他失去了重量，一脚蹬天，与飞天起舞，与嫦娥共欢；他痛饮杜康，醉生梦死。

……

等他醒来，发现自己的身边果真躺着一个妙龄美女，一丝不挂，含情脉脉。

金鑫震惊不已。他意识到昨夜发生的一切根本就不是梦。

当时，他自己怎么一点清晰的意识都没有呢？睡前的酒水里放迷魂药？自家的饮食都是严格经过检查的。唯一可以断定的是，妻子觉得自己怀孕期间，怠慢了自家的先生，因此起了这样的好意？

金鑫看着同枕的女孩，一阵紧张又一阵疑虑，最后竟然有些欢喜，又一次忘却所有。

令这个莲花镇的乡村骄子，金鑫环球董事长没有想到的是，当他们享鱼水之欢之时，蒋清进来了。她惊讶万分，“哇”的一声尖叫，然后，捂着脸跑开了。

接下来的事是，蒋清离开家，去了金鑫环球的帝国大厦总部。

过了不久，一队美国警察过来驱赶金鑫，勒令他限期离开这个国家，并且出示了法院的离婚及财产协议书。

他恍然大悟——他，钻进了一个圈套。自己——已经一无所有了！

如果说还有，就是一张回中国的机票，还有一张护照、一沓美金。

这就是他的全部。

他像是喝醉了酒一样，糊里糊涂地走出家门，信步游走着。

此时，在金鑫环球的总部，蒋清腆着个大肚子召开记者招待会，向全球声明——当下的金鑫环球的董事长已经改名换姓了。蒋清女士接管金鑫帝国，成为董事长，掌管了金鑫集团以及旗下的所有事业部。所有的部门将原样保留，希望上下继续努力，为集团开创新的未来。

而那个山村的愣头青、傻小子因为妻子怀孕期间，贪恋女色，放弃了一切属于自己的权利。

金鑫在大街的显示屏上，看着这个新闻发布会，再一次发呆。而他就像一个破产的流浪汉一样无家可归了。纳斯达克与他无关了！金鑫环球以及金鑫环华也与他无关了！甚至，刚起步的金鑫康养也与他无关了！

他的手机里，同时收到了各个事业群的信息。他已经自愿转让了所有的股权给妻子，以弥补自己对妻子对婚姻的不忠。各个大事业群同时发出了公告，禁止刘金鑫踏进集团半步。他的律师团队也不再接听他的电话，一夜之间，全部叛变了！

此时的他，已净身出局了。

昨天，他还在安抚妻子，计划着把股权划一部分给她及孩子。但是，夜里的一番操作，是他想都想不出来的。他一定是被下了迷魂药！而下药的正是这个大言不惭的妻子、皇城脚下女人、留洋博士。

现在，她是全球的大富豪了，可以与前十名的富豪平起平坐的女强人了！而他的集团股权竟然没有为父母留下一点点，全在昨夜的“梦里”——送完了。

这一次，他真的成了街上裸奔的人。不，曼哈顿大街上谁都不认识他——一个亚裔的黄种人，普通、贫寒的流浪汉。

不久，他被人找到，又被媒体人采访，问他：“为什么对妻子不贞？为什么甘愿净身出户？是不是中国自古的男子汉的气概造成的？”

刘金鑫一脸是烦恼及委屈。他的脑子里，依旧是混混沌沌的，找不到语言来回答和反驳。甚至，他成了一具没有思想的行尸走肉。

他很想到曼哈顿大桥上跳下去，以此来结束自己的生命。

现在，他的周边充满了好奇及嘲讽。在外人看来，这一个乡下的小丑，怎么能够操控这样一个商业帝国呢？一定是那个背后的强大女人，留洋博士，跨国公司的高管，才拥有这样的智商，才配这样的财富！

在众多的媒体跟前，他狂逃而去，像一个石器时代的类人猿，忽然跑进了这个高度文明的现代化都市。他惊恐万分，到处躲闪，落荒而逃。

但是很快，他被原来的保镖追赶上来，将他带上了车，送到了机场。原来的保镖知道自己的薪资不是这个人发了，可笑又可叹地押着他，嘴里说的不是生硬的中国话，而是戏谑他的英语笑谈。

他看见自己的机票就是今天下午的，飞机还有两个小时起飞。明天，他就可以从地球的西边飞到东边——他的故土。

金鑫想到了家，想到了父母，眼泪竟然流了下来。此时，他竟然能够掉下眼泪，说明他的心还没死。

经过一个长夜，他被送回到南方的繁华城市深圳，这个他建立商业帝国的城市。在机场，来接他的，依旧是本村的司机，刘金发兄弟。

金发把他接到车上，一句话都没多说。金发几次在后视镜里，用疑惑的目光看着这个之前的全球大富豪、乡村骄子，想在他的身上找到谜底。此时，金发的心里肯定在责问：这是傻瓜，这个愚蠢的人！怎么就轻易把全部的股权都送给外人呢？虽然是夫妻，但是，一离婚，就形同陌路了。这个老哥，肯定不是中了邪就是中了毒。

金发没有把他带回深圳的办公室，而是直接驶向广州。

"去哪里呢？"

"回家！"金发说。

刘金鑫看着窗外问："行啊！你接到谁的指示？"

金发说："还有谁的指示？是新董事长的指示！他说你放弃了一切。我们大家都不相信！看到你的授权书，才知道一切都是真的。"

金鑫想说什么，但是疲惫的心让他无话可说。他也不愿说出自家的丑事。良久，两个人无话可说。

车子在高速公路行驶，只听见轮胎与地面摩擦的沙沙声。

"哥，这也是我最后一天在公司上班。送回车子，就领回我的薪水。我也辞职了。"金发跟他说，提示这车也不是他的了。

沉默良久，金鑫对这个老弟说："你把我送到灵岩古观就可以。我暂时不回家。"金鑫想到大伯那里找到心灵的慰藉。或者，也只有通天的道士才能为他解惑。

车上的冰箱还有牛奶和面包。金鑫还年轻，他的肚子不会因为他的失意而罢工。他感觉饥饿，伸手去拿面包与牛奶。他竟然不争气地吃了起来。

金鑫看见金发在后视镜偷偷地看他，这让他感觉到了羞愧。但是，不是他的意志力不坚强，而是肚子不争气。

"哥，你准备做什么？"金发看见他吃东西，知道了他不会寻短见，还会活下去，便好奇地问。

"我很累，觉得需要休息。等我休息好了，再，看吧！"金鑫的口气哀哀地说。

"哥，我跟你几年，也积攒了一点钱，你如果想创业，我一定跟你！"

金发这句话，差点把金鑫的眼泪都说出来了。

他懒洋洋地问："你，积攒了多少？"

金发说："不多，也有七八十万了。"

金鑫听了，没有作声。他回想往事，一边吃面包，一边别开头，用手臂擦泪。他不想让这个司机老弟看见一个男人的泪水。

半天的时间，他们来到了灵岩古观。

金鑫请金发先走，他在这里可能住几天。金发看着这个前几天还是前呼后拥，保镖开路的大富豪，今天就他一个人，孤零零的，连行李都没有，心生怜悯。

金发上车前对他说："哥，你没钱跟我说。"

金鑫苦笑说："我，是没钱了。但我，不用花钱！"

站大门口的大伯看见自家的侄儿，焦急地轻声喊道："鑫啊！赶紧进来！"

金鑫随大伯来到张天师前面，焚香跪拜。

大伯在一旁念咒，一边用拂尘拂去他身上的灰尘，消除他的大灾大难。接着又用手里的一道符，点火化灰，融入杯中，用水化了灰尘，让金鑫喝了。老道士让他跪坐在张天师的跟前，再次叨念经咒，挥舞拂尘，反复轻轻拂去了金鑫身上的灰尘及危难。

半个时辰后，大伯说："好了！感谢天师为我家金鑫消灾除难。"

道士拉起疲惫不堪的金鑫，到山背的茶室里，给他上课布道。

金鑫并没说自己的遭遇，但是，大伯好像晓得了一切。

他说："鑫啊，这些天，我一直在担心你。看到你回来，我就放心了。上次我没有跟你说明：我们家运，还没建立起运坛，你就做起来了。这就带来了厄运。而且，你的八字承受不了那么大的洪福。我算了一下，如果这几天你没回来，就永远回不来了。这几天，打你的电话，总是关机。甚好，你回来了！你得明白——这是塞翁失马！想开了一切，放开了一切——就好了！"

大伯目光慈和、沉静、睿智，微笑着对金鑫说话。

比较起来，生命还在，钱财就轻微多了。但是，害他钱财的不是别人，而是同床共枕的发妻。这让眼前的人很难接受。原先，他希望这高学历的妻子，皇城脚下的贵人能够把自己家人的泥土洗干净，没想到被她利用了。这样看来，他的婚姻，比起黄鹏来讲，更加失败。如果自己不好高骛远，其实周敏也是不错的姑娘。最少不会有她那样歹毒的心机，贪婪的品性。抛开周敏不说，后来公司招聘的许多高学历的人才，像秘书，还有康养中心的博士专家，从面相看来，都适合为妻。没想到的是，他竟然娶了一个蛇蝎心肠的女人——不光骗取了他的感情，还让他一无所有，败坏了他的名声。

最终，原来是她，蒋清，这个留洋博士，成为这个时代的商业骄子，这个地球上的真正赢家！

她的照片很快出现在美国的《时代》周刊的封面上。她长发飘飘，侧脸妩媚地看着读者们，似乎那眼光里蕴含着对他不屑一顾的嘲讽和挖苦。当初怎么就对她痴迷住了呢？父母亲曾经暗示过他蒋清不简单，他没把这话当真。结果，真的栽在了这个女人的手中。

从电视里蒋清讲话的样子可看出，虽然腆着个大肚子，但是蒋清那精妙绝伦的口才及思维，掩盖不了她的聪慧及心机，还有道家说的霸气洪福。金鑫就从来没有这类气势。他就是乡间的小麻雀，不是高高飞翔的大鹏。从头到尾，她主国外，他主国内，所以让世人认为，金鑫环球实际掌控人是蒋清，而不是他。所以她毫无悬念地、毋庸置疑地成了新任董事长，而且一脚把他踢开了，踢得远远的，把他踢回了他的老家，也就不足为奇。

人家说一日夫妻百日恩。从这样的结局看来，她与他的爱情和婚姻，从头到尾都是一场骗局！而他，却是自始至终都那么信任她、爱恋她。

他们还有爱情的结晶。这个丈母娘认为是他高攀了他的发妻，还给他生了一个孩子。现在，肚子里又怀了一个。依照正常人的看法，这对超级富豪夫妻，应是多么恩爱！这个中国式的家庭，该是多么和睦！

但是，这个女人却对他下了黑手，掠夺了他一切——集团、财产、儿子。他成了赤条条的一个人。一切辛劳都付诸东流了。除了这一身衣服，原来的手机没有了，连日常换穿的短裤都没有。

大伯对他的开导，让他稍微得到了些许宽慰。真的，如果蒋清再狠一点，他的尸骨都会抛在海外的某个臭水沟里，被老鼠、野狗或野猫争夺。

这样说来，他还要感谢那个女人的仁慈了？！

想到这里，他的眼泪又出来了。

“当初，怪大伯没有提醒你。但是，你当时也不会听，现在也醒悟过来了。再说，良运依然是你的骨肉。”

“他都叫查理了。人，在国外成长，就成了外国人。原来，想他在国外多长见识，今后有出息，没想到这个儿子，也已经彻底西化了。他，不喊他爸爸，喊我金鑫刘！”

金鑫此时就像一只丧家的野狗。不，是一只受伤的落水狗，没有丧家，因为现在回到了故土。这里有父母，有亲人。

金鑫感觉到从未有过的累。大伯给他收拾了一间屋子，让他洗澡后去休息。他一觉睡了三天三夜。

偶尔，在睡梦中，刘金鑫觉得自己到了另外的世界。这个世界安静，没有人声，只有泉声。还有，偶尔传来几声雀鸣，雀声清脆、焦虑、孤寂。他感觉自己就是外面的小雀，居住在一棵树上。但是此刻，这棵安家的小树被一只凶恶的杜鹃霸占了，鸟巢也毁灭了，孩子也被霸占了。他焦急万分又无可奈何。他看见了窗台透过来的微光，感觉到了人世间的真实。他不敢去回首往事，哪怕是一点点，都会拉裂心尖上的伤痕。而蒋清，这个虚伪的面孔总会浮现在眼前，似乎在无休止地蔑视他、嘲讽他，让他痛苦和羞愧。金鑫集团是他一手孵化以及培育长大的，现在却与自己一点关系都没有了！

不知什么时候，他又睡着了。他梦见自己成了叶片上的一只昆虫，吃住都在这片树叶上。他感觉到阳光的温暖及微小生命的搏动。这个叶片虽然狭小，但他感觉到了家的温暖，足够他在这里歇息、平躺、打滚。他感觉到自己弱小生命的存在。——即使自己是一只小昆虫，他能听见自己的心跳还有血液的流动。

家园，生命之摇篮就像这座山一样，有泉水、山林和鸟雀。那么自己的归宿在哪里呢？

他忽然被这个问题困住，就像困于蛛网的小昆虫。他怎样挣扎都无济于事。

最后，他求助于道法佛度。

可是他就是一个世俗之人，无人指引，越这样求索越深陷其中。很快，他的心累了，或者心死了，灵魂悬浮于佛海之上。

他想脱胎转世，却无去处，也毫无章法。

他像密封于茧子里的幼虫，在春雷响动的时候，才找到了突破口，爬了出来，看见了阳光。他发现自己属于这山水、蓝天、大地，这具躯体还是有生命迹象的。

因此，数天后，他醒过来了，活过来了。

一个新的天地，赋予了他新生。

他感觉到了肚子饥饿，想念自己的父母及故土，渴望回到父母的身边，得到安慰和依靠。

他吃完古观里的斋饭，查看了新手机，看到里边有金发帮他储存的几千元余额，便向大伯告别了。

大伯送他到路边，两个人来到国道边等公交车。这里的公交车半个小时一趟，时间充足。

身着道袍的大伯殷切地望着他，看见他的状态，也就放心了，但依旧规劝他说："你回家，养精蓄锐。暂时不要为自己设定什么目标。在我们乡下，你还是富翁。看到合适的女孩子，还是要结婚生子的。哦，忘记告诉你，金凡已经做了父亲，有空，你去看看他。"

金鑫的脸虚肿、油腻、疲惫，似乎在这几天几夜的时间里助长了头发和胡子，早上洗漱也没修理，或者他不想修理。现在看起来，他苍老模样超过了实际年龄的十几岁。

金鑫默默点了头。

大伯又宽慰说："记得，有人，就会有一切！培养出优秀的后人，自己也无限荣光。钱财，都是身外之物！"

金鑫似听未听，依旧默默无语。但是很明显，原本高大的身躯，双肩似乎被重担压过，已经垮下来了，胸膛也窝下去了，没有了昔日的挺拔，像一个常年在田地里劳作的庄稼汉。

公交车过来了，金鑫上了汽车。他紧紧地抓住车上的握把，坐上了多年未坐的公交车，踏上了归家的路途。

这里离莲花镇只有一个半个小时的路程，但金鑫感觉是到了另外一个天地。

车子很快出了山沟，过了县城。看见小县城的楼房林立，来来往往的各色行人，让他想起了多年前在这里创业的时光。

县城已经焕然一新，水泥路换上了沥青路，路边上种上了笔直的银杏树。秋天到来的时候，沿路一片金黄，会把小城装扮得格外美丽！此刻的金鑫仿佛在道观里被托生成为毫无斗志的俗人，无精打采的劳碌之人。

他回到镇上，恍恍惚惚。看到熙熙攘攘的行人，熟悉的街道，村民的容貌，仿佛一切就是在昨日，一切还在梦里。

没有出租车，他也不好打电话叫父亲来接。他在街口找了一辆三轮摩托车回家。

载客的摩托车车主一时没认出这个乡村骄子、曾经的大富翁、商界里叱咤风云的人物，说："你要等客，我不会单独送客。"

金鑫也不包车，蹲在路边，看着蚂蚁搬家。他似乎成了一个失魂人，服从指令，毫无主见。十几年前，他还是一个学生，也在路边等车上县城。后来在这里等长途车，去了深圳打工。每年年节上班，也都是站在路边等车。闻着过路汽车的尾气，浑身落满灰尘，一路印证了风尘仆仆这个词。

今天，他也是这样，孤零零一个人，风尘仆仆地回家。

坐上回家的三轮车，有的村民认出了是刘家自优村的刘金鑫，好奇地问："哎呀！这不是我们的大富翁吗？你的——劳斯莱斯呢？"

"破产了！"过了良久，金鑫平静地说。他的话没有了一丝的悲伤。大富翁这话语、这表情让大家大笑后，又啧啧称奇。

"没事的！金鑫，你的脑子好用，再拼搏几年，又是一个大老板！"在村民们看来，眼前这个人没什么能难倒。再说，这个时代，就是一个充满机会、充满传奇的时代。

金鑫回到村子里，看见院子里的父母。

父母亲还不知道儿子公司的变故，母亲郭天美惊喜地大喊："儿子，回来了！也知道回来看看我们啊！"

金鑫哀伤又平静地说："妈，我这次回来，就不走了！"

郭天美疑惑地看着儿子，说："儿子，咋啦？"

金鑫说："完了！都过去了。我一无所有了！"

郭天美定定地看了儿子数秒，仍然不甘地问："你别骗我们！就是回来生活，那老婆孩子呢？"

"老婆，离婚了。孩子，已经是查理了，不叫——刘良运了！"金鑫疲倦地坐在门口的竹椅上，埋下头，不容母亲置疑他的话语。"不会吧，你这不是赔了夫人又折儿啊？"这时的母亲郭天美的哭腔都出来了。

金鑫一脸苦涩，苦笑着不再说什么。

泥匠接下儿子手上那个只有毛巾和牙刷的垃圾袋，安慰说："鑫啊！走，进屋去。洗把脸，没事的！这里，永远都是你的家！没有老婆，还可以找！没有儿女还可以再生。天美啊，你去杀鸡！杀两只！"

金鑫跟着父亲进屋，母亲则在院子里像被雷击一样，久久发呆。

过了一些日子，金鑫得到了消息，金鑫康养被集团卖掉了。他拯救中医药的宏伟事业成了业界的笑柄。

这是中医药界崛起的又一次失败。

刘金鑫已经无所谓了。所幸，他已经还了父母亲的借款，还有两个亿可以让他们安度晚年。他觉得自己很累了，需要在家好好地休息一段时间。

这一次回家的金鑫，没有像当初一样早上六点起床——跑山，跑到山顶，静坐如磐，屏气敛神……而是一觉睡到太阳悬在头顶上，到了吃中饭的时间。

整个人，原来魁梧的身板，不久大腹便便。那张英俊的脸，也虚胖起来，显示出过多的脂肪。眼睛里的灵光，全消散了——空洞无光，无欲无求。照这样下去，他很快就会变成电影《功夫》里的肥仔聪了。

这是泥匠夫妇不想看到的。

早上，即使父母喊他起床，他也迷糊间嘟哝几句，再睡了过去。郭天美以及刘洁民再也喊不起他早起，更不用说去晨跑了。

很长一段时间，也没有哪个亲朋好友来看望他。周敏与黄鹏早已搬到市区的大别墅里，几年来生养了几个孩子。他们请了保姆，两口子周游全球，过上可无忧无虑的生活。张小磊推着他半瘫痪的父亲，晒太阳，逛街。他们自从转身为平民，便过上了平静的生活。他们一直以为这个叱咤风云的老同学，成败都很遥远，不可能回到老家。

那个住在不远的保险公司同学吴欢，前来几次没有找到他，便开着二手的小轿车离开了。他极其希望能够见到这个时代的骄子，能够购买他的商业保险。刘金鑫成功的光环永远在他的内心闪耀。

唯一让人慰藉的是，再也没有人来监视、保护甚至暗杀他。在这个时代，一个失败者，一个一无所有的人，很容易被人遗忘。

然而，在年后，远在美国的前妻，产后抱出来的孩子，被媒体曝光。视频被一个陌生的好事者，发到了他的手机里。他看见蒋清怀里的孩子竟然是黑皮肤的婴儿。蒋清的身后站着一个高大的黑人——卷曲的短发，对着摄影师，一脸的得意俏皮。那藏在眼里的坏笑，暴露在两排洁白的牙齿上，意味深长。不！那黑人的笑简直就是一把无形的剑，直向金鑫的心脏刺去，让他感觉到无以承受的、刺骨钻心的钝痛。顿时，他感觉到天昏地暗。他几乎瘫倒在地，似乎无法呼吸了。

几天的时间后，刘金鑫才缓过来。他伤心绝望。就说唯一的希望，儿子刘良运的抚养权，也是在他被下药之后，按盖的手印。他连最后要回儿子的一点希望都没有了。视频里的黑人儿子，肯定与他无关。他糊里糊涂地替他人努力奋斗，勇猛拼搏，甚至历尽千险！

金鑫彻底崩溃了，绝望了。

十八

不知道从哪一天起，金鑫就成了一个无所事事的闲人。他像傻子一样，游荡在村子里。甚至，有人看见村子里的另一个傻瓜刘洁年，竟然与他勾肩搭背。两人一起咬着刘洁年姐姐送来的油饼，憨笑打闹。不过，天黑了他还知道回家。

也不知哪一天，在云山寺庙里，出现了一个新来的和尚。

这个和尚，法名无碍。他的原名，就是刘金鑫。他是我们莲花镇刘家自优村的人，是本地莲花镇乡村骄子、岭西市乃至全国级富翁、曾经风靡一时的世界级大富豪！

悲伤的母亲郭天美像当年的大伯母一样大闹云山寺庙，但得来的结果是——无碍和尚连面都不见，或者见了面，也跟不认识一样，合掌只说“阿弥陀佛”。她经常送蔬菜瓜果和灯油来寺庙，想着看看他的背影都好。

每次郭天美都是怀着希望地来，又失望地回去。

老姑姑也偶尔前来看望这个侄儿。她心里的仇恨像山里的雾一样，被阳光晒化了，被山风吹走了！

有一日，原来的无染和尚，不，应该是金凡也会和他的妻子抱着孩子来看他。

金凡批评金鑫说：“你傻呀！我刚还俗，你就进去！你，不像是我们自优村刘家人！”

无碍和尚低眉轻声说：“阿弥陀佛！”

“老婆走了，可以再娶！孩子没了，还可再生！你还年轻！”金凡劝诫他。

无碍和尚又说了一句：“阿弥陀佛！”

他那样子，似乎真的已经皈依佛门了。

外面，鞭炮声响起来，又有人捐款、烧香、敬佛、祈福了。

祈福的人在大雄宝殿的菩萨面前，合掌默默叨念，从嘴唇的开合可以推断出来，信徒的祈福种类很多，综合起来如下：

大慈大悲的菩萨！

——保佑我及一家发财！发大财！

——保佑我的公司顺利上市！

——保佑我的公司做大做强！

——保佑我中福彩体彩六合彩！

——保佑我坐上搭上富豪的车！

而在一旁的无碍和尚，已经是心如止水，与世无争了。

他低头合掌，轻轻细语——迎合：

阿弥陀佛！

阿弥陀佛！

阿弥陀佛！

……

而远远探望儿子的泥匠夫妇，已经是泪流满面。他们多想儿子哪天能够还俗，再娶一个老婆，再生几个孙子。他才三十大几啊！

那是乡下人最理想的生活。在乡村，只要有人，就有希望！有希望，就会有信心！有信心，一切困难都能挺过去！

再说，他们还有可观的积蓄。如果儿子愿意创业，他们会一分不留地支持他。凭借儿子的智商和能力，他很快就能东山再起。因为这对夫妻坚信：这个时代，是一个充满机遇和希望的时代！这个时代，是一个充满奇迹及可能的时代！

可是日子一天接着一天过去，泥匠夫妇看到儿子眼里完全没有了世俗的目光与情感，对他们已经完全陌生起来了。

郭天美躲在寺庙的一隅，号啕大哭起来。“哦呵呵，我造孽啊！哦呵呵，我的儿啊！你就老死在这老庙里，不看一看你的父亲，他辛辛苦苦做泥匠把你养大！你就不睁眼看一看你的母亲，她一把屎一把尿地把你捧大！羊有跪乳之恩，鸦有反哺之义！你的心是石头做的啊？你的肠装的是铁石啊！……”

她哭得无遮无拦，她哭得汪洋恣肆，她哭得天昏地暗。泥匠站在一旁，也泪流满面，束手无策。

也在这一天，郭天美经过大雄宝殿的时候，肚子忽然痛了起来。

她蹲在大殿门口，良久起不了身。泥匠赶紧去搀扶她。

两个人相互搀扶着，来到寺院外的台阶上。郭天美推开泥匠，坐在地上说：“这是——月经痛。”

泥匠想起之前与她说再生一个孩子的话，十分惊讶又期待地看着老婆。

良久，郭天美缓了一口气，在泥匠的搀扶下，慢慢双手撑着腰身，缓缓起来说：“哪天，我们去医院，看看我们能不能再生一个！”

泥匠抹了抹激动又幸福的泪水说：“天美，谢谢你！我相信！你是好样的！”

一对年近半百的乡村夫妇，相互搀扶着，慢慢地离开了云山寺庙。

此时，寺庙的钟声响起，咚——嗡嗡——，咚——嗡嗡——

钟声在寂静的山林中回荡，显得格外清脆、响亮、悠长；又传到山外，像波浪一样伸展，伸展到辽远的高空。

咚——嗡嗡——，咚——嗡嗡——

这寺庙的钟声，声声敲在世人的心坎上。或者抚慰着苦难者的灵魂，或者警示着作恶者，或者预示着生命的轮回。

是悲是喜，浮生自知。

特别鸣谢：台升国际集团董事长郭山辉先生、副董事长刘宜美女士